講談社文庫

江戸は浅草 4

冬青灯籠

知野みさき

講談社

【目次】

本作品に登場する
浅草・六軒長屋の面々

真《しん》一《いち》郎《ろう》

儲からぬ矢師を辞め、身の振り方に悩んでいたところを久兵衛に拾われ、用心棒兼雑用係として六軒長屋に。美男とは言い難いが、長身で行動力がある。

多《た》香《か》

面打師。日中は矢場で矢取り女として働き、夜中に大福寺で面を打つ出自不明の美女。

大《だい》介《すけ》

笛師。小柄で童顔の洒落者。あまり仕事はせず、女たちに甘えてヒモのように暮らしている。

鈴《すず》

盲目（全盲ではないが、うっすらとしか見えない）の胡弓弾き。男が苦手。

守《もり》蔵《ぞう》

錠前師。錠前や鍵作りだけでなく、解錠が仕事の鍵師でもある。からくり箱なども手掛けるこだわりの職人。

久《きゅう》兵《べ》衛《え》

両替商の隠居で六軒町・久兵衛長屋（六軒長屋）の大家。

江戸は浅草4

冬青灯籠《そよごどうろう》

第一話

冬青灯籠《そよごどうろう》

じぃっと己を見つめる鈴《すず》に、大介《だいすけ》がたじたじとなる。

「な、なんだ、お鈴？」

「もうすっかりよくなったようですね」

「ああ、もうすっかりよくなったさ」

「よかった」

目を細めた鈴に大介が曖昧に微笑《ほほえ》むのを見て、真一郎《しんいちろう》も思わず笑みをこぼした。

二日前の文月《ふづき》七日、真一郎は長屋の皆と七夕を楽しんだ。

七夕の飾りは清水に映すと縁起が良《よ》いといわれている。ゆえに、笹竹《ささたけ》を飾り付ける前に井戸浚《さら》いをするのが習わしだ。真一郎が店子《たなこ》になる前は亡くなった亥助《いのすけ》がやくざ仲間と、昨年は真一郎が近所の者と互いに助け合って済ませたが、今年は大介と守蔵《もりぞう》と三人で浚《た》った。多香《か》や鈴も手伝いを申し出てくれたのだが、「三人で充分だ」と、真一郎が応える前に大介が見栄《みえ》を張って断ったのだ。

鈴の手前、大介は張り切って井戸浚いにあたったものの、日頃は力仕事とは無縁の色男である。井戸浚いの後は飾り付けた笹竹を近所のどこよりも高く掲げよと真一郎にうるさく命じ、続く宴会でも調子に乗り過ぎて、昨日は昼過ぎ――否、夕刻近くまで寝込んでいた。

「ほおずき市、皆さんと一緒に出かけたかったんです」

「う、うん。みんな一緒にな」

上野《うえの》と神田《かんだ》に一人ずつねんごろの、吉原《よしわら》にも冬青《そよご》という馴染《なじ》みがいる大介は女慣れしているのだが、心から惚《ほ》れている鈴が相手だとどこか初々しい。

七夕の飾り物は、大介と鈴が二人きりで浅草広小路《あさくさひろこうじ》まで買いに行った。ついでに仲見世《なかみせ》を歩く間にほおずき市にも出かけることに決めたという。大介は再び「二人きり」を期待したようだが、鈴は皆で行きたがった。あいにく久兵衛《きゅうべえ》は寄り合い、守蔵は仕事で来られなかったが、多香は「朝のうちなら」と同行している。

並んだ大介と鈴のすぐ後ろを、真一郎も多香と並んで歩く。

出店の軒先には、網籠に入ったほおずきの鉢がずらりとかかっていて、色付いたほおずきの赤橙《あかだいだいいろ》色が目に鮮やかだ。

鈴は盲目だが色や形はうっすら見える。ほおずきや、市を楽しむ人々を眺めながら、いつもより一層足が遅い鈴に合わせて真一郎たちもゆっくり歩んだ。

鈴の隣りで、足元やらすれ違う者やらに気を配る大介を微笑ましげに見やりつつ、多香が鈴に声をかけた。

「荷物持ちがいるからね。気に入った鉢があったら、すぐにお言い」

「私じゃよく判《わか》りませんから、お多香さんが選んでください」

「自分で選ぶのが市の醍醐味《だいごみ》さ。お鈴がこれだと思う鉢でいいんだよ」

そう言われて鈴が選んだほおずきは、実も葉も一際大きなもので色も深い。

「皆さんにも楽しんでもらえるよう、玄関先に出しておきますね」

「さ、真《しん》さん」

多香に促されて「荷物持ち」の真一郎が鉢の入った籠を手にした矢先、ざわめきに混じって覚えのある声が聞こえた。

「真さん？」

「又平《またへい》さんだ」

首を伸ばして声のした方を見やると、半町ほど先の出店の前に又平がいた。

「また掏摸《すり》かしら？」

腰の守り袋に手をやって、鈴が不安げな顔になる。

皐月《さつき》に鈴は仲見世で、師匠の津江《つえ》から贈られた守り袋を掏り盗《と》られた。のちに無事に取り返したが、今、腰にしているのは大介が見繕った七宝紋《しっぽう》の新しいものだ。

「どうだろう？」

又平が話し込んでいるのは若い身重の女だった。

女が頭を下げて人混みに紛れて行くと、又平の方も真一郎に気付いて手招いた。

「おう、真一郎――お多香さんにお鈴、大介も一緒か」

「見廻《みまわ》り、お疲れさんです」

「ああ、お疲れさんさ。ちょうどよかった。男を一人探してんだ。背丈は五尺三、四寸。細身で歳《とし》は三十路《みそじ》前後、頭巾か手ぬぐいを頭にすっぽり被《かぶ》ってる。右目の下に泣きぼくろがあって、左腕の内側に三寸余りの傷跡があるそうだ。もしも見かけたら捕まえといてくれ」

もう何度も捕物に助力しているからか、軽々しく又平は言った。

「はあ。しかしそいつは何者なんで？　一体何をしでかしたんですか？」

「そいつはな、身重の女ばかりを狙うとんでもねぇ野郎さ」

ここ一年余り、妊婦が襲われる事件が市中で増えているという。

「後ろからや、すれ違いざまに突き飛ばされたって話が多いんだが、石段から転げ落ちた女は骨を折ったし、暗がりで襲われた女は転んだ後にも腹を何度も蹴られて、どちらも流産しちまった」

市中に点在する襲われた女たちの話から、一連の事件が同じ男によるものではないかと知れたのは、文月に入ってからだった。

「人気のないところばかりじゃなくてよ、祭りや市にも出没してるってんで、ほおずき市にも出向いて来たのよ。これだけ人がいりゃあ目立つ真似《まね》はしねぇだろうが、足を引っ掛けるくらいなら容易《たやす》いもんだ」

「ですな」

「身重の女にゃ、気を付けるよう話してっけどよ。おめぇたち——お多香さんも目を光らしといてくんな」

「承知しました、又平さん」

多香が頷《うなず》くと、又平は嬉しげに頷き返して去って行った。

「身重の人ばかり狙うなんて、ひどい人がいるものですね」

眉をひそめて鈴がつぶやくのへ、真一郎は顎に手をやった。

「腹いせにしちゃねじくれてんな。妊婦にどんな恨みがあるってんだ？　好いた女が他の男の子を孕《はら》んだとか、子宝に恵まれなかった妬《ねた》みやもな」

「そうだねぇ……」

多香が相槌《あいづち》を打つ横から、大介がぼそりと口を挟んだ。

「母親を恨んでいるのやもしれねぇぜ」

「母親を？」

「いや、赤子を妬んでいるのやもな」

「赤子を？」

「……ただの思いつきさ」

肩をすくめて短く応えると、大介は皆を促した。

「お多香さんが安田屋《やすだや》に行く前に、お参りを済ましちまおうぜ」

ふと頭をよぎったのは、大介の生い立ちだ。

吉原生まれ、吉原育ちの大介は父親を知らず、母親も物心がつく前に亡くしている。七歳で笛師の音正《おとまさ》に引き取られて仕事を学んだが、五年前——大介が十八歳の時に音正は刃傷《にんじょう》沙汰で死したと聞いている。

——同情されるほど、俺ぁ苦労してねぇよ——

そう大介自身はあっけらかんとしているが、己の出自や生い立ちを悔やむ者なら、母親や赤子に悪意を抱くこともあるやもしれぬと、真一郎は内心頷いた。

浅草寺《せんそうじ》を詣でて、再び連なるほおずきを見ながら来た道を戻ると、市を出る前に大介が出店の前で足を止めた。

「俺も一鉢買っていく」

大介が手に提げたほおずきを見やって、鈴が微笑んだ。

「二つあったら、長屋が明るく見えますね」

「あ、ああ、そうだな」

「ほおずきは、鬼の灯《あか》りとも書くのですよね。お師匠さんから教わりました。異名として赤《あか》加賀智《かがち》とも」

「あかかがち？」

「赤い目を光らせた大蛇だそうです。素戔嗚尊《すさのおのみこと》が倒した八岐大蛇《やまたのおろち》のような……八岐大蛇の目はほおずきのごとく真っ赤だったとか。かがちは輝く血と書くこともあるそうです」

「鬼の灯りで鬼灯《ほおずき》と読むのは知ってたけどよ。真っ赤な目の大蛇たぁ、物騒だな。ああでも、ほおずきの根っこは毒にもなるんだったな」

「そうさ」と、応えたのは多香だ。「それこそ、身重の女には危険な毒にね」

ほおずきの土中の茎と根は酸漿根《さんしょうこん》という生薬になる。酸漿根は咳《せき》や痰《たん》、解熱や冷え性に効くとされているが、妊婦が含むと流産を引き起こすことがあり、堕胎薬として使われることもあるという。

「へえ……」

ほおずきといえば、笛にして遊ぶものくらいとしか知らなかった真一郎には初耳だ。

多香は伊賀者《いがもの》の末裔《まつえい》だ。幼い頃から仕込まれたという「あれこれ」には、武芸や読み書きの他、薬や毒の知識も含まれていたと思われる。

名残惜しげに振り向いた鈴につられて、真一郎も左右に連なるほおずきをしばし眺めた。

鬼の灯りか……

今はただ和やかな秋の彩りも、夕刻にはまた違った景色に見えるのだろう。

昼九ツが近くなり、市にはますます人が増えてきた。

腹に手をやりながら大介が言った。

「なぁ、お二人さん。帰りしな、はし屋か一草庵《いっそうあん》に寄ってこうぜ」

「いいな」

「ええ、是非」

はし屋は居酒屋、一草庵は蕎麦屋《そばや》で、どちらも長屋の者の行きつけだ。

広小路で安田屋へ向かう多香と別れて、真一郎たちはのんびりと六軒町《ろっけんちょう》へ戻り始めた。


頼みがある、と大介がやって来たのは、翌日の昼下がりだ。

久兵衛は別宅、多香と鈴は仕事、守蔵が昼風呂に出かけたところで、長屋には真一郎たち二人きりである。

「なんと、冬青の身請けが決まりそうなんだ」

「身請けだと？」

「ああ。これまであいつは身請けにはてんで乗り気じゃなかったんだが、やっと肚《はら》を決めたらしいや。まあ、めでてぇ話さ」

「そうだな。めでてぇな」

大介は吉原での馴染みを失うが、冬青は幼馴染《おさななじ》みでもある。大介と同じく郭《くるわ》生まれの郭育ちで、七歳で禿《かむろ》に、十五歳で新造《しんぞう》となった。歳も大介と同い年の二十三歳だから、冬青はもう八年も春をひさいできたことになる。吉原遊女の年季は長くて十年、二十七歳までとされているが、年季明けまで勤め上げる遊女は少ない。運良く身請けされればよいが、ほとんどの遊女は病や折檻《せっかん》で身体《からだ》を壊し、年季明けを待つことなくこの世を去ってしまうのだ。

「けどよう……太助《たすけ》が聞いたところによると、あいつは今、寮にいるみてぇでよ」

太助は新鳥越橋《しんとりごえばし》の袂《たもと》で屋台を営む太吉《たきち》の息子で、使い走りとして吉原によく出入りしている。寮は楼主やその家族の別宅だが、病気や身重の遊女を休ませる場所でもあった。

「だからよう、悪《わり》ぃが真さん、まずは尾張屋《おわりや》に行って、様子を見て来てくんねぇか？」

大介に想《おも》いを懸けている冬青は、十日に一度は身銭を切って大介を呼び寄せているのだが、ここ二十日ほどなんの音沙汰もないという。

冬青に何かあれば、いの一番に大介に知らせがある筈《はず》だ。ゆえに、「寮にいる」というのは己の気を引くために、太助に託した方便ではないかと大介は疑っているようである。

「百物語だの七夕だので、俺も忙しくしてたからな。つい放《ほ》ったらかしにしちまった。けど、あっちからなんも言ってこねぇのに、こっちから出向くのはなんだからよ……ついでに身請けがどうなったか、もしも話が進んでるようなら、相手の男を調べてくんねぇか？　俺が聞いた話じゃや、相手は木屋《きや》の跡取りで、金はたんまりあるらしい。そこそこ美男で、冬青にぞっこんで、人となりも悪くねぇってんだが、冬青には仕合わせになって欲しいからよ。どんなやつだか、真さんの目で見極めてきてくれよ」

「おう、任せとけ」

矢作りの他、雑用をいくつか請け負っているが、どれも急ぎではなかった。二つ返事で引き受けて、真一郎は早速吉原へ向かった。

冬青がいる尾張屋の楼主・義十郎《ぎじゆうろう》とは昨年の神無月《かんなづき》、尾張屋で盗人《ぬすつと》騒ぎがあった折に顔を合わせている。首尾よく盗人を探り出した真一郎を、義十郎は快く迎えてくれた。

「冬青ならぴんぴんしているよ。初めは寮に移すつもりだったんだが、うちの寮は今、病や産後の女たちで一杯なんでな。奥――私や奉公人たちが寝起きしている家屋の方においている。見世に出していないのは身請け先の意向だからだ。大介が案ずるのはもっともだが、良介《りようすけ》さんなら心配いらんよ」

「身請人は良介ってんですか？」

「ああ。高木屋《たかぎや》っていう深川《ふかがわ》の材木問屋の跡取りだ」

ざっと九十年前に、幕府が永代島《えいたいじま》に木置場――木場《きば》――をまとめたのが深川木場として今に至る。海に近い深川木場は運搬に向いているという他、海水に混じった塩分が木材につく虫を遠ざけるという地の利があった。

火事の多い江戸は材木の需要が高い。材木商は両替商、呉服商と並んで豪商が多いから金の心配はまずいらぬとみた。

「良介さんは次男でな。ご両親は嫡男の宗介《そうすけ》さんを猫可愛《ねこかわい》がりしていたんだが、先だってその宗介さんが急な病で亡くなったんだ」

良介は二親からはないがしろにされがちだったが、月に幾度か吉原に通えるほどには小遣いをもらっていたらしい。

「冬青にはもう二年ほどもご執心でな。だが己はしがない次男坊だからと、身請けは諦めていたそうなんだが――」

二人きりの兄弟だった。兄が亡くなったからには良介が店を継ぐのは当然の成り行きなのだが、跡継ぎになるにあたって良介が両親に申し出た条件の一つが冬青の身請けだった。

「しかも、妾《めかけ》じゃなくて本妻として迎えるというんだ。この上ない話だろう？」

「そうですな」

吉原には二千人からの女郎がいる。請け出される者はほんのひと握りで、本妻の座を得る者は更に少ない。よって「この上ない」という義十郎の言葉に真一郎は素直に頷いた。

「それで、良介さんのお人柄はどうですか？」

「私の見立てじゃ悪くない。だが、中と外で顔が違う者もいるからな。お前さんがその目で確かめてくるといい。お前さんが認めた者なら私も安心だ」

「はあ」

「それよりも、あすこは姑《しゅうとめ》が厄介とみた」

「そうなんで？」

「どこの誰の種ともしれぬ子が孫になっては困ると、一人でうちに乗り込んで来た。冬青を見世に出すなと言ったのは、この姑だ」

万が一にも身請け前に懐妊せぬよう、前の月のものから見世には出すな、次の月のものの訪れを見極めてからでないと身請けはしない、というのであった。ゆえに半月ほど前に月のものを迎えた冬青は、既に見世を退いて、奥で暮らしているそうである。

「嫁入りは次の月のものを終えてから、切り良く月末にしようといっている」

「さようで」

身請け金に加えて、一月余りの揚げ代も払うというのも豪商ならではだ。だが、母親はご多分に漏れず女郎を嫁に迎えることをよしとしておらず、愚痴愚痴と尾張屋でも不満を隠さなかったらしい。

「一癖も二癖もありそうな姑だったな」と、義十郎が苦笑した。

尾張屋を後にしたのがおよそ八ツ半という刻限だったため、真一郎はこの日はのんびり長屋に戻り、翌朝の四ツ過ぎに深川へと向かった。

高木屋のある入船町《いりふねちょう》は富岡八幡宮《とみおかはちまんぐう》から、更に少し南東にある。人混みを避けるべく真一郎は吾妻橋から東側へ渡ったが、一里半ほどの道のりと、深川をよく知らぬこともあって、高木屋に着く前に九ツを聞いた。

「うちのお嬢さんが、どうも高木屋の良介さんに懸想しているようなんでさ。それで、旦那さまからどんなお人なのか、ちと探って来いと命じられやして」

店者《たなもの》を装って真一郎が近所で訊《き》き込むと、親切心と好奇心を相持ったおかみが、わざわざ木場が見えるところまで案内してくれた。

「ほら、あすこで差配しているのが良介さんだよ」

やや遠目であったが、目の利く真一郎にはすぐに判った。

顔かたちがどことなく大介に似ているからだ。

材木を筏《いかだ》に組んで運ぶ筏師は、深川木場では「川並《かわなみ》」と呼ばれている。おかみ曰《いわ》く、次男の良介はこれまで川並として修業し、働いてきたがゆえに、川並を始めとする職人たちは良介が跡取りとなったことを喜んでいるという。

「大きな声じゃ言えないけどね。宗介さんは商談はお得意だったけど、有《あ》り体《てい》にいえばぼんぼんで、やれ寄り合いだの茶会だのと出かけてばかりで、木場に出て来ることは稀《まれ》だったもの。そりゃ、高木屋さんならそういった付き合いも大事でしょうよ。でも、職人さんらは良介さんの方が馴染みがあるし、それに、ふふ、あの通り良介さんの方がいい男だもの」

おかみが忍び笑いを漏らすのも頷ける。

似ているのは顔の面影のみで、目鼻立ちはよく見れば大介の方が整っている。だが、良介は大介より二寸ほど背が高く、日に焼けた手足はずっと逞《たくま》しい。きびきびと川並たちを差配する姿には既に若旦那の貫禄《かんろく》があり、男の真一郎の目にも頼もしく映った。

「おいくつなんで？」

「二十四だよ。宗介さんとは年子でね。だから店を継ぐにもぴったりさ。ああでも、そちらのお嬢さんとはどうかねぇ？」

「といいますと？」

「良介さんには心に決めた女がいるそうだよ。それがなんと、吉原のお女郎らしくてね。ご両親には寝耳に水の、見込み外れさ」

というのも、宗介には家同士が決めた許婚《いいなずけ》――日本橋《にほんばし》の大店《おおだな》の娘――がいて、宗介亡き後は良介に、というのが両家の思惑だったらしい。

「だからご両親はまず、『妾ならば』と諭してみたけど、良介さんは『それじゃあ駄目だ』と頑として聞かなかったってのさ。おかみさんは怒り狂っていたけれど、その女と一緒になれないなら跡継ぎなんざ糞食《くそく》らえ、家を出て川並としてよその店に勤めてもいいとまで言ったそうでね。もちろん駆け引きだろうけど、良介さんはいまや一人息子だもの。旦那さんが早々に折れちまったから、おかみさんも渋々だけど承知せざるを得なかったんだよ」

よっぽど惚《ほ》れ込《こ》んでいるんだな――

多香一筋の真一郎には良介の一本気が好ましい。ましてや良介は己と違い、言い寄ってくる女が引きも切らぬと思われる。

「良介さんなら、よりどりみどりでしょうになぁ」

「そうなんですよ。宗介さんのお許婚もなかなかの別嬪《べっぴん》だったそうだから、あなたのとこのお嬢さんがどれほどの玉か知らないけれど、良介さんがなびくこたないと思うよ」

「そのようですなぁ……」

「あの良介さんがご執心なんだもの。月末に祝言を挙げるらしいし、一体どんな傾城《けいせい》が嫁にくるのか、ここらの者は楽しみにしてんのさ」

真一郎は、冬青とも盗人探しの折に初めて顔を合わせた。

黒々とした瞳と髪が、遊女の中でも抜きん出て白い肌と共に忘れ難い。背丈や手足の細さは鈴と同じくらいでありながら、鈴よりずっと丸みのある胸や腰にはしっとりとした、秘めやかな色香が漂っていた。

おかみと別れたのちも辺りをしばし探ったが、良介の評判は上々だった。跡継ぎであることを鼻にかけていた兄とは裏腹に、良介は幼い時分から町の者に親しんできたようだ。「律儀」「まっすぐ」「慎《つつ》ましい」「気遣い上手」などなど、老若男女を問わずに人気があった。

「――そんなら、俺も安心だ」

真一郎から話を聞くにつれて、引き締めていた口元を緩めて大介は言った。

「うむ。面影は似ているが、お前と違って真面目な男だ。店の者からも町の者からも慕われていて、何より冬青一筋だからな」

少々嫌みかとも思ったが、大介はふっと笑みをこぼした。

「そら間違《まちげ》えねぇ——申し分のねぇ野郎だな」

「ああ、申し分ない男だよ」

真一郎が相槌を打つと、大介はますます目を細め、気前よく手間賃を差し出した。

懐が温かいうちに——と、真一郎が冗談交じりに酒に誘ってみると、多香はあっさり乗ってきた。

「いいよ」

「いいのか？」

「おいて屋でいいかい？」

「おいて屋でいいのか？」

「いちいちなんだい。じゃあ、はし屋に行くかい？」

「おいて屋で——おいて屋がいい」

「なら、先に湯屋を済ませちまおう」

「うん、それがいい。そうしよう」

長屋からは少し離れているが、銭座《ぜにざ》の近くにある舟宿・おいて屋の二階には休息所があり、男女の密会に使われることもしばしばだ。

風呂を先に済ませるならば今宵《こよい》は泊まりになるとみて、真一郎は多香の気が変わらぬうちにと、急ぎ湯桶《ゆおけ》と羽書《はがき》を取りに走った。

おいて屋に着くと、すぐにでも横にしたいのを我慢して、多香が注文するままに酒と肴《さかな》を口にした。

今年は七夕の前に処暑《しょしょ》が過ぎ、窓辺にそよぐ風は早くも秋めいている。

冬青の身請けを話の種にするうちに、冬青への同情心が湧いてきた。

「どうした、真さん？」

「冬青はどうなんだろうな？」

大介の恋心は鈴にある。冬青とは幼馴染みにして男女の仲だが、大介の冬青への情は長い付き合いのうちに育まれた親愛でしかないようだ。

だが、冬青は——

顔を合わせたのは一度きりだが、大介への恋情は灼然《しゃくぜん》たるものだった。

冬青が此度《こたび》の身請けを受け入れたのは、顔かたちのみでも良介が大介に似ていたからに違いない。大介には己を身請けする意思も金もないゆえに、ここらが潮時だと肚をくったのであろう。

「どうって、あんた。どうしようもあるまいよ」

肩をすくめて、多香は猪口《ちょこ》に酒を注《つ》ぎ足《た》した。

「そらそうなんだが……」

「年季明けまで、まだまだ長い道のりだ。命あっての物種さ。想い人と添い遂げられないなら、似た男で間に合わせるのも一案さね」

猪口を口に運びながら、多香が空いた手で真一郎の膝にそっと触れる。

求婚はすげなく断られたが、多香とはこうして時に――多香の気の向くままに――肌身を合わせる男女の仲だ。ただ、想いを懸けているのは己だけで、多香にとって己との情交は気晴らしか退屈しのぎでしかなさそうである。この一年余りで情は深まったように思えるものの、多香のそれはまさしく大介が冬青に抱いている親愛と変わらぬようで、さすれば真一郎としては冬青に一層同情してしまう。

いや、それとももしや――

多香の、酒で湿った唇を吸い、身を抱えるように横にしながら、真一郎はその胸の内を読み取るべく多香を見つめた。

「お多香」

もしや本当は、お前にも密《ひそ》かに想いを懸けた男がいるんじゃないか？

もしや、俺は少しばかりそいつに面影が似ていやしないか？

「真さん？」

からかうように笑みを浮かべ、見つめ返した多香が手を伸ばして真一郎の頬に触れる。

「お多香、お前は……いや、俺は」

俺はどうだ？

多香一筋と言いつつも、花街で他の女を抱いたことがある。

……だが、男には付き合いというものがあるし、俺はそもそもお多香ほどもてねぇ。

ゆえに他の多香に似た――多香よりいい女に言い寄られたら、ついほだされそうな気がしないでもない。

――いや。

小さく頭を振って、真一郎は多香を抱く腕に力を込めた。

お多香よりいい女なんていやしねぇ。

「俺はお前と添い遂げられなくとも、他の女で間に合わせたりしやしねぇ」

ふっと目元を緩めた多香が、真一郎の首へ腕を回して抱き寄せる。

身を下にした多香は、真一郎の重みを確かめるように、目を閉じてから囁《ささや》いた。

「そうだねぇ……あんたはそういう男だよ」

翌朝。

湯屋に寄ってから長屋へ帰ると、足音を聞きつけた守蔵が顔を出した。

「ついさっき、尾張屋から遣いがあった。足抜けだとよ」

「まさか、冬青が？」

「いや、八重昌《やえまさ》っていう身重の女だ」

尾張屋の奥にはこのほど、冬青の他、八重昌という妊婦が寝起きしていたという。

「六ツ半になっても起きてこねぇもんだから、下婢《かひ》が様子を見に行ったら、布団はそのままだったが、着物やら簪《かんざし》やらが見当たらねぇってんで、足抜けだとぴんときたそうだ」

尾張屋はすぐさま辺りを探したが見つからず、一刻ほどして義十郎が真一郎へ遣いを出したそうである。

「八重昌を見つけて、連れ戻して欲しいとさ」

「大介は？」

「神田だ。昨晩、お前たちが出かけた後にあいつも出かけて行った」

吉原に詳しい大介が一緒なら見つけやすいと思ったが、いつ戻るともしれなかった。仕方なく一人で尾張屋を訪ねると、番頭の栄吾《えいご》が慌ただしく義十郎のもとへ案内する。

「早速来てくれて助かった」

「足抜けとお聞きしやした」

「うむ。遅かれ早かれ見つかるだろうが、早いに越したことはないんでな。中は一通り探したし、他の妓楼《ぎろう》にも触れて回った。まだ見つからんということは、八重昌はもう外にいるんだろう」

八重昌は身の回りの物を風呂敷に一包みほど持ち出したが、金はほとんど持っていなかったらしい。身重なこともあって、そう遠くには逃げられぬと義十郎は踏んでいるが、今日明日で真一郎が手がかりを得られぬようなら「その筋の追手」をかけると言う。

「それは、つまり」

「やつらがどう始末をつけるかは、お前さんは知らない方がいいだろう。だが、見逃すことはできん。足抜けを逃したとあっては他の者にしめしがつかんし、うちの沽券《こけん》にかかわるからな。今なら折檻《せっかん》だけで済ませてやれるんだが……」

義十郎の言い分はもっともなのだが、連れ戻しても折檻は免れぬのかと、真一郎は気を重くした。

「八重昌の姿かたちなんかは、冬青から聞いてくれ。あいつが、お前さんを呼んだらどうかと言い出したんだ」

「冬青が？」

「お前さんならきっと頼りになるから、と。お前さんが八重昌を捕らえることができるかどうか、一丁賭けてみないかとも言われてな。借金だらけで、ろくな賭け金もないやつの賭けに乗る気はないが、お前さんが見事八重昌を連れ戻してきたら、餞別《せんべつ》を兼ねて冬青にも褒美を出してやることにした」

身請けを前に、少しでも自由になる金が欲しいのだろうか？

なんにせよ、冬青は己を買ってくれているようだ。ならばそれこそ餞別代わりに、冬青の期待に応えたくなった。

下婢に案内されて見世の奥へ行くと、冬青は部屋に鎮座して待っていた。

薄化粧に木賊色《とくさいろ》の単衣《ひとえ》と、盗人探しの折よりずっと飾り気がないが、緑の黒髪や白磁のごとき肌は相変わらずだ。

「いらしたと、知らせを聞きんしたぇ……早々にご足労くださり、ありがとうございんす」

ちらりと真一郎の後ろを窺《うかが》ったのは、大介が同行していると思ったからか。

「大介はちと出かけてな」

「さようでございんすか」

「八重昌のことを聞かせてくんな」

「はい。お染《そめ》さん、案内ご苦労さまでありんす」

冬青に促されて、染という下婢は部屋の外には出たものの、真一郎たちを二人きりにはできぬのだろう。襖戸《ふすまど》を薄く開けたまま、廊下に座り込んだようである。

微苦笑を漏らしてから、冬青はゆっくり口を開いた。

「八重昌はわっちより三つ年下で、今年二十歳でありんす。江戸者で、親の借金のかたに十五で中に売られてきんした。背丈はわっちと変わりんせんが、わっちより四貫《よんかん》ほど目方がありんす。ああ、今はおそらく七貫余り違いんしょうが……」

冬青は並より細身だが、四貫も目方が違うなら八重昌は小太りといっていいだろう。もとより太めの身体だからか、月のものが途絶えてからおよそ八箇月になる今も、腹の膨らみはさほど目立って見えぬらしい。

「わっちが八重昌を見慣れているからやもしれんせんが……けれども、前に身ごもった時も八重昌が言うまで誰も気付きんせんでした」

八重昌は月のものも乱れがち、悪阻《つわり》も軽い方らしく、八重昌自身、三月ほど前まで懐妊しているとは思わなかったようである。

「それでも、もう二月もすりゃ臨月だろう？　そんな身体でよく逃げ出せたな」

「手引きした者がいたと思いんす」

声を潜めて冬青は言った。

「八重昌の間夫《まぶ》か？」

「いいえ、八重昌には間夫と呼べる殿方はおりんせんした。親兄弟も、この五年で皆亡くなっておりんす。ですが少し前に八重昌から、ある尼僧の話を聞いたことがありんす」

名を「宝生尼《ほうしょうに》」というらしい。

「その方は若き頃に我が子を亡くし、以来、子を授かることなく仏門に入ったそうでありんす。己と同じ悲しみを背負う者が少しでもいなくなるようにと、お産に悩む女たちの手助けを生き甲斐《いがい》としていると、八重昌から聞きんした」

「宝生尼、だな」

冬青が用意していた書付を見ながら、真一郎は尼の名前を確かめた。

八重昌も伝え聞いたのみらしいが、日本橋から四町ほど西にある、一石橋《いちこくばし》の迷子しらせ石に宝生尼とつなぎを取る手がかりがあるという。

「このことは、義十郎さんには……？」

「申しておりんせん。すこうし思うところがありんして……旦那さまからお聞きかと存じんすが、高木屋に嫁ぐ前に、一つ手に入れたいものがありんす。もう叶《かな》わぬものと諦めておりんしたが、八重昌が逃げたと知って、わっちもあがいてみとうなりんした」

「渡りに船か」

「ひどい女と思いんすかぇ？」

自嘲めいた笑みを浮かべて冬青は言った。

「八重昌は見つかったらただでは済みんせん。旦那さまは——いいえ、どこの見世も足抜けには容赦しんせん。折檻を受ければ、赤子も失うことになりんしょう」

「赤子を……」

「八重昌はここの暮らしを『生地獄』と呼びんしたが、下には下がありんす。このまま追手がかかれば、八重昌は赤子を失うだけでなく、ここはまだ地獄の入り口でしかなかったことを、身をもって知ることになりんしょう」

郭生まれ、郭育ちの冬青である。足抜けの末路は、これまでに嫌というほど見聞きしてきたに違いない。

「まあその、無事に連れ戻してぇもんだ。八重昌のためにも、赤子のためにも……お前のためにも。けど本音を言やぁ、見逃してやりてぇ」

真一郎がぼやくと、冬青は束の間《つかま》目を落としてから、再びゆっくり笑んだ。

「お情け深いこと。大介の言う通りでありんすね」

「だってよ、連れ戻したところで、赤子が死んじまっちゃあ、やりきれねぇや」

「さりとて、真さま。ここで生まれ育つことが、赤子にとって良いのかどうか。生まれてくるのが男なら、大介のような道もありんしょう。けれども、もしも女なら、母親を――この世に生を受けたことを――恨むこともありんすぇ」

お前もか、とは問えなかった。

――母親を恨んでいるのやもしれねぇぜ――

――いや、赤子を妬んでいるのやもな――

身重の女ばかり狙う男の心をそう推察した時、大介は冬青のことを思い出していたのやもしれなかった。

宝生尼の噂《うわさ》を聞いていたとしても、八重昌一人で尾張屋から——吉原から逃げ出すのは生半ではない。

もしや、のちに捕らえられることまで——赤子が助からぬだろうことも——勘定の上で、冬青が手助けしたのではないか？

そんな疑いも頭をよぎったが、冬青を前にし、染が聞き耳を立てている中で、口にするのは躊躇《ためら》われた。

黙っていると、おもむろに冬青が問うた。

「……大介はどうしておりんすか？」

声はさりげなくとも、微《かす》かに窺うような目をしたのがなんとも切ない。

「大介なら、お前のことを案じていたよ」

「わっちをですか？」

「ああ。身請人の人となりを探ってくれと頼まれたさ。お前には仕合わせになって欲しいから、と」

「今更、何をつまらぬ情けを……」

呆《あき》れたようにつぶやきつつも、未練がありありと見て取れる。

同情を悟られぬよう、今度は真一郎の方から問うた。

「ここだと――中では大介はどんなだい？」

「ここでの、大介でありんすか？」

「うん。ちと、からかってやりてぇからよ。何かねたになりそうな、あいつの面白可笑《おもしろおか》しい話を教えてくんな」

「ねたになりそうな……ふふ、そうでありんすねぇ……」

小さくも、愉《たの》しげな笑みは初めて見る飾り気がないもので、真一郎を安堵《あんど》させた。

嫁いでしまえば、大介に会うどころか、その名を口にすることさえままならぬだろう。

八重昌を見つけられるかどうか――無事に連れ戻して、冬青に「褒美」を取らせることができるかどうかは、まだ定かではない。ゆえに、せめて今ひとときの大介の想《おも》い出《で》話が、冬青の慰めとなるよう真一郎は祈った。


一石橋へ向かう前に一度長屋へ戻ると、久兵衛が帰っていた。

「言付ける手間が省けやした」

別宅で過ごすことの多い久兵衛とは、言伝帳を通じてやり取りしている。

障子張りを頼もうと思ってやって来たらしいが、冬青の身請けと八重昌の足抜けをかいつまんで話すと、久兵衛も沈痛な面持ちになる。

「そりゃ早いに越したことないな。よし、一石橋まで儂《わし》も行こう。ちょうど店に顔を出そうと思っていたんだ」

久兵衛は両替商・両備屋《りょうびや》の隠居で、両備屋は日本橋より更に南の、京橋《きょうばし》を渡った先の銀座《ぎんざ》町《ちょう》にある。

昨年還暦を迎えた久兵衛だが、足腰はまだしっかりしている。身体がなまっているからと、道中で空き駕籠《かご》を拾うこともなく、ともすれば真一郎を先導するごとく早足で歩いた。浅草から日本橋まで一里余りある。出だしは早かったものの、吉原で一刻ほど過ごした後であったから、迷子石のある一石橋の南側に着いた時には昼九ツをとっくに過ぎていた。右側の「しらする方」から始め、左側の「たづぬる方」も見てみたが、宝生尼の名は見当たらない。

「これじゃないか？」

横から覗《のぞ》き込《こ》んでいた久兵衛が、「しらする方」に貼られていた書付を指差した。

〈まよいご　笙子　しょうこ　ちゃや　きょうのや　まで　京乃屋〉

「笙は美称を『鳳笙《ほうしょう》』というでな」

「なるほど。宝生の名とかけているのか」

「宝生は宝生如来から借りた名だろう。宝生如来は物事の平等を見抜く知恵と、福徳の宝を生ずる徳を持つ仏さまだ。京乃屋といい、笙子といい、何やら雅《みやび》な……宝生尼は上方の者やもしれんな」

久兵衛の博識に感心しながら、「なるほど」と真一郎は繰り返した。

「しかし、京乃屋というのは――ああ、あれか」

辺りを見回した真一郎が、橋の北側の北鞘町《きたさやちょう》に「京乃屋」と書かれた幟《のぼり》を見つけた。

一石橋に来る前に長屋から吉原まで往復している真一郎だ。おいて屋で朝餉《あさげ》を食べたきりだから、まずは京乃屋の縁台に腰かけて「京団子」とやらを頬張った。京乃屋はその名から察せられるように店主は京の出で、給仕も皆、上方言葉を使っている。

「あの、迷子石を見て来たんですが」

団子のお代わりを注文する際、給仕の女に訊《たず》ねてみると、女の顔がさっと曇った。

「……笙子はんなら、もうここにはおらしまへん。ついこないだ、親御はんに引き取られていきました。迷子石の書付はのちほど剝がしときますえ」

にべもなく応えると、女はそそくさと店の奥に引っ込んだ。

人助けを生き甲斐としている尼僧なら、足抜け女郎も厭《いと》わぬだろう。見かけ倒しでも「用心棒」を務めることもある真一郎ゆえ、「追手」だと用心されたに違いなかった。わざわざ迷子石に符丁めいた名を記しているのも、京乃屋をつなぎに使っているのも、追手や冷やかしなどの余計な者を、少しでもふるいにかけるためだと思われる。

まあ、俺も追手には違ぇねぇが……

久兵衛と見交わして、押しても無駄だと頷き合うと、茶屋を出てから真一郎は言った。

「お多香に頼んで、明日また出直しまさ」

女の多香が持ちかければ、宝生尼に取り次いでもらえると踏んだのだ。

「それがよい。儂はちとくたびれたから、駕籠に乗る」

「俺もいい加減くたびれました」

ちょうど一石橋で客を降ろした駕籠を捕まえて久兵衛を乗せてしまうと、真一郎はとぼとぼと浅草へ戻った。

翌朝になっても大介は戻らなかったが、多香には助《すけ》っ人《と》を諾《だく》してもらえた。

折よく東仲町《ひがしなかまち》でお座敷《ざしき》がある鈴に、少し先の田原町《たわらまち》にある安田屋への言伝を頼んでいると、四ツ前だというのに木戸の向こうから久兵衛が現れた。

「こりゃ、お早いお帰りで」

「うむ。京乃屋から遣いがあったでな。早駕籠を飛ばして帰って来た」

真一郎と給仕のやり取りを見ていた店の者が、真一郎の隣りにいた久兵衛を見知っていたそうである。

――両備屋のご隠居のご用なら別やで――

そう判じた店主が、朝も早くから両備屋を訪ねて来たという。

――けして悪いようにはせぬ。このままでは、宝生尼も「その筋の追手」に狙われることになるぞ――

久兵衛にそう諭されて、店主は宝生尼が八重昌を連れて王子《おうじ》へ行ったことを明かした。

「王子か……」

「赤子は見逃してくれるよう、儂からも義十郎さんに頼んでおく。お前はまずは王子に向かい、八重昌を連れ戻して来い」

「はあ」

なんでも屋にして、かつては振り売りをしたこともある真一郎ゆえ、足腰にはそこそこ自信がある。だが、今日は一日八重昌を探す覚悟があったとはいえ、王子までは片道一刻はかかる道のりだけに、早くもげんなりしてしまう。

と、多香がおもむろに口を開いた。

「――私も行こう」

「えっ」

「なんだか面白そうだからさ」

と言いつつも、本音は八重昌を案じているようである。にやりとしたのも一瞬で、すぐに真顔になると、多香は真一郎に顎をしゃくった。

「とっとと支度しな。すぐに出るよ」

「おう」

支度といっても、王子までなら旅装をするまでもない。着物を尻《しり》っ端折《ぱしょ》り、懐に久兵衛から渡された当座の金と矢立を突っ込むと、真一郎は多香と一路王子へ向かった。

夜はやや涼しくなったが、日中の陽射《ひざ》しはまだ夏のそれとあまり変わらない。残暑に時折汗を拭いながらも、休まずに先を急いだ甲斐あって、一刻足らずで飛鳥山《あすかやま》の麓に着いた。

「さて……まずは番屋で訊いてみるか」

京乃屋の主《あるじ》は、宝生尼から「王子」としか聞いていなかった。尼僧と妊婦の二人連れなら町の番人が覚えているやもしれぬと、更なる手がかりを求めて番屋を訪ねてみたところ、留守番だという老爺《ろうや》が言った。

「番人なら山へ行ったよ。なんでも若い女が襲われたとか」

嫌な予感を覚えて、思わず多香と顔を見合わせた。

真一郎たちが次の一手に迷う間に、番人の平九郎《へいくろう》が数人の男たちと戸板を引きずりつつ戻って来た。

はたして、戸板に横たわっていたのは八重昌であった。

顔かたちや背格好が冬青から聞いたものと合致しているのみならず、傍らに落ちていたという風呂敷包みを開いてみると、これも冬青から聞いたものと同じ意匠の着物や小間物が出てきた。

　通りすがりに八重昌を見つけた者は、まず山犬に目を留めたという。三匹いた山犬をその者は果敢にも棒切れを振り回して追い払ったが、八重昌は既にこと切れていた。

　山犬に喰《く》い散らかされた亡骸《なきがら》はあまりにもむごく、血なまぐさく、真一郎は何度も目を背けそうになった。幸い頭は喰われていなかったが、顔には苦悶《くもん》の表情がしかと窺える。

　己の横で、顔色一つ変えずに多香がつぶやく。

「死んだのは山犬に襲われる前か、後か……」

「そうだな。山犬に殺されたとは限らねぇ」

「うん？　そりゃどういうことだい？」

　真一郎たちを交互に見やって問うた平九郎へ、真一郎は八重昌が足抜けだと明かした。

「じゃあ、妓楼からの追手に殺《や》られたってのかい？」

「昨日の今日なんで、そうとは言い切れやせんが……ところで、八重昌は宝生尼って尼さんと一緒だった筈なんですが、お心当たりはありやせんか？」

「名は知らないが、尼さんなら昨日一人見かけたよ」

「一人で、ですか？」

「ああ、連れはいなかった――と思うがね」

　八重昌のことを話すうちに九ツが鳴り、真一郎たちは平九郎の家で昼餉《ひるげ》を馳走《ちそう》してもらうことになった。興味津々のおかみに問われるままに、身元や王子まで来たいきさつを繰り返すと、平九郎の顔がやや和らいだ。昼餉に誘ったのは親切心というよりも、真一郎たちを疑っていたようである。

だが平九郎の疑いが晴れたとて、八重昌が死した事実は変わらない。

「とにかく、お上に知らせねぇとなぁ」

「俺も尾張屋に知らせに戻りやす」

そう言って平九郎と真一郎が頷き合った矢先、先ほど八重昌の亡骸を運んで来た男たちの一人が訪ねて来た。

「あんたが言ってた尼さんだけどよ。どうやら、『つぐみ屋』にいるらしいぜ」

つぐみ屋は王子権現の手前にある宿で、幸い、久兵衛の定宿《じょうやど》でもあった。

「そんなら、ちょいと尼さんの顔を拝んでいこう」

今度は多香と頷き合って、真一郎たちは平九郎の家を出た。

飛鳥山の南側をぐるりと回ってつぐみ屋に着くと、番頭に久兵衛の名を出して、宝生尼に取り次いでもらった。

案内された部屋にいたのは、三十路近い、穏やかな顔をした女だった。頭巾から覗く顔はほっそりしていて、よく見るとなかなかの佳人である。

「先ほど宿の方にお話を聞いたばかりで……もしやと恐れておりました」

八重昌は昨日の朝のうちに京乃屋に現れ、宝生尼はすぐさま八重昌を江戸から逃がすべく算段したという。人気が多く、女でも迷いにくい品川宿《しながわしゅく》から東海道への道は追手がかかりやすいと判じて、板橋宿《いたばししゅく》から中山道《なかせんどう》へと逃がそうとしたそうである。

「八重昌とは一緒じゃなかったんですか？」

「京乃屋を出た時は一緒でしたが、お八重さん――八重昌さんが江戸を出る前に少しだけ寄りたいところがあると言うので、神田明神の手前で一旦別れることにしたのです。すぐに、なんなら駕籠を使って後を追うとのことでしたので、私はゆるりと歩いて参りましたが、宿に着いても八重昌さんは現れず、昨夜はまんじりともしませんでした。こんなことなら、一緒についてゆけばよかった。二人一緒なら山犬を追い払えたと思うのです」

宝生尼の言葉には少しばかり――おそらく京の――訛《なま》りがあった。

「あなたが一緒だったなら、飛鳥山への寄り道なんぞ許さなかったことでしょう。山にゆかねば、殺されることも、山犬に喰われることもなかった筈でさ」

宝生尼から話を聞いて、殺しの疑いが強まった。

「殺された、というと？　山犬に襲われて亡くなったのではないのですか？」

「あなたに追いつこうとしていた八重昌が、一人で飛鳥山に寄り道するとは思えやせん。誰かに誘い込まれたんじゃねぇでしょうか？」

「誰かというと……吉原の者ですか？　追手から逃げようとして、山に迷い込んだのやも」

「俺が知る限り、尾張屋はまだ俺の他に追手をかけていやせん」

「とすると、八重昌さんの情夫《いろ》――想い人かもしれませんね。八重昌さんは頼れる親兄弟や親類はいないと言っていましたが、江戸を出る前に寄ろうとしていたのは、想い人の家だったのではないでしょうか。ところが殿方の方は、八重昌さんを重荷に思い……」

「八重昌に間夫がいたとは聞いてねぇです。よしんば間夫がいたとしたら、八重昌なら真っ先に、あなたを訪ねる前に間夫のところへ行った筈でさ」

「では、誰が殺したというのです？」

「それは……ああ、そうだ。あいつかもしれやせん」

「あいつ？」

「昨今、市中には、身重の女に嫌がらせをしている者がいるそうです。宝生尼はご存じねぇですか？　右目の下に泣きぼくろ、左腕に三寸余りの傷があるってんですが」

「……そんな男がいるとは、ちっとも知りませんでした。真一郎さんはどうしてそのことをお知りになったんですか？」

「浅草の岡っ引きの旦那から聞きやした」

「そうですか。岡っ引きから……まことの話なら、ほんに許し難い所業でございます」

唇を嚙《か》んだ宝生尼を、多香はじっと見つめている。

のちほど宿を引き払い、平九郎を訪ねてみると言った宝生尼に暇《いとま》を告げて、真一郎たちは腰を上げた。

久兵衛の知己だと知ったからか、はたまた宝生尼の人徳か、女将《おかみ》が宝生尼と共に見送りに玄関先までやって来る。

番頭にも礼を言って表へ出ると、軒先で刀匠の行平《ゆきひら》と鉢合わせた。

行平は大介の養親にして師匠だった音正の知り合いで、つぐみ屋からは少し離れた村外れに住んでいる。

「こりゃ、行平さん」

「矢師の真一郎か」

真一郎を認めてから行平が問うた。

「そっちはお前の女房か？」

「……同じ長屋のお多香です。お多香、刀匠の行平さんだ」

「多香と申します」

頭を下げることなく己を見つめた多香を、行平もじっと見つめ返す。

「お多香、か。覚えておこう」

微かに口角を上げた行平に、真一郎の胸は何やらざわめいた。

以前、大介と訪ねた折には愛想の欠片《かけら》も見せなかった。だが、行平は刀匠にして剣士でもある。多香の美貌はもとより、その本性——伊賀者の末裔という出自はともかく、武芸者であること——を見抜いて好意を抱いたように思えた。

「ありがとう存じます」

多香の方も満更ではなさそうなのがまた、真一郎には面白くない。行平は四十路《よそじ》過ぎだが、真一郎よりずっと逞しい身体つきで顔立ちも整っている。ゆえに、真一郎の内にはむくむくと嫉妬心が湧き上がった。

そんな真一郎の心中をよそに、行平は更に問うた。

「王子くんだりまで来て逢引《あいびき》か？」

「ち、違いまさ」

「じゃあなんだ？　また殺しか？」

「ええ、また殺し——みてぇです」

真一郎が応えると、行平は一瞬目を見張ってから今度は明らかににやりとした。

「そうか。また殺しか。なんでも屋というのは退屈知らずでよいな」

「はあ……」

返答に困った真一郎が言葉を濁したところへ、平九郎が駆けて来た。

「おおい、真一郎さん。うん？　行平さんじゃないか。なんだい？　あんたたち、知り合いかい？」

「まあな」

行平が応えると、平九郎は真一郎の肩を叩《たた》いた。

「なんだ。そうだったのか。だったら、言ってくれりゃあよかったものを――ああそれよりも、宝生尼には会えたかい？」

「ええ、あのお方でさ」

式台からこちらを窺っている宝生尼を見やると、平九郎は急ぎ土間へ足を踏み入れた。

「ちょうど臨時廻《まわ》りの旦那がいらしてね。お前さんに話を聞きたいと、こっちへ向かっているところなんだ。女将、座敷《ざしき》を支度してくれ」

「まあ、すぐに支度いたします」

女将と宝生尼の後を平九郎がついて行って見えなくなると、行平が真一郎を見た。

「あの女が下手人か？」

「まさか。御仏に仕える尼さんですぜ」

「だからなんだ。お多香に負けず劣らず、業の深そうな女だった」

「お多香に？」

真一郎は眉をひそめたが、多香は微苦笑を浮かべて行平と見交わした。

「詳しく聞きたいが、人を待たせているんだ。またいずれかの楽しみとしよう」

「ええ、またいずれかに」

真一郎の代わりに応えて、多香はさっさと歩き出す。

「なぁ、お多香――」

後を追った真一郎へ、振り向きざまに多香は言った。

「下手人かどうかはともかくとして、あの女はどうも臭うね」

「そうか？」

望んでいた応えではなかったが、多香の勘は莫迦《ばか》にできぬゆえに真一郎は耳を澄ませた。

「ああ。あの女は、あの男の正体を知っているんじゃないかねぇ？」

「あの男ってのは、その」

「右目にほくろ、左腕に傷を持つ男のことさ。面倒だから、こいつも仮に権兵衛《ごんべえ》と呼ぼう」

「どうしてそう思う？」

「あんたは『あいつ』としか言わなかったのに、あの女は『男』だと言ったじゃないか。想い人を情夫と言ったり、岡っ引きを呼び捨てしたりも、尼にはなんだかそぐわなかった」

――気になるから、私はあの女をつけてみる――

そう言った多香を王子に残して、真一郎は尾張屋へ向かった。

「そうか。死んだか」

つぶやくように言って、義十郎は番頭の栄吾を呼び、誰か一人、亡骸を確かめに王子に送るよう命じた。

「お前さんのことは信じているが、こうしたことは、うちでけりをつけねばならんのだ」

「でしょうな」

「日本橋と王子へ行って帰って——手間賃は一分でいいか？」

一日二朱、二日の実入りとしては真一郎には御の字だ。

「そりゃありがてぇですが……その、冬青への褒美はどうなりやすか？」

「当然なしだ。お前さんが八重昌を連れ戻せたら、という話だったんだからな」

「で、では、手間賃は返上しやす。その代わり——」

「その代わり、冬青にくれてやれというのか？」

「それでも構いやせんが、冬青は金は望んでねぇと思いやす」

冬青から大介の想い出話を聞くうちに、冬青が最後に一つ手に入れたいものとは、大介にかかわるものだろうと推察していた。

「冬青は生まれてこの方、中でしか暮らしたことがねぇんでしょう？　そんな女がここで最後に望むものがなんなのか……なんであれ、できることなら叶えてやりてぇんです」

真一郎が頭を下げると、義十郎は面白そうに顎へ手をやった。

「そうだな。冬青には大分稼いでもらったからな。なら、真一郎さん、下手人と引き換えってのはどうだ？」

「うむ。お前さんの見立てじゃ、八重昌は殺されたんだろう？　冬青の嫁入りまでに、うまいことお上より先に下手人を挙げてきたら、約束通り冬青に褒美を——冬青の望みを叶えてやろうじゃないか」

無茶な、と思ったものの、下手に駆け引きできる相手ではない。

「判りやした」

短く応えて立ち上がると、「頼もしいな」と義十郎はにやりとした。

八重昌がどこに寄ったのかが気にかかっていたが、行き先を探り出すのは難しそうだ。それよりも、宝生尼が権兵衛を知っていそうだという多香の勘を信じて、真一郎は先に権兵衛を探すことにした。

王子に引き返すことも考えたが、市中に出没している権兵衛が王子を住処《すみか》にしているとは思えない。吉原を出ると、又平が何かつかんでいないかと東仲町の仏具屋・三晃堂《さんこうどう》を訪ねてみたが、そろそろ六ツが鳴ろうというのに又平は留守だった。

——多香が帰って来たのは翌朝だ。

もしや宝生尼を尾行すると言ったのは口実で、行平と一夜を過ごしたのではないかと、真一郎は疑いの目で多香を見た。

「一晩中見張ってたのか」

「いいや、宝生尼は五ツには京乃屋へ帰ったからさ。けれども、ちょいと粂七《くめしち》さんに訊きたいことができて、昨夜は浜田《はまだ》に泊めてもらった」

　多香の旧知の粂七が番頭を務める浜田は、平右衛門町《へいえもんちょう》にある出会茶屋だ。

「浜田に？　一人でか？」

「いくら私でも、そう都合よくしけ込む相手は見つかりゃしないよ」

　真一郎を軽くいなして、多香は続けた。

「それより、やっぱりあの尼は怪しいよ」

　宝生尼はあれから平九郎と臨時廻り同心と共につぐみ屋を発《た》ち、番屋で八重昌の亡骸に経を唱えてから、帰路で上野の待合茶屋・山彦屋《やまびこや》に寄ったという。

「待合茶屋だと？」

　待合茶屋はその名の通り待ち合わせに使われる茶屋だが、店によっては会合の他、出会茶屋のごとく男女の逢瀬《おうせ》の場ともなる。

「うん。ただ、おそらく言伝のみで、すぐに店から出て来たけどね。それで山彦屋がどんな店だか知りたくて、浜田に寄ったのさ」

　山彦屋は出会茶屋の真似ごともしているが、それを含めて至って並の待合茶屋らしい。

「そうか。宝生尼が八重昌と別れたのは神田明神の手前だったな。山彦屋は八重昌が向かった先だったやも……」

だがそれならそうと、何故《なぜ》、宝生尼はつぐみ屋で教えてくれなかったのか。

真一郎の方も、義十郎とのやり取りを多香に話した。

「行きずりに殺されたとは思えねぇ。間夫だろうが権兵衛だろうが、宝生尼は何か知ってぃそうだな。なら、まずは宝生尼を探ってみるさ」

これから京乃屋へ向かうと言うと、「乗りかかった船だ」と多香もついて来る。

多香と一緒なのは嬉《うれ》しいが、昨晩も帰って来なかった大介がやや気になった。

「少し浅草を離れていたいんだろう。冬青が身請けされるんだ。あいつなりに思うところがあるんだろうさ。身請けされたら大介は手出しできない――いや、しないだろうからね」

「そうだな。あいつは『人妻には手を出さねぇ』と豪語していたからな。……そういや、おとい冬青から聞いたんだが――」

などと、大介の話をするうちに京乃屋にたどり着いたが、あいにく宝生尼は留守だった。

真一郎が久兵衛の用心棒だと知ったからか、店主自らが出て来て言った。

「つい先ほどお出かけになりましたで」

「行き先は？」

「上野、としか伺っておりまへん」

上野と聞いて、真一郎たちは顔を見合わせた。

主に暇を告げると、日本橋の袂から通町《とおりちょう》を通って北へ急ぐ。

昨日から二人とも歩き詰めだ。殊に多香は王子まで往復しただけでなく、宝生尼を尾行しながら上野や日本橋へも行っている。十軒店《じっけんだな》から乗物町《のりものちょう》へと歩む間に、改めて感心しながら多香を見やると、視線に気付いた多香がじろりと睨《にら》む。

慌ててそらした真一郎の目が、半町余り先に白い袖頭巾《そでずきん》を被った女をとらえた。

「おい」

多香を促し、それとなく近付いて確かめると、やはり宝生尼であった。頭巾は僧侶らしいが、着物は法衣《ほうえ》ではなく、鈍色《にびいろ》の着物に似たような消墨《けしずみ》色の縞《しま》の帯を締めている。

気付かれぬよう、再び少し離れて真一郎たちは宝生尼の後を追った。

宝生尼は筋違御門《すじかいごもん》から御成街道《おなりかいどう》を北へ進み、真一郎たちが見当をつけた通り、上野は池之端仲町《はたなかちょう》にある山彦屋へ入って行った。

山彦屋の斜向《はすむ》かいの、まっとうな茶屋から見張ること半刻《はんとき》余り。

宝生尼より先に出て来た男を見て、真一郎は目を見張った。

細身で背丈は五尺四寸ほど、三十路前後で右目の下に泣きぼくろがある。左腕の傷は見えないが、あろうことか面立ちが宝生尼によく似ている。

「権兵衛だね。私が追うから、あんたは宝生尼を頼む」

「合点だ」

権兵衛の後を追った多香が見えなくなって間もなく、宝生尼が山彦屋から出て来た。

「宝生尼」

振り向いた宝生尼が目を丸くしたのも一瞬だ。すぐに微笑を浮かべて、穏やかに問うた。

「真一郎さん、どうしてここへ？」

「蛇の道は蛇……俺にも、つてがなくもないんでさ」

「両替屋の用心棒をなさっているだけありますね」

つぐみ屋の女将か、京乃屋の主から聞いたのだろう。両備屋の用心棒ではないのだが、この場で正すには及ぶまい。「つて」というのも、後ろ盾を匂わせたはったりで、全ては多香の勘と働きによるものである。

――だが、お多香がいりゃあ百人力だ。

「先ほど出て来たのはごん……あの男ですね？　あなたとは他人じゃなさそうだ」

「……もう隠してはおけないようですね。正直にお話しいたします。どうぞ、中へ」

やるせない笑みを浮かべて、宝生尼は出て来たばかりの山彦屋に真一郎をいざなった。

戻って来た宝生尼を見て、山彦屋の番頭は驚きをあらわにしたが、宝生尼が頷くと、黙って仲居を呼んだ。

案内された部屋は六畳間で窓がなく、隅に枕屏風《まくらびょうぶ》に囲われた布団があるのみだ。

宝生尼に促されるまま腰を下ろすと、「ごゆっくり」と仲居が襖戸を閉めた。尼僧とはいえ歳の近い美人ゆえに、真一郎は内心どぎまぎとする。

向かいに座った宝生尼が、ゆっくりと、低い声で話し始めた。

「あの者の名は琴哉《ことや》。私の双子の弟でございます」

「弟だったのか」

迷子石に記している「笙子」は、宝生尼の出家前の名だという。

「母が笙と琴の名手だったそうです。私は覚えておりませんが……」

宝生尼――笙子――と琴哉は、京は島原《しまばら》で生まれた双子だった。大介や冬青と同じく、母親は女郎、父親は誰ともしれぬ、郭生まれの郭育ちである。

そしてこれもまた大介たちと同じく、二人は物心つく前に母親を亡くし、やがて琴哉は郭を出て奉公人に、宝生尼は島原女郎となった。

「琴哉の奉公先は呉服屋で、旦那さまは母の馴染みだったそうです。私たちは旦那さまに似たところは一つもありませんが、それゆえに身内と揉《も》めることもあるまいと、琴哉を引き取ってくださったのです」

呉服屋には琴哉や宝生尼と同い年の跡取りがいた。

「琴哉から私のことを聞いて育ったからか、若旦那は私が見世に出るのを待って筆を下ろされ、私の馴染みとなりました」

若旦那は二十歳で妻《めと》を娶り、一年ののち、跡取りが生まれたのを機に宝生尼を島原から請け出して妾とした。

「ですが、外で何不自由なく暮らしたのは、ほんの二年ほどでした。若旦那はある日、物盗りに襲われて殺されたのです。ちょうど遣いに出ていた琴哉が疑われ、琴哉は店から、私は妾宅《しょうたく》から追い出されました」

「琴哉さんは、何か疑われるような節があったんですか？」

「いいえ、なんにも。なんの証拠も出ませんでしたが、おかみさんは初めから私たちを疎んでおりましたから、これ幸いと騒ぎ立てたのです」

証拠は「出なかった」やもしれぬが、琴哉が妊婦にしてきた所業を――八重昌を殺しただろうことを――思えば、若旦那の下手人であってもおかしくない。

「若旦那に操を立て、若旦那の冥福を祈るために出家いたしました。されども私は、尼僧になっても侮られてばかりで……尼は尼でも売比丘尼《うりびくに》と取り違えられて難儀しましたが、その度に琴哉は憤り、私を庇《かば》ってくれました。弟は、根は悪くないのです。ただ……」

「ただ？」

「京から大坂《おおさか》、近江《おうみ》、尾張、三河《みかわ》、甲斐《かい》と転々として私たちは江戸に落ち着きました。親子の絆《きずな》を知ることなく育った私は、共に暮らす親子が羨ましく、愛おしく、親子――殊に母と子が引き離されることのないように、人助けをするようになりました。京乃屋の旦那さまを始め、意を共にする方々とも巡り会い、私は今は仕合わせに暮らしておりますが、琴哉はいまだ江戸の暮らしに――いえ、世間に馴染めぬようなのです」

琴哉は大坂と近江国では店者として勤めたがうまくゆかず、近江国を出てからは行商人となった。所々で知己を増やしていった宝生尼とは裏腹に、琴哉は孤独を好むようになり、江戸では一人暮らしを望んだ。

「琴哉は母を恨んでおりました。生を受けねば今の苦しみもなかったと……私では力になれぬようなので、よき伴侶を見つけるよう勧めましたが、琴哉は首を振るのみでした。そうこうするうちに母への恨みが高じて――もしくは私へのあてつけか――琴哉は身重の女の人へ嫌がらせをするようになったようです。琴哉の所業はこの一年ほどで薄々気付いていましたが、此度の八重昌さんの死ではっきりしました」

一昨日、宝生尼は八重昌と京乃屋を出てすぐ、宝生尼を訪ねて来た琴哉に出会った。琴哉と話をしながら通町を行き、十軒店を過ぎた辺りで別れたが、琴哉はこっそり二人の後をつけ、神田明神の手前で二人が離れた後は八重昌について行ったそうである。

声をかけられて八重昌は驚いたが、別れたのは「追手の有無を確かめるため」だと言った琴哉の嘘《うそ》を信じたらしい。

「先ほど琴哉に問《と》い質《ただ》して、全て聞き出しました。琴哉が言うには、八重昌さんは私を騙《だま》していたそうです」

「あなたを騙していた？」

「赤子連れでは何かと不便だと、八重昌さんはこぼしたそうです。ほとぼりが冷めたら、できるだけ早く赤子を養子に出したい、ゆえに養親を探して欲しいと私に――姉に――頼んでくれと言われた、と」

思いがけぬ言葉に琴哉も驚いたらしい。宝生尼もまた、苦しげに顔を歪《ゆが》めた。

「血を分けた子を捨てるのかと、琴哉が問うたところ、八重昌さんは……」

――父親が知れているならまだしも、誰の種だか判らない子供なんて、外じゃちっとも役に立たないわ。中なら借金のかたにできたけど――

「そのように言われて、琴哉が黙っていられる筈がありません。八重昌さんは赤子にはまったく愛着がなく、苦界から逃げ、己が生き延びるためだけに、赤子と私をうまく使おうとしていたのです」

「だからといって、殺すこたねぇでしょうに。八重昌の言い草はとんでもねぇが、赤子にはなんの罪もねぇ」

「到底我慢ならなかった……そう、琴哉は言っておりました。ゆえに、嫌がらせで済ませることができずに殺すことにしたのだ、と。無論、琴哉は八重昌さんにはそんな素振りは少しも見せず、『一人では危ないから』と八重昌さんの用事を待って、私のもとまで送るともちかけました。それから『江戸の見納め』だと、飛鳥山に誘い込んだそうです」

唇を嚙み、真一郎をじっと見つめたのちに、宝生尼は両手をついて頭を下げた。

「見逃してくれとは申しません。ですが、どうか一日だけ時をくださいませ。琴哉とは明日も四ツにここで待ち合わせております。琴哉には江戸を離れるように言いましたが、その前に路銀を渡しておきたくて……でも、明日は必ず琴哉を連れて番屋に参ります。弟が人殺しとあっては、私も京乃屋を出ねばならぬでしょう。旦那さまにお話しして、今日のうちに身の回りを片付けておきとうございます」

「しかし――」

「お願い申し上げます。御仏に誓って約束いたしますゆえ、どうか明日までひとときお待ちくださいますよう……」

――高木屋に嫁ぐ前に、一つ手に入れたいものがありんす――

畳に額をこすりつけんばかりの宝生尼に、冬青の姿が重なって見えた。

真一郎が了承すると、顔を上げた宝生尼は袖口で目頭を拭いつつ礼を言った。

「……十で琴哉が呉服屋にもらわれていくまで、私たちはそっくりでした。歳を取るにつれて、少しずつ顔かたちや身体つきが違ってゆきましたが、何ゆえこんなことになってしまったのか……」

再び潤んだ目を、宝生尼はさっと袖で隠してうなだれた。

「今となっては……もしや、若旦那も琴哉の仕業だったやも……」

多香は、暮れ六ツを過ぎてほどなくして長屋に帰って来た。

「それで信じたってのかい？　甘い。あんたはまったく甘いよ」

真一郎の話を聞いて呆れ声を上げた多香に、守蔵は頷き、鈴は微苦笑を浮かべた。

「いや、念のため後はつけたさ。尼さんだって人の子だ。弟可愛《かわい》さに、今すぐ逃がしに行きゃしねぇかと案じてな。けど、あの人は確かに京乃屋へ帰ってった」

「ふん。それでいつまで張ってたのさ？」

「それは……」

宝生尼が京乃屋へ戻った頃には、とっくに昼九ツを過ぎていた。

日本橋ほどではないものの、一石橋も人通りが引きも切らない。じっとひとところにいるとかえって目立つと、真一郎は早々に見張りを諦めて、空腹をなだめるべく戻り道中で蕎麦を手繰ったのである。

「あんなところで、俺みてぇのが見張りなんて無理な話だ。それに、いくらあの人を見張ったところで、京乃屋の者に琴哉への言伝や文を託されたらそれまでだしな」

――というのは京乃屋に着いてから思いついた言い訳で、宝生尼にほだされたのは間違いない。琴哉について行った多香なら、宝生尼からつなぎがあろうとなかろうと、琴哉を逃がしはしないだろうという甘えもあった。

「お、お前だって、もう帰ってきたじゃねぇか。琴哉のやつ、これから夜逃げするやもしれねぇぞ？」

真一郎が言い返すと、多香は今一度「ふん」と鼻を鳴らした。

「あいつなら逃げやしないよ」

「どうしてそう言い切れる？」

「私はあんたよりも、嘘とほんとを見抜くことに長《た》けてるからね」

山彦屋を出た琴哉がその足で長屋へ帰ったため、琴哉の住処はすぐに知れた。

琴哉は小間物の行商人だった。山彦屋からほど近い長屋には荷物を取りに戻っただけで、再び表へ出た後は、七ツが鳴るまで伝通院《でんずういん》の周りの町を巡っていたという。

「得意先が何軒もあってさ。流行《はや》りの白粉《おしろい》や紅の他、名のある職人から直《じか》に簪やら根付《ねつけ》やらを仕入れているとかで、重宝されてたよ。殊におかみたちには、あの顔立ちと京言葉が気に入られているみたいだった」

そっくりとはいえないが、宝生尼と双子の琴哉は面立ちの穏やかな美男である。

「時折、物憂げな顔をしてたけど、私には人殺しには見えなかった。もちろん、後をつけられてるなんて気付いちゃいない……ふふ、けれども宝生尼の言う通り、琴哉が八重昌を殺したってんなら、琴哉は相当な悪だねぇ。この私の目を欺くほどの、さ」

「お多香……」

「案ずることたないよ、真さん。あんたは宝生尼を信じたんだろう？　だったらあの女が言った通り、琴哉は明日また山彦屋に現れるさ」

嫌み交じりの台詞《せりふ》に真一郎が眉尻を下げると、多香はくすりとして付け足した。

「明日も二人は四ツに待ち合わせているんだったね。そんなら私も付き合うよ」

「そうしてくれるか」

「あの女があんたとの約束を守るかどうか——この目で確かめたいからさ」

「お多香さんが一緒なら安心です」

横から口を挟んだ鈴へ、守蔵も相槌を打つ。

「そうだな。この期に及んで、逃げられちまったら元も子もねぇからな。お多香が一緒なら危なげねぇや」

守蔵と顔を見合わせて微笑んでから、鈴が灯りのない大介の家を見やった。

「大介さん、今夜もお留守みたいですね」

「気になるかい？」

鈴にも少しはその気が芽生えてきたかと、期待を込めて真一郎は問うた。

「ええ」と、鈴はあっさり頷いた。「三日も続けて家を空けるなんて、ここしばらくなかったと思います。真さんは気にならないんですか？」

「そうだなぁ……」

「越してきたばかりの頃は、よくお留守にしていました。お師匠さんが亡くなって、寂しかったんだと思うんです。冬青さんとはずっと仲良くしてきたのですから、やっぱり寂しいのでしょうけれど、なんの音沙汰もないとどうも心配で……その、私のお師匠さんのこともありますから」

鈴の胡弓《こきゅう》と三味線の師匠は津江といい、三年前に亡くなっている。友人宅へ出かけたきり三日戻らず、四日目に亡骸となって見つかったと真一郎は聞いている。約束の日に現れなかったことを案じた友人が出かけて行って、ようやくその死が知れたのだ。どうやら、道中の石段から滑り落ちて頭を打ったらしく、身元が判るようなものを身につけていなかったため、どこにも知らされていなかったのである。

「大介なら平気だ。殺しても死なねぇと、久兵衛さんも言ってた」

「本当にそうならいいんですけど」

晴れぬ顔の鈴と更に二言三言言葉を交わし、真一郎は早めに寝床に入った。

一夜明けて、四ツにならぬうちから昨日と同じ茶屋で山彦屋を見張っていると、鐘を聞く前に琴哉が旅装で現れた。

「宝生尼が言った通りだ」

心持ち得意げに真一郎は言ったが、「そうだねぇ……」と、多香の相槌はおざなりだ。

四ツが鳴って間もなく宝生尼もやって来て、真一郎たちに目を留めた。

近付いて来ると、多香を見やって宝生尼が言う。

「あなたさまもご一緒でしたか」

「この人だけじゃ、心許《こころもと》ないんでね」

「……弟に話して参ります。最後にひととき二人きりで過ごしたいので、こちらでお待ちいただけますか？」

真一郎が頷くと、宝生尼は山彦屋へ入って行ったが、半刻ほど過ぎても出て来ない。

「琴哉が渋ってるのやもな」

「裏口から逃げたやもしれないよ」

くすりとして多香は言ったが、真一郎は不安にかられて立ち上がった。

「ちと様子を見て来る」

「それがいい。長々と待たされるのはごめんだからね。もしも、あんたを見て逃げ出すようなら、私が表で捕まえてやろう」

山彦屋の者は真一郎を覚えていた。

「笙子さんなら、弟さんとご一緒です」

「うん。ちょいと二人に話があってな」

昨日と同じ部屋にいるというので、真一郎は案内を断って一人で部屋に向かった。

「宝生尼？」

「……どちらさまどすか？」

「真一郎といいやす。琴哉さんですね？」

真一郎が名乗ると、数瞬ののち、ゆっくりと襖戸が開いた。

思わず身構えたものの、琴哉に逃走や抵抗の意思はないようだ。

「姉のお知り合いどすか？」

「まあな」

「入っとぉくれやす」

足を踏み入れた途端、倒れ伏している宝生尼を認めて、真一郎は慌てて駆け寄った。

嘔吐《おうと》の跡がある宝生尼は苦悶の表情を浮かべており、明らかにこと切れている。

「姉は亡くなりました」

襖戸を閉めて座り直した琴哉が、抑揚のない声で言った。

「……お前が殺したのか？」

「結句《けっく》そないなりましたが、先に殺そうとしたんは姉の方どす」

「なんだと？」

「笙子は、うちを殺すつもりやったんどす」

そう言って琴哉は傍らの、竹皮に一つぽつんと残った饅頭《まんじゆう》を見やった。

　なんの変哲もない茶饅頭は手つかずだが、宝生尼の吐瀉物《としやぶつ》に饅頭の欠片《かけら》が交じっていることから、毒が仕込まれているようである。

「なんや勘が働いて、笙子が新しいお茶を頼む間に饅頭をすり替えたんどす」

「お前の所業に胸を痛めて、心中するつもりだったんじゃ……？」

「うちの所業？」

「お前が八重昌を殺したことだ」

「八重昌はん？　誰のことどすか？」

「先おととい、宝生尼が江戸から逃がそうとした身重の女だ。お前が飛鳥山で殺したんだろう？　宝生尼はお前が全て白状したと……お前を説き伏せて一緒に番屋へ行くと――」

「そんなんは嘘八百《うそはつぴやく》どすぇ」

　驚きもせず、落ち着いた声で琴哉は真一郎を遮った。

「八重昌はんとやらなんか、うちはまったく知らしまへん」

「えっ？」

「心中なんて――笙子はそないな殊勝な女やあらしまへんねや」

　つぶやくように言いながら、琴哉は残っていた饅頭へ手を伸ばした。

「よせ！」

真一郎が止める間もなく、琴哉は饅頭にかぶりついた。


二口で饅頭を飲み下した琴哉と、真っ向から睨み合うことひととき。

琴哉の口元にじわりと薄い笑みが浮かんだ。

「やっぱり、うちだけ殺すつもりやったんや」

毒が入っていたのは、二つの饅頭のうち一つだけだったようである。

「……宝生尼は昨日、お前に何を話したんだ？」

「急な話やけど、吉原の足抜け女郎を逃がすゆうことになった。そのお人は京の出で、京に帰りたがってる。手形はうちがなんとかするし、路銀は全て、そのお人が持つ言うてはる。あんた、一緒についてってくれへんか？　あんたも一度は京に帰りたいやろう？　あんたが一緒なら安心や……そないなことを言われました」

「八重昌は足抜けだが江戸の出で、先おととい飛鳥山で殺された」

「せやったら、笙子はうちに濡《ぬ》れ衣《ぎぬ》を着せるつもりやったんやろう」

「まさか」

「まさか思いたいのんはうちもおんなじどす。せやけど、現にこうして」

お前が無理矢理食べさせたんじゃ……？

そう疑わないでもなかったが、琴哉から「嘘」は感ぜられない。

だが、それは昨日の宝生尼にしても同じだった。

琴哉の様子を窺いつつ、真一郎は事件のあらましと宝生尼から聞いたことを明かした。

一通り話を聞き終えると、琴哉はやるせない——昨日、宝生尼が見せたような——諦めの滲《にじ》む目で真一郎を見つめた。

「うちが身重の女に嫌がらせしてたんは、ほんまどす。石段から突き落としたこともおした。うちは腹ぼての女を見とると、時に無性に腹ぁ立ちますのんや。せやけど、転ばした女に追い打ちかけたことはあらしまへん。うちに似た者にやられたちゅうなら、そら多分笙子やろう。傷跡はともかく、ほくろなんて、なんぼでも墨で描けるさかい……笙子も母や己の生い立ちを恨んどって、やっぱり時に邪心を抑えられへんかったようどした」

尼僧を目指し、母子の助けになりたいという志に嘘はなかったが、妊婦や赤子への憎しみを捨て切れていなかったというのである。

「八重昌ちゅう女郎を殺したんも、笙子に間違いあらへん。訳は笙子が話した通りや。あんたはんの話から悧っ引きが——お上がうちらの所業に気付いとるのを知って、恐れをなした笙子はうちを生贄《いけにえ》にしようとしたんやろう」

「だが、飛鳥山の番人は、宝生尼は一人だったと言ったぞ」

「そんなん、笙子ならなんぼでも細工できます。番人に覚えられたら、追手にも見つかりやすうなる……うちならそないな風に諭して、番屋の前は別々に通りますさかい」

「そうか。お前ならそうするか」

「それに笙子はこれまでに……他にも殺しとりますぇ」

困惑を隠せぬまま、思いついて真一郎は問うた。

「他にもというと、呉服屋の若旦那か？」

「せや」

再び薄い——自嘲の交じった笑みを漏らしてから琴哉は続けた。

「若旦那は幼い頃から、男色の気ぃがあったんどす。うちにはそないな気はあらへんかったけど、奉公先の若旦那どす。断れはしまへん。若旦那はうちがお気に入りで、うちの言うことは大概聞いてくれはった。笙子を若旦那に勧めたんはうちどす。請け出したのも、うちが頼んださかい……うちとはなかなか閨事《ねやごと》ができひんさかい、笙子を身代わりにしてる言うてはりました。笙子はそれを知って怒り狂い、物盗りを装うて若旦那を殺したんどす」

「宝生尼が……」

「おかみさんは気付いとりました。うちと若旦那のこと……若旦那は、おかみさんが身ごもってから、指一本触れてまへん。跡取りができたら用無しやと、よう言うてはりました。せやから、おかみさんは若旦那亡き後、うちと笙子をすぐさま叩き出したんどす」

左腕の傷跡は、懐妊中に夫と琴哉の仲を知って乱心したおかみが、出刃で切りつけてきた際についたものだという。

宝生尼はそれなりに若旦那を好いていたと思われる。だが、比べれば、琴哉への愛情が勝ったようだ。

「うちは笙子から離れたかったけど、うちらは双子で、笙子はうちのたった一人の身内やさかい……どうにも見捨てられへんかった」

二人で転々とするうちに笙子は宝生尼を名乗るようになったが、出家も修行もしたことはなかった。行くあてがなく、何度か寺に世話になるうちに、門前の小僧のごとく仏の教えを学んでいったそうである。

けして、いい加減な気持ちではなかったろう、と真一郎は思った。

――宝生如来は物事の平等を見抜く知恵と、福徳の宝を生ずる徳を持つ仏――

そういう者に憧れて、そういう者を目指そうとした心は本当だったと信じたかった。

尼僧として江戸にたどり着いた宝生尼は、身も心も落ち着いたように見えた。

「江戸には京者が少のうありまへん。京乃屋の旦那を始め、ようしてくれはる人がぎょうさんおって、笙子の方から離れて暮らそう言い出したんどす。もうええ歳やし、その方がお互いのためにええと……京乃屋には勝手に訪ねて来るなと、笙子は言うとりました。せやさかい、先おといかてうちは京乃屋には行ってやしまへん。笙子はうちを遠ざけておきながら、うちが店者になったり、身を固めたりすることは許さへんかった」

溜息《ためいき》を挟んで琴哉は続けた。

「それだけうちは笙子にとってかけがえのない弟なんやと思うとったけど、違《ちご》うたようや。笙子はうちを憎んできたんやろう。うちは薄々気付いとった。笙子は二十一まで郭で苦労したけど、うちは十で郭を出て、若旦那に尽くしてもろうたさかい……笙子はずっと、うちを殺したいほど憎んでたんや。せやさかい、心中やのうて、うちだけを殺して、人殺しに仕立てようとしたんやろう」

女郎は半刻ほど遅れて来る――と宝生尼は琴哉に言ったそうである。饅頭でも食べながらしばし待とう、とも。だが、二つしかない饅頭が載った竹皮を、縦にして差し出されたことが琴哉を不審に思わせた。「せやったら、淹《い》れたての茶をもらおう」と琴哉は襖戸に近い宝生尼を促して、宝生尼が仲居を呼ぶために廊下を覗いた隙に饅頭をすり替えた。

弟は、八重昌殺しを吐露して自害した――とでも言うつもりだったのだろう。

かける言葉に迷い、黙ったままの真一郎を、試すように琴哉はまっすぐ見つめた。

「――うちは今まで、うちの所業が笙子を迷わせ、真似させたんかと思うてたけど、今となっては判らへん。笙子の方が先に始めて、うちにもおんなじことをするよう仕向けたんやもしれへんなぁ」

そんなこともできたのだろう、と真一郎は思った。

もしも、琴哉の言い分が本当なら。

もしも、宝生尼が己に語ったことが嘘だとしたら――

いまだ信じられない思いで見つめ返すと、琴哉は顔を歪めて、絞り出すようにして言った。

「あんたはんも、笙子を信じるんやな」

「あ、いや」

「島原女郎やったんや。客商売に長《た》けとった笙子はうちよりずっと愛想がよぉて、人に取り入るのがうもうて、みんなの信頼も篤《あつ》かった。みんなうちより笙子を信じた。嘘つきはいつもうちやった……」

真一郎の言葉を待たずに、琴哉はすっくと立ち上がった。

襖戸を開くと、声を上げる。

「誰か！　誰か来とくなはれ！　人殺しどす！」

「おい！」

「うちはとうとう姉を殺してまいました！　早《はよ》う番人を呼んで来とぉくれやす！」

呆然《ぼうぜん》として見上げた真一郎へ、琴哉は振り向きざまに微笑んだ。

琴哉は全ての罪を認めた。

宝生尼の死や八重昌殺し、身に覚えのない妊婦への嫌がらせまで、全て己がしたことだとお上に申し出たのである。

番屋で真一郎は己が見聞きしたことをありのまま語ったが、番人を始め、奉行所は琴哉の自白を信じ、琴哉は死罪を申し渡された。

琴哉の言い分を信じる気になっていた真一郎は、諦め切れずに又平に訴えたが、又平には一蹴された。

――諦めろ。琴哉が認めてるからには覆せねぇ――

己がもっと早くに信じていれば、琴哉を救えたやもしれない。

そう悔やまぬでもなかったが、山彦屋の者が駆けつけるまでの束の間に、宝生尼の亡骸を見やって琴哉は言った。

――此度もどうせ誰もうちを信じへん。笙子も死んだことやし、もうなんもかもどうでもええ。いや、なんやせいせいしたわ。なんのためにこの世に生まれてきたんか、うちはずっと判らへんかったけど、うちは笙子を殺すために――一緒に死ぬために生きてきたんやもしれへんな――

ゆえに、己が信じようが信じまいが、琴哉の肚は決まっていたようにも思える。

せめてもの慰めは、長屋の皆や又平の他、義十郎が己を信じてくれたことだ。

尾張屋へ出向いたのは、宝生尼が死して四日後、琴哉の沙汰を聞いてからだった。

「お前さんがそう言うのなら、八重昌を殺《や》ったのは宝生尼だったんだろう。ご苦労だった」

そう言って、義十郎は文箱《ふばこ》から一両取り出すと、懐紙に包んで差し出した。

「お多香さんと分けてくれ」

「ありがとうございます。――あの、それで冬青にも」

「うむ。だが、冬青の褒美はお前さん次第だ」

冬青が「手に入れたいもの」とは、大介との一夜であった。

「だが、大介にその気はないようだ。身請けが決まりそうなら、もう己はかかわらぬ方がよいと、冬青が見世を退く前から誘いを断っていた。冬青はこれまでずっと身請けを拒んできたからな。己が下手に情をかけて、意を翻しては困ると思っているんだろう」

義十郎は冬青の願いを初めから見抜いていて、真一郎が八重昌や下手人を捕まえ損ねたとしても、最後の願いは叶えてやるつもりでいたらしい。

「お前さんに、八重昌や下手人探しを頼んだのは成り行きだ。お前さんならうまくやるんじゃないかと思ってな。まあ、楽しませてもらったよ」

「はあ」

「私はその昔、冬青のような郭生まれの女を請け出そうとしたことがある。だがその女も冬青と同じく、金もその気もない間夫に惚れていた。身請けを拒み、借金を重ねるうちに女は鳥屋《とや》について、ほどなくして呆気《あっけ》なくあの世に逝った」

鳥屋につく、とは瘡毒《そうどく》――梅毒――にかかることである。瘡毒の病状が進み、遊女の髪が抜けていく様を、夏から冬にかけて生え変わる鷹《たか》の羽にたとえた言い回しだ。

「なればつい、冬青に情けをかけたくなる時がある。勝手な思い込みだが、あの女への供養にならぬかと思ってな……どうだ、真一郎さん？　冬青のここでの最後の願いを叶えるために、もう一肌脱いでくれないか？」

「やってみまさ」

大介は宝生尼が死したその夜に一度長屋に帰って来たものの、翌日には上野の女のもとへ出かけて行って、この三日間姿を見ていない。

上野でも四晩過ごして、翌夕戻って来た大介を、真一郎はおいて屋に連れ出した。

「いつになく物々しいな。どうした、真さん？」

「どうもこうも、他でもねぇ、冬青のことさ」

「ちっ。そうじゃねぇかと思ったが、やっぱりな。あいつめ、真さんを担ぎ出しゃあ、俺がうんと言うと思ってやがる」

「冬青じゃねぇ。義十郎さんに頼まれたんだ」

「義十郎さんに……」

真偽を確かめるごとく真一郎を睨みつけ、猪口で酒を一杯あおってから、大介は肩をすくめてぼそりと言った。

「義十郎さんの頼みなら仕方ねぇ。あの人には散々世話になったからな」

「段取りは俺がつける。お前がどこへ出かけようと構わねぇが、つなぎはつけられるようにしておいてくれ。でもって『その日』は必ず戻って来るんだぞ？」

「おう」

短く応えて手酌で猪口を満たすと、大介は窓の向こうの、夕闇迫る大川を見やった。


八日後。

冬青の嫁入りを明日に控えた文月は二十八日の八ツ過ぎ、真一郎は大八車に船簞笥《ふなだんす》をくくりつけて尾張屋を後にした。

「おととい納めたばかりなんですが、引き出しの鍵が一つ、どうも開きにくいってんで、修繕を頼まれやした」

鍵束を取り出して真一郎はまずは表の扉を開き、中のそれぞれ鍵がついた四段の引き出しの内、下から二段目の引き出しを指差した。

「ああ、義十郎さんから聞いてるよ」

金蔵代わりに使われる船簞笥でも、全ての引き出しが鍵付きなのは珍しい。大きさも幅と奥行きが二尺、高さが三尺ほどと、並の船簞笥よりずっと大きかった。

引き出しを始め、四方八方から船簞笥を眺めて会所の者が言った。

「こんな大きなものをあつらえるなんて、尾張屋さんは随分景気がいいみたいだねぇ」

「はあ。商売のこたぁ俺ぁさっぱり判りやせんが、羨ましい限りでさ」

「まったくだ」

会釈を交わして会所を出ると、見返り柳を南へ折れて、えっちらおっちら、日本堤《にほんづつみ》から聖天町《しょうでんちょう》を抜けて六軒町の長屋へ戻る。

「うまくいったようだな?」

「まず、ここまでは」

待ち構えていた久兵衛と多香、守蔵の前で、真一郎は再び船簞笥の扉を開いた。

鍵が壊れているというのは噓だった。四つの引き出しの鍵を上から順に開けて、引き出しを一つずつ取り出した。引き出しはそれぞれ三寸ほどしか奥行きがなく、引き出しを出した後の内枠をそっくり外すと、奥にもう一枚、内扉が現れる。

当初は大介を尾張屋に忍び込ませるつもりでいた。だが、大介は吉原ではそこそこ知られている者ゆえに、大門《おおもん》や尾張屋への出入りを誤魔化すのは難しい。冬青の身請け前に尾張屋で夜明かししたとなれば、いらぬ噂が立ちそうである。何より、楼主の住む家屋では睦《むつ》み合《あ》いもままならぬだろうと真一郎が頭を悩ませていたところへ、多香が冬青を外へ連れ出そうと言い出した。

──八重昌が殺された後だ。まさか、また同じ見世から逃げ出す者がいるとは、会所も番所も思うまいよ──

──けど一体どうやって？　長持か葛籠《つづら》にでも入れて運び出すか？　会所で検められたらそれまでだぞ？──

──そうだねぇ。隠し底を設けても、すぐに見破られちまいそうだしねぇ……──

二人して顎に手をやった真一郎たちを交互に見やって、守蔵が口を挟んだ。

──長持や葛籠よりも、うってつけの箱がある──

それが先だって守蔵が職人仲間の指物師と請け負った、二重の扉を持つこの船簞笥であった。注文通りに仕上げたまではよかったが、引き渡す前に注文主が急死してしまい、他に類を見ない細工と大きさが災いして買い手がつかずにいるという。

六本目の鍵で内扉を開くと、千両箱の代わりに冬青が丸くなっている。

「苦しかったろう？」

「それほどでも」

船簞笥はその名の通り、船に積み込むための簞笥ゆえに、水に浮きやすい桐材《きりざい》で、隙間のない作りが多い。だが、この船簞笥はもとからさる者の「お忍び」用にあつらえられたそうで、背面に一見して判らぬ、抜き差しできる楔《くさび》が仕込まれていた。

そろりと船簞笥から這《は》い出《だ》すと、冬青は辺りを見回し、大介の姿がないことを認めて眉をひそめた。

「大介には、おいて屋で落ち合うように言ってある」と、久兵衛。「そうだな、真一郎？」

「ええ。万が一にも他の者に見咎《みとが》められねぇよう、二人一緒に出入りするのは避けた方がいいと思いやして」

というのは嘘ではないが、日取りを知らせた三日前から、大介は再び神田に行ったきりであった。

「そうでありんすね……あの、あすこが大介の家でありんすか？」

そう言って、冬青は真一郎の家の左隣りを指差した。

「ああ」と、真一郎は頷いた。「そこの、表にほおずきが出ている家がそうさ」

「では、こちらが真さま、あちらが守蔵さま、向かいが久兵衛さま、お多香さまに、胡弓弾きのお鈴さまのお住まいでございんすね？」

「そうだ。よく判ったな」

「六軒長屋のことは、大介から何度も聞いておりんすから……お鈴さまの家にも、ほおずきがありんすね」

「一緒にほおずき市に行ったんだ。――ああ、俺とお多香と合わせて四人でな」

冬青の瞳に嫉妬の色が浮かぶのを見て、真一郎は慌てて付け足した。

「そうでありんしたか」

気を取り直したようにつぶやいてから、冬青は多香へ目を向けた。

「お多香さまも、かねがねお聞きしていた通りでありんす」

「ありんす言葉はおよし。楼主が許したこととはいえ、ばれたらみんなただじゃ済まないんだからね。おいて屋では殊に気をつけるんだよ。『お多香さま』なんて、かしこまって呼ぶのもよしとくれ」

「承知しんした――しました。気をつけます、お多香さん」

「うん。さあ、とっとと支度を済ませちまおう。まずはこの着物に着替えなよ。ああ、化粧も落としちまいな」

「お化粧も？」

「そんなんじゃや、目立って仕方がないからさ。大体、その櫛《くし》にその化粧はちぐはぐだ」

船簞笥に隠れるために、櫛や簪は控えるよう言ってあった。ゆえに冬青は今日は、大介から贈られた柘植《つげ》の櫛のみを挿している。

白粉をしっかり塗った顔は、酸いも甘いも知り尽くした遊女のものである。だが、化粧を落とした素顔には、箱入り娘のようなあどけなさがほんのり残っていた。

多香が用意した着物は古着で、灰汁色《あくいろ》の単衣に橡色《つるばみいろ》の縞の帯と至って地味な色合いだ。素顔の冬青がそれらをまとうと、ようやく町娘らしくなった。

「あの、せめて紅だけでも……」

手鏡の中の己を見て恥じらう冬青へ、多香が貝殻に入った紅を差し出す。

「おいて屋に着いたらこっそり塗りな。でも、紅なんかなくたって、充分器量よしだよ、あんたは」

微笑を交わした二人を、真一郎は促した。

「さあ、急ごう」

七ツ過ぎには鈴が帰って来る。大介はもとより、冬青の心情を慮《おもんぱか》って、鈴には此度の目論見《もくろみ》は明かしていなかった。

手足の白さは致し方ないが、手ぬぐいと笠《かさ》で顔を隠した冬青を、近くで待たせてあった駕籠に乗せた。

真一郎が簾《すだれ》を下ろし、そのまま駕籠舁《か》きの足に合わせて並んで歩く。

久兵衛が話を通したからだろう。おいて屋に着くと、店主が自ら迎え出た。

「お連れさんも先ほど着いたところです」

「さようで。では、何卒《なにとぞ》よろしくお願いいたします」

店主の言葉に安堵しながら、真一郎は冬青を送り出した。


翌朝は、鈴が仕事に出かけるのを見計らってから迎えに行った。

冬青は支度を整えて待っていたが、大介は見送りにも出て来ない。

「真さんによろしく頼むと言ったきり、また眠って——寝た振りを決め込んでおります」

「しょうがねぇな。だが、任せとけ」

おいて屋から駕籠で長屋へ戻ると、長屋には多香しか残っていなかった。浅草の顔役の一人の家で鍵師が入り用になったそうで、守蔵と久兵衛は二人して出かけたとのことである。

船簞笥に入る前に、冬青が深々と頭を下げた。

「真さん、お多香さん、此度は大変お世話になりました。お別れの前に、一つ白状いたします。八重昌に宝生尼の話をしたのは私です。足抜けの手引きをしたのも……」

「うん、そうじゃねぇかと思ってた」

「お染とかいう下婢もぐるだったんだろう？」

真一郎が多香と口々に言うと、冬青は微苦笑を漏らしてから語り始めた。

冬青はまず、八重昌にこれまで見聞きした足抜けの成功談を話して聞かせたそうである。

「七つで禿になって十六年になりますから、足抜けの手立てはいくつも心得ております。ただ、私は逃げたところでゆくところがありませんでしたから、自らことを起こしたことはありませんでした」

話を聞いて、その気になった八重昌は、冬青と染に助っ人を頼んできた。

「お染さんは女郎上がりなのです。郭生まれではありませんが、幼い頃に中へきて、年季が明けるまでお勤めされました」

染は年季中に幾度か身ごもり、時に流産したものの、娘と息子を一人ずつ中で産んだ。しかしながら、娘は新造になってすぐに自害し、里子に出した息子とは縁切りが条件だったために、物心つく前に生き別れたままだという。

「ですから、八重昌はお染さんも力になってくれるだろうと踏んだのです。けれども、お染さんとは私が先に約束しておりました」

「お前が先に……？　どういうことだ？」

「すみません。初めからお話しいたします」

ことの始めは、高木屋からの身請け話だった。

冬青はいつも通り断ろうとしたのだが、大介がこれまでになく強く反対した。

――いい加減、抜けねぇと身がもたねぇぞ――

――断りたきゃ断りゃいい。だがそんなら俺は、もう二度とここには来ねぇ――

そう大介が言うので仕方なく、冬青は身請け話を受け入れた。

「高木屋に請け出されたら、どのみち大介は逢瀬を拒むでしょう。ですから、せめて身請けまでは毎夜でも会いたいと思っていたのに、大介はふっつり姿を見せなくなり、私は奥に移されました」

あんまりです、と、束の間目を落としてから冬青は続けた。

「最後にもう一度大介に会いたかった……そのためには、旦那さまに頼むしかないと思いました。ですが、ただ頼んでも聞き入れてもらえぬでしょうから、お染さんに相談して、旦那さまが興を覚えるような賭けを持ちかけることにしました。旦那さまは、そういった遊び心をお持ちですので」

並の賭けごとでは義十郎を動かせぬと判じて、あれこれ思案しているうちに、八重昌が奥にやって来た。

「旦那さまから、八重昌殺しのあらましを聞きました。宝生尼が言ったことは本当です。八重昌は己のことしか頭にない、身勝手な女でした。お腹《なか》が張って痛いと言って見世を休むことになりましたが、旦那さまと女将さまがいないところでは、けろりとしていました。悪阻で寝込む者もいるのに、己はそんなこともなく残念だった、その分お産までゆっくり休みたい、と言っていました。女将さまには、赤子が女でも男でも、見世で買い取ってくれぬかと訊ねたそうです。借金を、少しでも早く減らすために……」

女将さま、というのは、遣手《やりて》にして義十郎の妻の園《その》のことである。

八重昌の台詞は園から染へ、染から冬青へと伝わった。

――中で生まれ育つくらいなら、いっそ生まれぬ方がよい――

冬青は染へそう訴えて、八重昌に足抜けを唆し、八重昌を捕らえることで、己の最後の願いを叶えられぬかと賭けに出た。

「旦那さまには一笑に付されましたが……」

「義十郎さんは初めからお前の望みを見抜いていて、俺がどう始末をつけても、餞別代わりにお前に『褒美』をやるつもりだったんだ」

「ええ。旦那さまは私の浅知恵を全てお見通しでした。おそらく女将さまも……お二人のかつての計らいを思えば、正直に話してしまうのが得策だったのでしょうが、もう時がないと気が急《せ》いていて、つまらぬ策を弄してしまいました」

かつての計らい、というのは水揚げ前のことで、冬青が大介と初夜を過ごせるよう取り計らったのも義十郎と園だったそうである。

「――ともあれ、旦那さまの思惑とは別に、私とお染さんは八重昌を逃がしました」

「それだ」と、真一郎は問うた。「一体どうやって?」

「八重昌をお坊さまに仕立てて、大門から堂々と――いえ、こそこそと」

「なんだって?」と、流石《さすが》の多香も問い返す。

尾張屋の隣りの妓楼に、時折訪れる生臭坊主がいるそうである。その生臭坊主はいつも早朝に帰宅するため、同じ頃、八重昌に似たような格好をさせて送り出したという。

「肉と酒でお腹がまん丸の生臭です。背丈も八重昌とあまり変わらぬのも幸いしました」

生臭坊主でも吉原には大事な客である。会所も番所も見て見ぬ振りをしているのを当て込んで、生臭坊主を装い、頭巾で顔を隠しながら八重昌はまんまと大門をすり抜けたらしい。

「真さんを巻き込んだのは、盗人探しよりこのかた、旦那さまは真さんを買っているようだったからです。もちろん、真さんに頼めば、大介の様子を聞き出せるという思惑も……何より、真さんなら八重昌を無事連れ戻し、うまくことを収めてくれるのではないかと見込んでいました」

「買い被《かぶ》りもいいとこだ」と、真一郎は苦笑した。「俺一人じゃ京乃屋にたどり着けたかも判らねぇ」

「それならそれでよいと、私もお染さんも思っていました」

微苦笑と共に冬青は言った。

「もしも八重昌が逃げ切ったなら、それが私の運の尽き、赤子には運のつき始め、そういう運命だったのだと諦めるつもりでおりました」

八重昌に宝生尼のことを話したのは冬青だったが、冬青に教えたのは染だった。染は前もって宝生尼を少し調べており、迷子石の書付が「宝生尼」ではなく「笙子」、住処が京乃屋だと知っていたが、冬青には名前や住処のことは詳しく伝えていなかった。元遊女として冬青に同情していても、母親としては赤子を救いたかったそうである。

――なれば、冬青から真一郎さんに伝わる「手がかり」は少ない方がいい――

そう判じた染もまた、望みを懸けていたのだ。

「あの日はお染さんが八重昌を裏口から出したのですが、その際、ひとときでも時を稼げるよう、迷子石ではなく、まっすぐ京乃屋を訪ねるように言ったそうです。宝生尼が味方になってくれれば、赤子も悪いようにはならぬだろうと思ったそうで……まさか、その宝生尼に八重昌が殺されようとは思いもよらぬことでしたが、このような始末になったのは八重昌と赤子の――また、笙子という女郎とその弟の運命だったのでしょう」

運命、か……

冬青はこれまでに、幾度となく「運命」を受け入れてきたのだろう。

己の生い立ちや暮らしを恨む度に、何度も、何度も。

此度もまた――

「真さま、そんなお顔はよしてくんなまし」

郭言葉を使って冬青はおどけた。

「苦界といえども、つらいことばかりじゃありんせんした。琴哉という者のように、母親や、この世に生を受けたことを恨んだこともありんしたが、私には大介がおりんした。大介に出会い、七つまででしたが共に暮らすことができんした。それだけで、わっちは生まれてきた甲斐がありんした」

口元には笑みを湛《たた》えつつも、微かに震えた声が真一郎の胸を締め付ける。

「七つまでは神のうち、というでありんしょう？　七つまでは皆、彼岸《ひがん》と此岸《しがん》を行ったり来たりするからだと、音正さんから教わりんした。でありんすから、音正さんは大介が七つになるのを待って、引き取ることにしたんでありんす」

真一郎と多香を交互に見やって、冬青は更に微笑んだ。

「わっちは七つで死にんした。大介が外へ出た時に……わっちはいつもは彼岸にいて、大介と一緒にいる時だけ此岸に戻って来るんでありんす。大介が中からいなくなってから、わっちはずぅっとそうやって、この世とあの世を行ったり来たりしてきたんでありんす。これからのわっちにはあの世しかありんせんから、おしまいにもう一度だけ――この世の見納めに大介に抱かれたかった……」

――悪いことばかりじゃありませんでしたから……――

昨年、病で死した女郎の山吹《やまぶき》もまた、幼馴染みとの想い出を拠《よ》りどころに苦界を生きた。

「お二人のおかげで、この世で最後の願いが叶いんした。……ありがとうございんす」

両手をついて、冬青が深々と頭を下げる。

かける言葉が見つからぬ真一郎の横で、多香が穏やかな声で言った。

「あの世でも達者でおやり」

顔を上げた冬青を見つめて、多香は静かに微笑んだ。

「あんたの願いを叶えてやったのは私らじゃない、大介だ。だから、今度はあんたがあいつの願いを叶えてやっとくれ。あの世でもこの世でもいい。どこにいようと、あんたがずっと達者でいること――それがあいつの願いだよ」

「……承知しんした」

袖口でそっと涙を拭って、冬青は今一度頭を下げた。

義十郎からもらった十二両を懐に、真一郎は尾張屋を後にした。

二両は昨日今日の手間賃、十両は船簞笥代である。

船簞笥は「やはり気に入らない」とでもいうことにして、冬青を降ろしたのちには引き取って帰るつもりだったのだが、「いずれまた役立つ時がくるやもしれん」と、義十郎が買い取りを申し出た。

長屋に戻った真一郎は、船簞笥代の十両を取り分け、残った二両をじっと見つめた。

大八車や駕籠代、おいて屋の宿代を差し引いて、久兵衛、守蔵、多香にそれなりの分け前を渡しても、手元に二分は残るだろう。なんでも屋をして小銭稼ぎをしている真一郎には大金だが、義十郎にははした金だと思われた。

座敷持の冬青の揚げ代は一夜一分だった。もちろん、そっくり冬青の実入りとなる筈がなく、あらかた妓楼の儲《もう》けとなるゆえ、座敷持でも二分稼ぐのは易しくない。遊女たちから吸い上げられた金だと思うと何やら厭わしい気がするものの、金は金だ。来年は三十路となる身なれば、いつまでも感傷に流されるほど青くない。

朝のうち眩《まぶ》しかった太陽は、いつの間にか薄雲の向こうにあった。

昼を挟んで、近所の者に頼まれていた仕事をいくつか終えて、早めに家へ帰ると隣りから人の気配がした。

開けっ放しの戸口から覗くと、目を閉じた大介が仰向けになっている。

「まだ、寝足りねぇか？」

薄く目を開いて真一郎を認めると、大介はむくりと起き上がって膝を立てた。

「そうでもねぇけど、他にすることもねぇからよ」

「いいご身分だな」

「ああ、そうさ。まったくいいご身分だ」

嫌みを物ともせず――だが、どこか投げやりに大介はにやりとした。

「ちょっと待ってろ」

己の家からほおずきの鉢を取って来ると、上がりかまちに置いて真一郎は言った。

「冬青からだ」

「なんだと？」

尾張屋に冬青を送り届けた際、冬青から託されたものだった。

「お前は毎年、ほおずき市で一鉢買って、冬青に贈ってたんだってな」

「……まあ、ちょっとした手土産にな」

だが今年は、市が立った時には冬青は既に奥にいた。

冬青に会いにゆくか、否か——

迷いつつ、大介はほおずきを買ったのだろう。

「お前に渡して欲しいと、帰り際に冬青に頼まれたんだ。お前からはもらえそうになかったから、今年は見世の者に頼んで買って来てもらったんだとさ」

鈴の手前、大介はほおずきを長屋に置いていたが、そうでなかったら、自ら、もしくは太助にでも託して、冬青に贈っていたに違いない。

大介が最後の最後で一鉢買ったことを伝えると、冬青は嬉しげに口元を緩めた。

——長屋ではつまらぬ焼き餅を焼きんしたが、もうわっちは、ほおずきはいりんせん。わっちは良介さまの妻、高木屋の嫁になるんでありんすから——

八年も春をひさいできたのだ。冬青もご多分に漏れず少なくとも一度は身ごもって、好むと好まざるとにかかわらず、酸漿根を服したのではなかろうか。

だが、跡継ぎを望む高木屋で、堕胎を促されることはまずあるまい。

「高木屋に嫁ぐから、もうほおずきは無用だとよ」

「俺ぁ、そんなつもりで、今までほおずきをやってたんじゃゃねぇ」

「そら、冬青も判ってらぁな」

大介の贈り物は、ほおずきに限ったことではなかった。

梅、桃、桜、つつじなど四季折々の花の他、恵方参《えほうまい》り、三社祭《さんじゃまつり》、灌仏会《かんぶつえ》、川開き、山王権現祭《さんのうごんげんさい》、神田明神祭《かんだみょうじんさい》、恵比寿講《えびすこう》、酉の市《とりのいち》、歳の市《としのいち》などの土産や土産話を、七歳で吉原を離れてからずっと、大介は冬青に贈り続けてきたのであった。

むくれ顔のままの大介を、とりなすように真一郎は言った。

「この鉢は木戸の外に出しててやらねぇか？　今なら町中の玄関先に、ほおずきがあるだろう？　冬青が言うには、ほおずきに見送られるのも一興だとよ。今宵は新月だから、灯籠よりも鬼の灯りの方が似合うだろう――ってな」

「灯籠よりも、だと？　あいつめ、縁起でもねぇことを言いやがる」

眉をひそめて大介は舌打ちをした。

半月前の十五夜、晴空に浮かんだ満月のみならず、引手茶屋や妓楼がこぞって灯《とも》した「玉《たま》菊《ぎく》灯籠」で、吉原は一際明るかった。

玉菊は享保十一年に、二十五歳の若さで死した吉原女郎で、三味線や琴を始め、俳諧や茶の湯にまで通じていた美貌の太夫《たゆう》であった。同年文月の盂蘭盆《うらぼん》で、吉原では玉菊を悼む灯籠がそこここでかかげられ、今では「玉菊灯籠」は「花見」や「俄《にわか》」――即興の寸劇――と共に「吉原三景容」の一つとなっている。

「まだぴんぴんしてんのに、送り火なんてとんでもねぇ。あいつはもう女郎じゃねぇんだ。外へ出て、玉菊よりずっとずっと長生きするんだ」

「そうだな」

憤慨する大介に、真一郎は大きく頷いた。

「だが、この時分、これだけほおずきが並んでるのは、浅草ならではだ。ろくに見物しねぇうちに、浅草を発っちまうんだ。ほおずきを眺めながらの花嫁道中も悪かねぇさ」

「そうか……そうだな」

冬青から託されたほおずきの根本には、透かしほおずきが二つ並んでいる。

一つつまみ上げると、大介はようやく微笑んだ。

「七つん時に、師匠がこいつの作り方を教えてくれてよ。なんだか綺麗《きれい》だったから、一つ冬青に持ってってたのさ。冬青も作ってみてぇってんで、見世にあったほおずきを盗んできたんだが、こいつを作る間は臭うからよ。五日もしたらばれて、下婢にこってり叱られたさ」

ほおずきの実を萼《がく》――実を包んでいる袋――ごと水に浸しておくと、七日から十日ほどで萼が腐って透き通る。中の実もやがて腐ってしまうのだが、まだ作られて間もないのか、二つの実は張りも色艶も良く、まさに小さな灯籠だ。

「仕方がねぇから、毎年俺が作ってやっていたんだが、そのうち――十五になる頃にはやめちまった。俺も冬青も、何かと忙しくなっちまったからよ……」

冬青が新造になり、大介が女遊びを覚え始めた頃である。

大介の鉢と合わせて、二鉢のほおずきを木戸の外に出すと、真一郎たちは七ツが鳴る前にはし屋に向かった。

はし屋の表の縁台で、蓮根《れんこん》の素焼きを肴にちびりちびりやっていると、四半刻ほどで聖天町から折れてきた法仙寺《ほうせんじ》駕籠《かご》が見えてくる。

法仙寺駕籠は武家や公家《くげ》が使う乗物ほど堅牢《けんろう》でも華美でもないが、町駕籠の中では一番上等な作りをしている。身一つでひっそり嫁にゆく冬青への心遣いと、尾張屋のささやかな見栄であろう。駕籠の横を寄り添うように歩いているのは、義十郎の名代を務める番頭の栄吾と、下婢の染だ。

ほおずき市には遠く及ばぬが、曇りかけた空のもと、ちらほらと玄関先に飾ってあるほおずきの実が、通りに仄《ほの》かな彩りを添えている。

早足というほどではないものの、小気味よく歩んで来た駕籠が、六軒長屋の木戸の前で足を止めた。

簾を上げて、二鉢並んだほおずきを見て、冬青は笑みを浮かべただろうか、それとも涙ぐんだだろうか——通りの反対側にいる真一郎たちには知りようがない。

駕籠はすぐに再び歩き出し、ほんのひとときではし屋の前に差しかかる。

栄吾と染が揃《そろ》ってこちらに気付いたが、大介はすかさず頭を振って先へ促した。

栄吾は小さく頷き返し、染は深く頭を下げて、駕籠がはし屋の前を通り過ぎる。

「あんたたちの知り合いかい？」

ちょうど表へ出て来たおかみの治《はる》が、ちろりを取り替えつつ問うた。

「まあな」と、大介。

「あんな立派な駕籠に乗ってるなんて、一体どんなお大尽さ？」

「お大尽じゃねぇ、お姫さまさ」

「えっ？　どこのどんなお姫さまだい？」

「そら言えねぇなぁ。一世一代のお忍びだからよ。なぁ、真さん？」

「そうだな、大介」

「もう！　ちょっとぐらい、いいじゃないのさ」

むくれる治に味噌《みそ》田楽を頼むと、真一郎たちは微笑を交わした。

ちろりを手にして、真一郎は二つの猪口に酒を注ぎ足した。

駕籠はとうに見えなくなっていたが、真一郎たちは再びちびりちびりとやりながら、日暮れまで、一つ、また一つと、通りに提灯《ちょうちん》が灯っていく様を見守った。

第二話　座敷わらし

女に呼ばれた気がしたが、どうにも身体が重く、声が出ない。

どろりとした眠気に包まれたまま、少しだけ首を動かすと、今度は男の声が呼ぶ。

「真さん、起きろ……」

壁越しの声は大介のものだが、「起きろ」と言う割には寝言のごとく弱々しい。

「どうした、大介……?」

「お鈴が……」

やはり寝ぼけているのかと思いきや、引き戸の向こうで鈴と久兵衛が口々に呼んだ。

「真さん」

「これ、真一郎」

眉根を寄せて溜息のごとく息を吐き、目を閉じたままのろのろと身体を戸口へ向ける。

「さっさと起きんか」

ようやく薄く目を開くと、引き戸を開いて久兵衛が土間に入って来るのが見えた。

「仕事だ」

「はあ……」

「客が待っとるのだ。お鈴の客だ」

「お鈴の……？」

渋々掻巻《かいまき》から這い出すと、乱れた寝間着を形ばかり整えて井戸端へ向かった。

鈴の客だと聞いて、大介も興を覚えたらしい。後を追うようにやって来て、真一郎の隣りで汲《く》み立ての水で顔を洗う。

陽射しから推察して、まだ五ツ前だと思われる。世間では朝餉を終えて仕事に取りかかる刻限だが、毎日仕事があるとは限らぬ真一郎と大介は眠っていることが多かった。

それぞれ身なりを整えて久兵衛の家に行くと、六十一歳の久兵衛よりは幾分若い、だが白髪の目立つ老爺がにっこりとした。

「儂は淳吉郎《じゅんきちろう》という者じゃ。起こしてすまなんだ。昨夜、中へ雪見に行ったでな。ちょうどよいから、帰りに寄ろうと思っとったんじゃ」

淳吉郎の言う「雪見」は、吉原の「八朔《はっさく》」だ。

葉月朔日《さくじつ》――八朔――は将軍を始め、大奥や諸大名も白帷子《しろかたびら》の装束を着る紋日《もんび》である。吉原でも、遊女たちがこぞってこの日のために仕立てた――馴染みに仕立てさせた――白無垢《しろむく》の小袖を身にまとうため、白一面の光景が雪見に例えられている。

「淳吉郎さんは、神田の松永屋《まつながや》という損料屋のご隠居なんです」と、鈴。「前に、守り袋がご縁で、お茶会に呼んでもらったことがありまして」

衣類や布団、家具などを「損料」を取って貸し出すのが損料屋で、貸物屋ともいう。

「ああ、あの、お孫さんがお鈴と似たような、七宝紋の守り袋をお持ちだという――」

「そうです」

「そうじゃ」

鈴と声を重ねて、淳吉郎は再び微笑んだ。

「茶会の余興を頼んだ折に、お師匠さんの守り袋を取り返したいきさつを聞いたでな。それなら一丁、真一郎さんに頼んでみようと思ったんじゃ」

「盗人にお困りなんですか？」

「いや、座敷わらしじゃよ」

「座敷わらし？」

真一郎より先に、素っ頓狂な声を上げたのは大介だ。

「こりゃこりゃ、座敷わらしとは面白い」

目を丸くしている大介とは裏腹に、久兵衛は愉《たの》しげに目を細める。二人を横目に、真一郎は努めて平静に口を開いた。

「座敷わらしにお困りなんで？　座敷わらしはちょいといたずら者だが、見た者や、住み着いた家に運や富をもたらすと聞いていやすが……」

「うむ、そうらしいな。それが本当ならありがたいんじゃが、この座敷わらしはどうも違うようなんじゃ」

「違うってぇと、何か家にご不幸でも？」

「ああ、いや」

くすりとして淳吉郎は言った。

「不幸をもたらす座敷わらしがいるんじゃのうて、座敷わらしのごとく神出鬼没の猿がいるようなんじゃ」

「なんだ、猿か」

声を合わせて、大介は安堵に微笑み、久兵衛は失望に眉尻を下げる。

狐狸《こり》妖怪を苦手とする大介と、狐狸妖怪に興味津々の久兵衛である。表情はよく見えずとも、声で二人の心中を察した鈴が、声を殺して口角を僅《わず》かに上げた。真一郎もつられて笑いそうになるのをこらえて、淳吉郎に更に問うた。

「猿が家の中にいるんですね？」

「それを真一郎さんに確かめて欲しいんじゃ」

この五日ほど毎日、家の中で何やら見知らぬ生き物の気配がするという。

「儂はいまだ見ておらんのじゃが、小さくてすばしこいやつらしい。小さいというても、猫よりはずっと大きいそうでな。孫の登代《とよ》は座敷わらしだと信じて譲らんのじゃが、他の者はどうも猿じゃないかと言うておる。座敷わらしだろうが、猿だろうが、なんとも落ち着かんでな。猿なら、生け捕りにして飼い主に返してやりたいんじゃ」

「もっともですな」

「引き受けてくれるか?」

断るでない——

一縷《いちる》の望みに懸けているのか、久兵衛が目でそう訴えて——否、命じている。

「やってみます」

そうでなくとも、神田の町中に猿が迷い込んでいるとは真一郎も興をそそられた。在所では狩りもしていたがゆえに、己にうってつけの仕事ともいえる。また何より、鈴の顔を潰したくなかった。

早速、昼過ぎには松永屋に出向くと約束すると、淳吉郎は満足そうに帰って行った。

「それじゃ真さん、お願いしますね」

ぺこりと一つ頭を下げると、鈴は仕事に出かける支度をすべく腰を上げた。

守蔵は朝風呂で留守のようだが、多香は隣りで聞き耳を立てていたらしい。鈴と入れ替わりにひょいと顔を覗かせて、にやにやしながら問いかける。

「腕の見せどころだねぇ、真さん。どうやって捕まえるつもりだい?」

狩猟の知識があるとはいえ、市中でできることは限られている。

くくり罠《わな》や箱罠は用意するのも、家の中に仕掛けるのも難しい。笊罠《ざるわな》なら容易《たやす》いが、捕らえられるのはせいぜい鳥か鼠《ねずみ》くらいなものである。

だが、屋内にも利点がなくもない。野山と違って逃げ場が少ないため、閉め切った部屋や廊下など、狭いところで相対できれば一人でもなんとかなりそうだ。

「どんな罠が仕掛けられるかは、家を見てからじゃねぇとなんともいえねぇ。まあ、お前からもらった弓と矢の支度はして行くけどよ」

幸い松永屋は損料屋だ。縄や網、籠など、捕獲に使えそうなものは一通り店にあると淳吉郎に言われている。

「弓矢は持って行くのか？」と、久兵衛。

「ええ。よほど追い詰めねぇ限り、猿が向かって来るこたまずねぇです。人を見たら十中八九逃げてくに違ぇねぇんで、そんときゃ矢で足止めできねぇかと」

「猿じゃなかったら、どうする？」

「座敷わらしだったら、ってことですか？」

「そうだ。生け捕りはまだしも、射かけて恨まれでもしたら……」

「座敷わらしなんていやしねぇよ」

腕組みした大介が、ふんぞり返って口を挟んだ。

「久兵衛さんにゃ悪いが、座敷わらしってのは陸奥国《むつのくに》の妖怪なんだ。何代も続いた大きな家や神社に住みついてんだから、江戸の――それも神田にいる筈がねぇ」

狐狸妖怪や幽霊の類が苦手な割に、それらを熟知しているのは、大介の亡き師匠の音正が怪談好きだったかららしい。

「味気ないことを言うでない。もしも、ということもあろう」

「座敷わらしなんて言ってんのは孫だけだって話じゃねぇか。子供ってのは、ちょいと聞いた話をすぐに信じ込んで、それらしいもんを怖がるもんだ。俚諺《りげん》にある通りさ。『幽霊の正体見たり、枯れ尾花』――」

「だったら、お前も来いよ」

「えっ？」

「座敷わらしじゃねぇんなら、祟《たた》りを恐れるこたぁねぇ」

「祟りなんて……」

「どうせ暇なんだろう？　一人より二人の方が捕まえやすい。お鈴の顔に泥を塗る訳にゃいかねぇや。二人でとっとと捕まえちまおう」

にんまりしながら真一郎が言うと、「そうだよ」「うむ、それがよい」と、多香と久兵衛も一緒になってにやにやする。

「うう」

鈴の名が効いたのだろう。大介は渋々頷いた。

神田は新石町《しんこくちょう》にある松永屋を訪ねて、真一郎は思わずつぶやいた。

「こりゃ、かくれんぼにはもってこいだ」

損料屋だけあって、店先はもちろん、奥の部屋にも所狭しと貸し物が置かれている。

「ですが、店でそいつを見かけたことはないんですよ」

穏やかな顔と物腰の店主の淳之介《じゅんのすけ》に案内されて、店の奥の階段を上がり、二階の奉公人たちが寝起きしている部屋を続けて回った。

「次は家の方を」

階段脇の戸口を出ると、左手に路地に続く裏口と厠《かわや》、右手に蔵があった。蔵は家屋に半分埋め込むように建てられており、蔵の前の踏石をたどった先に家屋へ通じる戸口がある。

来客に気付いていたらしく、戸口の向こうでは女と女児が待っていた。

三尺三寸ほどの女児は、ぽかんと口を開いて六尺近い背丈の真一郎を見上げたのち、大介を見やって目を見張る。

女中か乳母か、御納戸色の着物を着た中年増が、会釈をしながら淳之介に問うた。

「お客さまですか？」

「父さんが頼んだなんでも屋の方々だ。泊まりで寝ずの番をしてくださるそうだから、後で客間の支度を頼む」

「お泊まりで……承知いたしました」

頷いてから、おずおずとして女は問うた。

「あの、寝ずの番というと、もしやお猿を捕まえに？」

「そうだよ。──ああ、真一郎さん、大介さん、妻の芹《せり》と娘の登代です」

「おかみさんでしたか」

芹が今一度会釈する横で、もじもじしながら登代が口を開いた。

「とよです」

「真一郎といいやす」

「俺は大介」

「だいすけさん……」

登代は今年六歳だそうだが、六歳ならとうに美醜が判別できる。色男を前に恥じらう様子を微笑ましく思いつつ、真一郎は腰を折って登代に訊ねた。

「お登代ちゃん、座敷わらしを見たってところへ案内してくれるかい？」

「いやです」

即座に、きっぱりとして登代は応えた。

「ざしきわらしはいいようかいだから、つかまえちゃだめなんです」

「そこをなんとか」と、真一郎と共に腰をかがめて大介がにっこりとする。「本当に座敷わらしなら、俺たちも手出しはしねぇからよ」

「……ざしきわらしはほんとうです。でも、だいすけさんたちにみつかったら、きっとうちからいなくなっちゃう……」

困り顔で目を落とすと、登代はさっと踵《きびす》を返し、廊下の右側の真ん中の部屋へ飛び込んで、勢いよく襖戸を閉めた。

「すみません。猿を見かけた場所は、お芹に案内させますから」

微苦笑を浮かべた淳之介は店へ戻って行き、代わりに芹が真一郎たちを案内する。

「お登代が初めて座敷わらしを見かけたのは夕刻で、厠の近くだったそうです。その時はすぐに、こっそりとですが、大旦那さまに知らせに来ました。座敷わらしの話は、大旦那さまがお登代に教えたことだからでしょう。座敷わらしはお登代に、己のことは他言無用だと言ったようですが、大旦那さまは――後で話を聞いた私たちも――お登代が昼寝の後に寝ぼけていたのではないかと思っています」

その後、女中や奉公人が数人、台所や廊下、蔵の前などで見かけているという。

「いただきもののお饅頭を食べられたこともあります。女中の話だと、昼餉に用意している握り飯も時折なくなっているそうで……お登代は何度も見かけているようなのですが、お猿を庇っているのでしょう。知らせたのは初めの一度きりで、それからは問うても首を振るばかりなのです」

登代が見かけたのは七ツ過ぎ、他の者はまちまちだがいずれも明け方か夕刻で、しかとは姿が見えなかったそうである。

芹と一緒に戸口の左側から順に物置部屋、女中部屋、台所を検めた。台所の勝手口を出ると井戸があり、井戸の傍《そば》にもう一つ路地に面した裏口がある。

「裏口に閂《かんぬき》がありますから、勝手口には何もつけておりません」

廊下のどん詰まりは納戸で、納戸の隣りが食事に使われている居間、その隣りが先ほど登代が逃げ込んだ部屋である。

今のところ猿は見当たらないが、どことなく漂う「不安」を感じて、真一郎は襖戸の前で辺りを見回した。

「真さん？」

「なんでもねぇ」

気配の正体はこの二人かと、大介と芹の顔を見て、真一郎は内心苦笑を漏らした。座敷わらしは眉唾だとしても、江戸者なら野放しの猿など見たことがないに違いない。

襖越しに「お登代」と芹が呼びかけた。

「もう！」

むくれた声を上げたが、逃げられぬと悟ってか、登代はそろりと襖戸を開いた。

「ちょっとだけ中を見せてちょうだい」

「なんにもないの！　だれもいないの！」

通せんぼをして登代は言ったが、芹が困った顔をすると、ぷぅっと頬を膨らませて戸口から離れた。

遠慮がちに足を踏み入れ、真一郎はぐるりと部屋を見回した。

天井は他の部屋と変わらぬが、戸口の右手には床の間と床脇があり、床の間には枕屏風と夜具が置いてある。床脇には天袋と地袋があり、地袋は高さ二尺、奥行き一尺半とやや大きめだ。畳には箪笥と玩具入れと思《おぼ》しき二つの葛籠、文机《ふづくえ》の他、人形遊びをしていたのか、姉さん人形が転がっている。

匿《かくま》うなら地袋の中か……？

賢い猿なら、人の気配を察して、地袋の中で大人しくしていることもできよう。大きさによっては天袋にも入れそうだが、登代が戸を閉めることはできない。

床脇の地袋を見つめた真一郎に、芹が気付いて登代へ言った。

「地袋を開けてちょうだいな」

「じぶくろ？」

「あすこの棚よ。いつも葛籠を仕舞っているところ」

「なんにもないのに――」

登代はますます膨れたが、勝手に開けられるよりはましだと判じたようで、渋々地袋の戸を――もったいぶりつつ――交互に開いてみせた。

芹が言ったように地袋には葛籠を仕舞っているらしく、戸の向こうは左右とも空である。

「なんにもないっていったじゃないの！」

勝ち誇ったように登代は言い、真一郎たちを押し出すようにして襖戸を閉じた。

「どうもすみません。お登代は普段はもっと優しい、聞き分けの良い子なのですが……」

恐縮する芹を見て、真一郎はようやく登代と芹が似ていないことに気付いた。初めに女中か乳母かと思ったのもそのせいだろう。

「お子さんは、娘さんお一人ですか？」

「ええ。私は年始めに嫁いだ後妻で、お登代は亡きおかみさんのお子さんです」

登代の部屋は先妻が病床として使っていた部屋で、先妻亡き後も淳之介と登代は同じ部屋で寝起きしていたそうである。だが、芹と祝言を挙げたのち、芹を気遣った淳之介が、もともと夫妻が使っていた二階の部屋を寝間にしようと言い出した。

「けれども、お登代は私と寝起きするのを嫌がって、一人でもあの部屋で眠ると言って聞かないのです」

六歳なら一人で寝起きしていてもおかしくないが、継母《ままはは》を避けるためとあらば何やら哀れだ。芹の沈痛な面持ちからして、継子《ままこ》いびりがあるとは思えぬものの、先だって宝生尼に騙されたばかりゆえに、真一郎は無難に頷くだけに留《とど》めた。

登代の部屋の隣りは茶室で、やはり床の間と床脇が部屋の左手にあり、登代の部屋と背合わせになっている。

「茶室は昨年まで物置部屋にしておりまして、今でもあまり使われておりません。夫は茶の湯を知りませんし、大旦那さまも習い始めて日が浅いので、この間の茶会もお師匠さんをお呼びして初めて開いたのです」

習い始めとあって茶釜は新しく、天袋と地袋の中にはそれぞれ茶器を納めた数個の小さな箱しか入っていない。

茶室の隣りは蔵で、扉は家の中にあった。

「蔵の中はお見せできませんが、この通り、常から錠前がかかっております。うちは希少な物も貸し出しておりますから、大旦那さまはこの蔵が気に入って、店をこちらへ移したそうです。さて、一階はこれで一回りしましたので、次は二階を案内いたします」

戸口の傍の階段を上がってすぐが客間で、茶会の余興は茶の湯の後にここで催されたそうである。客間の隣りが淳之介と芹の寝間、どん詰まりが書斎、廊下を折り返すと順に、淳吉郎の寝間、物置部屋、そして蔵がある。

それぞれの部屋を検めたのち、軒下もちらりと覗いてみたが、猿の姿はおろかその痕跡さえ見つけられぬまま、真一郎たちは夕刻を迎えた。

夕餉《ゆうげ》を終えてほどなくして、芹が二階の客間へやって来た。

「片付けを終えました。私とおいそさんは、これから湯屋へ行って参ります」

五十路《いそじ》間際と思しきいそは女中で、松永屋の女中はいそのみである。

芹が階段を下りて行く音を聞きながら、真一郎は部屋の真ん中で早くもうとうとしていた大介を揺り起こした。

「さ、出番だぞ」

「俺がいたって、なんの役にも立たねぇよぅ……」

「そんなこたねぇ。この期に及んで往生際が悪いぞ、大介」

「まったくよぅ……こんな町中で猿狩りなんて……」

ぶつくさ言いながらも大介は起き上がり、真一郎について来る。

陽が落ちて半刻は過ぎているゆえ、家の中は薄暗い。淳吉郎たちや奉公人たちはとっくに各々の部屋に引き取っており、廊下も居間もひっそりしている。

行灯《あんどん》の灯りを頼りに台所へ行くと、昼間用意していた背負籠から網罠と弓矢、柿を取り出した。

日中、店中を見て回って、猿は「通い」だと真一郎は判じていた。松永屋に居着いているのではなく、どこかから折々に入り込んで来るのだろう。

柿は猿をおびき寄せるための餌である。

台所から廊下への上がり口の手前に網を広げて、網の真ん中に柿を置く。網の四隅には細縄を結んであり、真一郎はそれらをまとめて梁《はり》の上へと通した。猿が柿に気を取られている間に梁の向こうから縄を引けば、網の四隅が絞られ、生け捕りにできる――筈である。

集めた縄を手に隅へ行くと、真一郎は大介を手招いた。

「大介、お前はここで、いつでもこいつを引けるようにしておけ」

「お、俺が？」

「網だけじゃ、逃げられちまうやもしれねぇからな。火事場の莫迦力じゃねぇが、なりふり構わねぇ猿は怖《こえ》ぇぞ。だから、引っかかったらすぐに籠へ入れちまおうと思うのさ。なんなら、お前が籠役でもいいぞ？」

「いや、そんなら俺は網役でいい」

真一郎の手から縄を取って、大介は壁を背に座り込む。

真一郎は背負籠と共に、台所から上がってすぐの廊下へやはり座り込んだ。

入り込むなら、勝手口からだろうと踏んでいた。

芹の話では、勝手口には夜でもつっかえ棒さえしていない。だが、猿なら塀は難なく乗り越えられようし、引き戸を開くのも容易いことだ。饅頭や握り飯を奪っていることから、食べ物が目当てに違いなく、それなら既に餌は台所にあると学んでいる筈であった。

「けどよぅ、やつが今夜現れるとは限らねぇだろう？」

「そらそうだ」

「現れなかったら骨折り損か？」

「狩りではよくあることさ。一晩どころか、何日も獲物にありつけねぇ時もある」

「何日もこんなとこで夜明かしはごめんだぜ」

「飽きたら長屋に帰って、お鈴にそう言やぁいい」

「ちぇっ」

背負籠から持参した籠弓《こめゆみ》と竹筒で作った箙《えびら》を出すと、箙を斜めに背中にかけた。

「手負いで逃がすと厄介だ。うまく生け捕りにできりゃあいいんだが……」

「そうだな。頼りにしてるぜ、真さん」

「ああ、任せとけ」

——と、大介にはえらそうなことを言ったものの、真一郎とて猿狩りは初めてだった。

長丁場になるかと思いきや、四半刻と待たずにことが起きた。

だが、待ち構えていた台所で、ではなかった。

廊下の向こう——蔵の方から悲鳴が聞こえて、真一郎は籠弓をつかんで立ち上がった。

夜目が利くとはいえ、灯りのない、慣れぬ廊下を行くには真一郎もおぼつかない。それでも勘と記憶を頼りに早足で廊下を進むとすぐに猿に出くわした。

とっさに空の右手を伸ばしたが、かすっただけで猿は真一郎の足元をすり抜ける。

「大介！」

身を翻して猿を追うも、縄を引くのが早過ぎたらしく、猿は網罠の下を難なく通り、勝手口の引き戸に手をかけている。置きっぱなしだった背負籠を蹴飛ばしつつ、真一郎は箙から矢を抜いてつがえ、勝手口が開くと同時に放った。

猿は小さく悲鳴を上げたが、留まることなく外へ飛び出す。

勝手口に駆け寄ると、猿は既に塀の向こうに逃げた後だ。

裏口の閂を開けるのにやや手間取って、真一郎が路地へ出た時にはその姿はもう見えなかったが、微かな足音が遠ざかって行くのを聞いた。諦めきれずに路地から表通りまで出てみたものの、夕闇にちらほら行き交う者は至って平静で猿に気付いた様子はない。

「逃げられてしまいました」

起き出して来た淳吉郎と淳之介に頭を下げてから、真一郎は悲鳴を上げたいそと芹から蔵の前で話を聞いた。

「湯屋から帰ったところでした」

廊下に座り込んだまま、いそは涙ぐんで言った。

「家の戸口を開いてすぐ、塀の外からお猿が飛び込んで来て、お芹さんに襲いかかったんです。驚いて私は上がり口で転んでしまい、その上をお猿が踏みつけて行きました」

「私はちょうど裏口の門を閉めたところでした」

いそよりは大分落ち着いた様子で芹は応えた。

「厠に寄って行くから、おいそさんに先に中へ入ってもらおうとしていたんです。そしたらお猿が私たちの間に飛び込んで来ました。向かって来たので湯桶を振り回したら、おいそさんの――家の方へ逃げて行ったのです」

「まさか、厠の方から入って来るとは……」

台所の灯りを見て用心したのやもしれないが、それなら闖入《ちんにゅう》そのものを諦めそうなものである。顎に手をやってふと真一郎は、芹がさりげなく払った胸元から灰色の埃《ほこり》の塊らしきものが落ちていくのを見た。

真一郎の放った矢は勝手口の柱に刺さっていた。

鏃《やじり》を引き抜いて臭いを嗅ぐと、微かに獣臭がする。

「かすっただけでも大したもんじゃ」

淳吉郎の言葉に淳之介と大介も頷いたが、真一郎は気落ちせずにいられない。

「手負いとなっちゃ、もうここには来ねぇかもしれません」

生け捕りにして、飼い主に返してやりたいという意向には応えられないこととなる。

「じゃがまあ、それならそれで、うちの害にはならんでな」

皆が寝床へ戻って行くと、真一郎は裏口の閂を確かめてから、厠へ続く戸口につっかえ棒をした。ついでに台所への戻りしな、腰をかがめて芹の胸元から落ちた塊を拾って、行灯の灯りのもとで検める。

「やつの毛かい？」

「うむ。だがこいつは……」

どうして猿は、より弱そうないそではなく、芹に襲いかかったのか。

どうしてその毛が、湯桶で追い払ったという芹の胸元についていたのか――

「お芹さんはおいそさんをなだめていただろう？　おいそさんについた毛がお芹さんに移ったんじゃねぇのかい？」

「そうだな。そういうことも考えられるが、俺はなんだか腑《ふ》に落ちねぇ」

――もしやお猿を捕まえに？――

芹の戸惑い顔を思い出しながら、真一郎は再び台所に網罠を仕掛けた。

しかし真一郎の見当通り、その後は何ごともなく夜が明けた。

騒ぎの間、ぐっすり眠っていたらしい登代とは翌朝話した。

大介が穏やかに問い質すと、登代はうなだれながら座敷わらしは猿だったことを認めた。

「おさるさんは、もうもどってこないの？」

「どうだろうなぁ？　けど、お猿さんにも帰る家があらぁな」

「そうなの？　おさるさんにもおうちがあるならいいのだけれど……」

生け捕りにできなかった上に、勝手口の柱に傷をつけてしまったにもかかわらず、淳吉郎からは手間賃として二朱を受け取った。

「すいやせん」

「よい、よい。矢傷のついた柱なぞ、お武家にもそうあるまいよ」

愉しげな淳吉郎に見送られて真一郎たちは朝のうちに松永屋を後にしたが、真一郎はすぐには帰らず、辺りで訊き込むことにした。

「淳吉郎さんに義理立てかい？」

「まあな。いや、俺が知りたいんだ。あの猿が一体どこから来たのか――」

「そうだなぁ。取り逃がしたままじゃどうもなぁ」

こちらは鈴への義理立てか、大介もついて来る。

近隣の店や長屋を訪ねてみたが、猿を見た者がいないばかりか、猿の出入りがあったのは松永屋のみのようである。

「お登代ちゃんが餌付けしてたんだろうな」と、大介。

「ああ。だが、それにしてもおかしいや」

餌やりはできても、糞尿《ふんにょう》の始末までは六歳児には無理だろう。また、どんなにかしこくても、人と同じように——しかも、慣れぬ家で——猿が厠で用を足せるとは思えない。松永屋には糞尿の痕跡がまったくなかったがゆえに、真一郎は猿が「通い」だと判じたのだが、明け方や夕刻とはいえ、外では誰も目にしていないというのはおかしな話だ。

諦めきれずに、少し足を延ばして更に訊き込んでみると、松永屋から一町ほど離れた店の女客が店者の横から口を挟んだ。

「お猿は見ちゃいないけど、蓋がついた背負籠を背負った何やら怪しい男は見たよ」

「詳しく教えてくんな」

目を輝かせた大介の方を向いて、三十路過ぎと思しき女はにっこりとした。

「三日前だったかねぇ。どうも道に迷ってるみたいだったから声をかけたんだよ。『なんでもない』ってそいつは言ったけど、なんでもないって面じゃなかった。だから、なんの商いなのか訊いてみたら、ふいに籠が動いてさ。あたしが驚いてる間にそいつは逃げちまった」

「籠の中身は判らずじまいか……」

「でも、後で湯屋でこの話をしたら、他にもそいつを見かけたっておかみさんがいてさ。そのおかみさんには、そいつは『古着買』だって言ったそうなんだけど、もう何日もこの辺りをぐるぐる回ってるみたいなんだよ。おかしかないかい？」

古着買いはその名の通り、古着の買い取りを生業としている者だ。着物はそう頻繁に手放すものではないから、同じ者が同じ町を何日も回っているというのは確かにおかしい。

「古着買ってのはでまかせだろうよ。なぁ、真さん？」

「うむ。籠にはおそらく猿が入っていたんだろうな」

「おかみさん、そいつの顔かたちを覚えているかい？」

大介に頼まれて、女は嬉しげに男の姿かたちを語った。

「あんたやあたしより二寸ほど背が高かったねぇ。年の頃はあたしとおんなじくらいさ。あたしが見た時は、どこにでもありそうな紺の縞の着物を着ていたよ。顔立ちはごく並で、なんにも目立つところはなかったけど、見かけたらあんたたちにもきっとすぐ判るよ。商売っ気がなくて、ただ辺りを窺っているだけだからさ」

女に礼を言って店を出ると、真一郎たちは東の塗師町《ぬしちょう》から上白壁町《かみしろかべちょう》、西横町《にしよこちょう》まで北へ歩いた。西横町からは西へ折れ、竪大工町《たてだいくちょう》をもぐるりとするうちに、目当ての男が目に留まる。

「そこの旦那」

男の前に回り込んで、大介が呼び止めた。

「あんた、古着買なんだってな？」

「ああ、そうだが……」

二十三歳という年齢よりも、六つも七つも若く見える大介である。「あんた」と呼ばれたことも気に障ったのか、胡散臭《うさんくさ》げに男は見やった。

「ちょいと古着を見してくんねぇ？」

「俺は古着買で古着売じゃねぇ。てめぇ、今、俺をそう呼んだだろうが」

「まあな。けどあんた、ほんとに古着買なのかい？」

「どういうことだ？」

「ほんとは猿回しじゃねぇのかい？」

男は束の間きょとんとしたのち、眉根を寄せて真一郎の方を見た。

「おめぇの連れか？　見てくれがいい分、頭がいかれてるみてぇだな」

むっとした大介を押し留めて、真一郎は男に言った。

「怪しい古着買が町をうろついてるって、女たちの噂になってんだ。ちょうど近頃、猿を見かけたって話もあってな。あんたは実は猿回しで――」

言いながらふと真一郎は閃《ひらめ》いた。

「――この辺りの店に、いたずらして回ってんじゃねぇかと思ってな」

ただの思いつきであったが、真一郎は更に気付いた。

いや、いたずらなんかより、盗みの下見やもしれねぇ――

それなら先ほどの女が見た背負籠が「動いた」のも頷ける。男は逃げた猿を探しているのではなく、猿を送り込む店を探しているのではなかろうか。往来で猿を見かけた者がいないのも、男が人気のない時を見計らって、背負籠から猿を出し入れしているとしたらありうることだ。

「い、いたずらだなんて——莫迦莫迦しい」

男は頭を振ったが、僅かに動揺が見て取れた。

「そう言うんなら、籠の中身を見せてくれ」

久兵衛に「用心棒」として雇われてからもう一年半になる。相変わらず喧嘩《けんか》はからっきしだが、用心棒の「振り」は我ながら堂に入っていると自負していた。

ずいっと一歩前に出て、男を見下ろしながら睨みを利かせると、男は観念したように背負籠を降ろして蓋を取った。

「ほらよ」

覗き込んだ背負籠の中身は、ほんの数枚の着物だった。顔を近付けて念入りに確かめるも、猿の毛はおろか、獣の臭いもまるでしない。

「猿なんてどこにもいねぇだろう？」

一転して、にやにやしながら男は言った。


真一郎たちが長屋へ帰ったのは七ツ過ぎだ。

鈴や多香も少し前に戻っていて、守蔵も含めて、様子見に長屋へ来ていた久兵衛の家に皆で集った。

「やはり猿であったか」

昨晩の出来事を聞いて久兵衛は一度は肩を落としたが、戻り道中で又平と会ったことを話すと目を輝かせた。

「盗人とな？」

「まだ推し当てに過ぎやせんが……」

神田からの帰り道、駒形堂《こまがたどう》の手前で岡っ引きの又平にばったり会ったのだ。

――何か耳寄りな話はねぇか？――

そう問うてきた又平に、真一郎は松永屋の一件を、古着買と話していて思いついた推し当てと共に話した。

――誰かが、猿を使って、松永屋に盗みに入ろうとしてんじゃねぇかと――

損料屋といえば、主な貸し物は物を持たぬ――持てぬ――町の者が使う物だが、松永屋は豪商や武家相手に「希少な物」を高値で貸し出しているらしい。

――なるほど。猿なら、うまいこと仕込めば閂を外したり、お宝を盗んだりできるだろうからな。案外、お芹という後妻も実は引き込みだったりしてな――

女中やら下男やらを装って、目当ての屋敷《やしき》に前もって入り込み、内側から仲間を導くのが盗人一味の「引き込み」役だ。

「ふむ。お芹さんが引き込みか……」

「あ、いや、それは又平さんの思いつきでさ。俺はそうは思いやせん。だって、お芹さんが引き込みだったら、わざわざ猿を使うこたねぇでしょう？」

「だが、あんたはお芹さんが怪しいと思ったんだろう？」

そう問うたのは多香である。

「怪しいってほどじゃ……けど、お芹さんは猿に――いや、お登代ちゃんに同情して、猿を見逃してやろうとしていたんじゃねぇだろうか。でなかったら、お芹さんも猿を餌付けしていたのやもな。だから猿はおいそさんじゃなくて、お芹さんに向かって行った……」

「莫迦莫迦しい。あんたも知っての通り、猿は所詮獣だよ。一旦本性を現したら人を――慣れた猿回しだって――襲うことがある。そうでなくとも獣は加減を知らないからね。六つの子が相手なら、猿は戯れているつもりでも、怪我《けが》させちまうこともあるだろう。だから、まともな母親なら、とっとと猿を捕まえちまいたい筈だ」

「お芹さんがまともな母親じゃねぇってのか？　けどよ、お芹さんは、猿は猿回しの大人しい猿しか知らねぇのやも……」

「おや、やけに後妻を庇うじゃないのさ？」

「か、庇ってなんか――」

慌てて取り繕ったが、多香はにやにやするばかりだ。

「なんにせよ」と、助け舟を出してくれたのは鈴だった。「お猿には飼い主がいる筈です」

「そ、そうとも、お鈴」と、真一郎は大きく頷いた。「でもって、江戸で猿を飼ってるやつはそういねぇ。だから、俺は明日は猿回しをあたってみようと思うんだ」

「なんだい、真さん。あんた、まだこの一件にかかわるつもりなのかい？　松永屋はもうよしとしたんだろう？」

「ああ。だが、どうもすっきりしねぇからよ。松永屋になんかあるのは間違ぇねぇんだ。松永屋にだけ猿が現れる事由が何か……」

「ひひっ。真さんは、お芹さんが悪者だと信じたくねぇんだろう？」

「うるせぇ、そんなんじゃねぇ」

大介を睨みつけるも、図星であった。

何か隠しているのではないかと疑いながらも、真一郎には芹が悪人だとは思えなかった。

――お登代は普段はもっと優しい、聞き分けの良い子なのですが――

――けれども、お登代は私と寝起きするのを嫌がって――

悲しげにそう言った芹には、登代への――継子といえども娘への――想いが滲んでいたと思うのだ。

「ひひっ。真さんは女に甘いからなぁ。ほら、先だっても尼さんに騙されて――」

「うるせぇ、大介」

これまた図星を指された真一郎がむくれると、これまで黙っていた守蔵が口を開いた。

「松永屋なんだけどよ……店と家の間に裏口と厠があって、厠の向かいが……つまり、店と家の間に蔵があるんだな？」

「ええ」

「もしや、蔵の半分は家の中にある……？」

「その通りでさ」

「そんなら、その家には何か仕掛けがあるやもしれねぇ」

「仕掛け？」

「確か、隠し部屋があったような……」

「隠し部屋？」

五人の声が重なった。

「うろ覚えなんだが、昔、仲間の鍵師からそんな話を聞いた気がする。ああもちろん、松永屋が今の店に引っ越す前の話だぞ」

皆を見回し、弾んだ声で久兵衛が言った。

「真のお宝は蔵じゃなく、隠し部屋に仕舞ってあるのやもな」

「なら、やっぱり猿かお芹さん――あるいは猿とお芹さん――はたまた猿もお芹さんも、お宝狙いじゃねぇのかい？」と、大介。

「松永屋のお宝とは限らないね」

にやりとして多香も言う。

「隠し部屋のある屋敷なんて、そうあるもんじゃない。松永屋は、前は盗人宿だったのやもしれないよ。真さん、猿回しは私と大介に任せて、あんたは明日また松永屋に出向いて、前の持ち主とお芹さんの素性を探っておいで」

「えっ？」

「松永屋なら俺が行くよ」

横から応えた大介に、多香は笑いながら首を振った。

「こいつは真さんが引き受けた仕事だよ。それにまさかとは思うけど、もしもまた猿が現れたら、あんたより真さんの方が役に立ちそうだしね」

「ちぇっ」

「こりゃこりゃ、明日もまた楽しめそうだな、お鈴」

「ええ。でも盗人一味が相手なら、皆さん、どうか用心してくださいね」

いつの間にか皆、大介が言ったように、芹と猿のどちらかが、あるいは芹と猿は共に、はたまた芹も猿もそれぞれ別の盗人一味だと、早合点《はやがてん》しているようである。

「待て、みんな、まだそうと決まった訳じゃねぇ」

浮き立つ皆へ呆れ声を漏らした真一郎へ、やはり呆れ声で守蔵が言った。

「真一郎、俺は明日にでも、仲間の鍵師のところへ行ってみるよ。俺の思い違いじゃないといいんだが……」

「ええ、頼みますよ、守蔵さん」


一夜明けて、真一郎は再び松永屋へ向かった。

多香に言われたからというよりも、芹の無実の証《あかし》を立てたい気持ちが強い。

店が近付くと、真一郎に気付いた店の者が急いで淳之介を呼びに走った。

「ああ、真一郎さん、大変なんです」と、淳之介。

「もしや昨晩も猿が来たんですか?」

「いえ」

「じゃあ、盗人が?」

「盗人? いえ、お芹がいなくなってしまったんです」

「お芹さんが? いついなくなったんですか?」

頭を巡らせつつ、真一郎は淳之介に促されるまま二階の客間へ行った。

「昨日、真一郎さんたちがお帰りになってから、少し出かけて来ると言い出したのです。猿がいなくなってお登代が気落ちしているから、菓子を買って来る——と。ですから快く送り出したのですが、夕刻になっても一向に戻らず……真一郎さん、どうかお芹を探してもらえませんか？」

「そりゃもちろん。ですが、その前にちとお訊きしたいことがありやす」

淳之介をなだめつつ、真一郎は松永屋が越してくる前の店や芹の素性について訊ねた。

「ここは前は乾物屋でしたよ。もう十年ほども昔のことですが……やっちゃ場からそう遠くないんでそこそこ繁盛していたそうですが、跡取りが早くに亡くなって、娘に婿を迎えたものの、婿の放蕩《ほうとう》が過ぎて店を手放さなければならなくなったと聞いたような……」

芹は亀戸《かめいど》生まれで、幼い頃に親兄弟を亡くし、親類に育てられたそうである。十八歳で一度萱葺師《かやぶきし》に嫁いだものの、二年足らずで夫を病で亡くして寡婦になったという。

「それからは一人で生きてゆこうと、口入れ屋を通して女中仕事をしてきたそうです。うちにきたのは二年ほど前で、前の妻が亡くなって間もなく、辞めていった女中の代わりに雇い入れました。二人とも病で伴侶を亡くしているので、互いに気遣ううちに、親しみを覚えるようになりまして……お芹は働き者で気が利くし、料理上手、お登代も懐いている上、父の勧めもあって、睦月《むつき》に祝言を挙げました。後添えをもらうには早いと思われるやもしれませんが、亡妻は産後の肥立ちが悪く、お登代が生まれてからほとんど寝たきりだったのです」

ばつの悪い顔をして、淳之介は付け足した。

「惚れて一緒になった女房ですから、今でも無念に思いますが、お登代には母、店にはおかみがいた方がよいと父が……いいえ、言い訳はよしましょう。誰よりも私がお芹に慰められたのです。ああ、どうか誤解なさいませぬよう。祝言の前に手を付けるような真似は、誓っていたしておりません」

真面目な男だと、思わずくすりとしそうになったが、それどころではない。

声を聞きつけたのか、淳吉郎も客間にやって来た。

「お登代を寝かしつけてきたでな」

登代は芹が戻らぬことに心を痛めて、昨晩から泣いてばかりいるという。

「猿と一緒にお芹もいなくなってしもうたと、ずっと部屋に閉じこもったままなんじゃ。猿のことでは、お芹を邪険にしとったようじゃがな。お登代は本当はお芹を慕っておるんじゃ。そりゃまだ、まことの母娘《おやこ》のようにはいかんがな……」

「その……気を悪くしねぇで聞いてくだせぇ」

前置きしてから、真一郎は猿が盗人の手先ではないかという己の推し当てと、芹もまた引き込みとして疑われていることを明かした。

「まさか。お芹はそんな女じゃありません」

首を振った淳之介の横で、淳吉郎も大きく頷く。

「お芹はもう二年もうちにおるんじゃ。儂の目から見ても悪事を働くような者ではない。お芹は常から荒事や殺生を嫌っておる。もしもお芹が猿を餌付けしていたのなら、迷子の猿に同情してのことじゃろう。おとといお芹が気乗りせぬように見えたとしたら、殺しはせぬと知っておっても、無傷で捕らえるのは難しいと踏んでいたからではないか？」

淳吉郎の推察には素直に頷けた。現に猿は真一郎によって矢傷を受けている。

「じゃが、猿が盗人の手先というのは別の話じゃ。そんなことは思いもよらなんだ」

「ええ、父さん」と、淳之介。「しかし、真一郎さん。たとえそうだとしても、今のところ食べ物の他は何も盗まれておりませんし、おととい猿が傷を負ったことで、盗人どもは諦めたことでしょう」

「何も盗まれていないというのは、確かですか？」

隠し部屋があるかどうかはまだ定かではない。よしんばあったとしても、淳吉郎たちが昨日今日知り合ったばかりの己に明かすとは考え難いと判じて、真一郎は隠し部屋については口にしなかった。

「うむ。猿がいるようだと聞いてすぐ、物陰に潜んでいるものと思って、物置部屋と店の貸し物を検めたでな」

「今一度、家や蔵も検めてみてくだせぇ。その間に俺はお芹さんを探しに行って来やす」

女中のいそに芹の身なりを聞いてから、真一郎は松永屋を出た。

以前は神田住まいだった真一郎だ。振り売りをしていたこともあるから、主だった店は菓子屋を含め覚えている。

近隣の菓子屋をあたってみたが、芹を見かけたという者はいなかった。

菓子屋の後は番屋にも顔を出してみた。既に淳之介が訊いて回ったようで、松永屋の名を出すと番人は気の毒そうな顔で応えた。

「淳之介さんにも言ったが、日中は逐一、人の顔を見ちゃいねぇんだ」

番人はどうも、芹が淳之介に愛想を尽かして出て行ったと思っているようである。

昼九ツを聞いて一旦松永屋に戻ったが、芹は依然行方知れずであった。

「今は悪い知らせがねぇだけ、よしとしてくだせぇ」

再び客間で、意気消沈した淳之介を慰めながら、真一郎は次に何をすべきか迷った。

一人前の女が、往来で陽の高いうちに攫《さら》われはせぬだろう。よって、菓子屋に行くというのは口実で、芹は己の意思で松永屋を出て行ったと思われる。

「お芹さんは亀戸生まれとのことですが、育ての親の話を聞いたことはありやすか？　もしかしたら、そっちを訪ねて行ったんじゃねぇでしょうか？」

「親類もとうに亡くなっていると言っていました。だから、もう帰る家はないのだと……それにお芹はお登代のために菓子を買いに行ったのですよ。それともあなたは、お芹が私に嘘をついたと言うのですか？」

「あ、いや……」

「お芹は盗人なんかじゃありませんよ。店からも家からも、盗まれた物はありません……私どもが調べた限りでは」

小声で付け足したのは、蔵をまだ検めていないかららしい。

そうこうするうちに店者が淳之介を呼びに来て、入れ替わりに女中のいそが昼餉の握り飯を持って来た。

「ありがとうございます」

礼を言った真一郎へ、いそは声を低くして言った。

「お芹さんですけどね。私が思うに、亀戸の出じゃありませんよ」

「えっ？」

「もう大分前に亡くなりましたが、私の姉が亀戸に嫁いでいたんです。だから、亀戸には何度か遊びに行ったことがあるんですよ。それで、前に少しお芹さんに亀戸の話をしてみたことがあったんだけど、あの人はよく知らないみたいだったのよ」

「とすると、お芹さんは少なくとも一つは、淳之介さんに嘘をついてたことになる……」

こくりと頷いてから、いそは続けた。

「でも、お芹さんが盗人だなんて、私は少しも思っちゃいません。お芹さんは真面目な働き者で……あんまり真面目が過ぎるんで、時折こっちが悲しくなっちゃうほどでした」

「悲しくなる……？」

「そりゃあなた、身寄りのない女が江戸で一人で生きていくのは、並大抵の苦労じゃありませんよ。あの人はなんだかこう、尼さんみたいに自分に厳しく、人に優しいの。一人目の旦那さんは病で亡くしたそうだけど、それだけじゃない――きっと、ずっと、人に言えない苦労をしてきたんじゃないかと思うのよ」

いそは芹と、芹が淳之介の妻となるまで一年余り女中部屋で共に過ごした。そうでなくとも、女の勘は侮れぬから、真一郎はいその言葉に黙って聞き入った。

「旦那さまも、ああ見えて苦労しているんです。お母さんとお兄さんを子供の時分に、店を継いで一年足らずで弟さんとまだ幼かった息子さんを相次いで亡くして……塞いでいた大旦那さまと前のおかみさんを励まして、ご自分のことは後回しにして、一人で店を切り盛りして。そうしてやっとまた子宝に恵まれたと思ったら、今度はおかみさんが寝たきりになってしまったの。だから、旦那さまがお芹さんと一緒になるって聞いて、私は嬉しかったわ。こんなことを言うのはおこがましいけれど、二人とも私の子供のような年頃ですからね」

いその微笑に胸を締め付けられたのは、いそはかつて「母親」で、だが今は芹と同じく身寄りがいないのではないかと思ったからだ。

「嘘をついて出て行ったが、盗人じゃない……」

「よほどの事情があるに違いありません。真一郎さん、どうかあの人を見つけて――助けてやってくださいな」

「そりゃ、見つけ出したいのは山々ですや。けど、闇雲に探し回ってもしょうがねぇ……」

とりあえず空き腹をなだめようと、いそが部屋を出て行ってすぐ、真一郎は握り飯を手に取った。

――が、ほんの一口齧《かじ》ったところへ、いそが駆け戻って来る。

「た、大変です！　またお猿が！」

急ぎ、いその後をついて台所へ行くも、猿の姿は見当たらない。

「猿がいたんですか？」

「姿は見ちゃいませんけれど、ほら、握り飯が二つも減ってる！　勝手口もしっかり閉めていたのに、開けっ放しに――」

皿の上にはまだ十個の握り飯が載っていたが、端の二個を盗られたようだ。

半分開いた勝手口から、裏口の閂を開けて外へ出たが、猿はとうに逃げた後らしい。

「よもや懲りずに戻って来るとは……」

声を聞きつけて戻って来た淳之介と、怯《おび》えるいそに懇願されて、真一郎は再び松永屋に泊まり込むことになった。


昼餉ののち、真一郎は淳之介に頼んで店者を遣いに出してもらうことにした。

一軒目は馬喰町《ばくろちょう》の旅籠《はたご》・小川屋《おがわや》で芹の以前の勤め先、二軒目は六軒長屋である。

猿が日中再び現れるとは思えなかったが、淳之介に乞われて真一郎自身は松永屋に留まり、淳吉郎と淳之介が蔵を検める間に、いそと二人で今一度店と家を見て回った。

猿の痕跡と共に、芹の手がかりが何かないかと真一郎は目を配る。

もしや芹は、望むと望まざるとにかかわらず、隠し部屋に閉じ込められていやしないだろうか――

そんな考えも頭をよぎったが、隠し部屋があるとすればおそらく蔵か土中かで、淳之介の様子からして、少なくとも淳之介はその存在を知らぬようだ。

店にはひっきりなしに客が来ているようだが、客間に招き入れるほどの上客はいないらしい。登代は相変わらず部屋にこもりきりで、家の中はひっそりとしたものである。

登代からも少し話を聞きたかったが、登代はだんまりを決め込んでいて、真一郎のみならず、いそや淳之介、淳吉郎が話しかけても取りつく島がない。

夕刻になって遣いの者が戻って来た。

「お芹さんは小川屋を辞めてから、一度も顔を出していないそうです」

身寄りがないのなら、前の勤め先を頼っていないかと考えてのことだったが、小川屋では芹は一年足らずしか働いておらず、特に親しい者もいなかったという。

「一年……」

つぶやいて、淳之介はがくりとうなだれた。口入れ屋と芹自身から、前の勤め先は聞いていたが、ほんの一年とは淳之介は知らなかったようである。

「口入れ屋の強い勧めで雇ったんじゃが、前の勤め先を一年足らずで辞めておるのなら、小川屋でも何か難事があったのやもしれんのう……」と、淳吉郎も溜息をつく。

「それなら、明日は口入れ屋をあたってみやしょう」

これまでの勤め先を探っていけば、芹が何者なのかを知る手がかりを得られそうだ。口入れ屋の強い勧めがあったというのも気になった。

遣いの者が続けて言うには、六軒長屋には久兵衛しかおらず、朝から、誰からもなんのつなぎもないという。

「そうか」

真一郎もがっかりしたが、淳之介ほどではない。何はともあれ、弓矢を取って来てもらえただけでありがたかった。

家屋の出入り口にはつっかえ棒をすることなく、あえていつも通り二つの裏口の門をかけるに留めた。ただし此度は真一郎は、家と店の間の裏口に近い、階段の下段に身を潜める。猿が盗人の手先なら、蔵に近い方の裏口から忍んで来ると踏んでのことだ。

夜半までは気を研ぎ澄ませていたものの、山で狩りをする時とは勝手が違うのと、日中芹を探し回っていたこともあり、夜八ツを過ぎたのち、少しうとうとしてしまった。

気配に気付いたのは七ツの鐘で目覚めて、四半刻ほど経《た》ってからだ。

廊下の奥――居間と登代の部屋の間辺りに、密やかに動く影がある。

とっさに矢をつがえたが、影は猿よりやや大きい。

「お登代ちゃんかい？」

怖がらせぬよう穏やかに問うたつもりであったが、影ははっと一瞬足を止め、だがすぐに襖戸を開いて登代の部屋の中へ姿を消した。

「お登代ちゃん？」

近寄って襖戸に手をかけるも、中から押さえられているようで開かない。力ずくで開くことはできようが、登代を怖がらせるのも、襖戸を壊すのも躊躇われ、真一郎は向かいの女中部屋に声をかけていそを起こした。

「お登代さん、いそですよ」

声をかけながらいそが襖戸に手をかけると、今度はするりと開いたが、登代は夜具に包《くる》まって健やかな寝息を立てている。

有明《ありあけ》行灯の灯りのみだが、部屋には登代一人の姿しかない。

いそと二人して寝息に耳を澄ませたが、狸寝《たぬきね》入《い》りではないようだ。

「寝ぼけていたんでしょうか……？」

「……そうやもしれやせん」

おそるおそる問うたいそに真一郎は応えたが、あの影が寝ぼけていたとは信じられぬ。

いそが早めに朝餉の支度にかかってほどなくして、明け六ツの鐘が鳴った。

起き出してきた淳吉郎たちに、二階の客間でつい先ほどの出来事を話した。

「寝ぼけていたとは思えねぇんですが……」

「そういう者の話を聞いたことがある」と、淳吉郎。「夜中にむくりと起き出して、眠ったまま歩き出す者が稀にいるそうじゃ」

「お登代がそうだって言うんですか？」と、淳之介。

「これまで見かけたものも、半分はお登代だったやもしれんのう」

「まさか」

眉をひそめた淳之介を見ながら、真一郎も言った。

「寝ぼけている者が、猿のごとく素早く動けるとは思えやせん」

「ならばなんじゃ？　狐《きつね》憑きか？」

「父さん！」

冗談交じりの淳吉郎を淳之介がたしなめたところへ、登代が階段を上がってやって来た。

寝間着姿ではあるが、寝ぼけてはいないようだ。

「お登代？」

淳之介が名を呼ぶと、登代は躊躇いがちに切り出した。

「おとうさん、おじいさん、しんいちろうさん。あのね……わたし、『ゆめのおつげ』をききました」

「ゆ……夢のお告げじゃと？」

淳吉郎が声を上ずらせるのへ、登代はこくんと頷いた。

「えっとね、おせりさんは、『たけはる』っていうひとのところにいます」

「たけはる？　そりゃ一体誰だい？」

身を乗り出した父親へ、登代はしっかりとした声で言った。

「さるまわしよ」

「猿回し？　じゃあ、お芹はやっぱり猿とぐる——いや、猿回しとぐるで、うちで『引き込み』とやらをしていたのか……？」

呆然とする淳之介と淳吉郎をよそに、登代は真一郎を見上げて言った。

「たけはるはわるものです。おせりさんを、おどしてつれていったんです」

「なんだと？」

「しんいちろうさん、どうか、おせりさんをたすけてください」

弓矢を風呂敷に包んで背負い、真一郎は松永屋を出た。

──たけはるは、ええと……ばくろちょうの、『ゆうぞうながや』にいます──

そう言った登代の「夢のお告げ」を頼りにずんずん歩き、四半刻ほどで馬喰町に着く。番屋で訊ねると「勇三長屋《ゆうぞうながや》」はすぐに判った。

「ああ、確かに竹春《たけはる》って猿回しが住んでるよ。つい一月ほど前に、信濃《しなの》から出てきたっていう新入りさ」

番人にそう言われて、真一郎は驚きを隠せなかった。

多少なりともお告げを信じたからこそ馬喰町まで来たのだが、こうまでぴたりと当たっていると、喜びよりも何やら不気味なものを感じてしまう。

何はともあれ、お告げ通りなら、芹は竹春に囚《とら》われているらしい。

芹の無事を確かめるべく、勇三長屋に向かった真一郎に更なる驚きが待っていた。

長屋の前で多香と鉢合わせたのである。

「お、お多香？」

「真さん？　どうしてここに？」

「うん、まあ、いろいろあってだな。お前も竹春を訪ねて来たのか？」

「お前もってこた、あんたもか」

「うむ」

二人して道の端に身を寄せると、互いに手短に事情を話す。

多香は昨日、大介と手分けして浅草から護国寺《ごこくじ》辺りまでの猿回しをあたったが、めぼしい手がかりは得られなかった。

「けど、昨晩、枡乃屋《ますのや》のおとしさんから言付かったって者が長屋へ来てさ。両国広小路《りょうごくひろこうじ》を縄張りにしている一座が、江戸にきたばかりの猿回しを雇ったって教えてくれたのさ」

枡乃屋は御蔵前《おくらまえ》の八幡宮《はちまんぐう》の門前町にある茶屋で、鈴は時折、客寄せを兼ねて枡乃屋の前で胡弓を弾くことがある。多香は昨日、帰りしなに枡乃屋で一服した際、女将のとしに猿回しを探していることを話していたという。

「あんたの方は『夢のお告げ』とはねぇ……」

半信半疑でつぶやいて、多香は真一郎を顎で促した。

「まあいい。まずは竹春ってのをあたってみようじゃないか」

まだ、五ツにもならぬ刻限だった。

木戸をくぐると、真一郎は多香と顔を見合わせた。おかみや子供たちの賑《にぎ》わいがないのは六軒長屋も同じなのだが、勇三長屋はどうも長屋というのは形ばかりで、安宿のごとき胡散臭さが漂っている。

多香は人差し指を唇の前に立て、口を開きかけた真一郎を無言で黙らせると、真一郎の横から竹春の名を呼んだ。

女の声に誘われたのか、のっそりと竹春と思しき男が顔を出す。背格好は一昨日の古着買に似ているが、顔はまったくの別人だ。

竹春は真一郎と多香を交互に見やり、露骨に眉根を寄せて問うた。

「……なんだ、おめぇらは？」

「お芹さんを助けに来やした」

「なんだと？」

「お芹さんは中ですか？」

真一郎が一歩踏み出すと、竹春も負けじと一歩前へ出た。

「てめぇは誰だ？」

真一郎の方が五寸は背丈があるというのに、竹春は怯《ひる》むことなく睨《ね》めつけてくる。

と、戸口の向こうに、こちらを窺う猿が見えた。真一郎と目が合うとさっと顔をそらして奥へ逃げようとする。

その後ろ足に木綿が巻いてあるのを見て、真一郎は確信した。

「あの猿を松永屋へ送り込んだろう？」

ここぞとばかりに用心棒らしく睨み返すと、竹春は一瞬怯んだのちに、真一郎の胸に頭突きを食らわせた。

「てっ！」

真一郎が向かいの家に倒れ込む間に、竹春は木戸へ逃げるべく、傍に控えていた多香を押しのけようとする。

だが、多香はひらりと身をかわしつつ、竹春の膝を蹴りつけた。

「てっ！」

同じ叫び声を漏らした竹春が、勢いよく前のめりに地面に転がる。

多香が竹春の腕を捻《ね》じ上げて押さえ込む間に、真一郎は家の中を覗いたが、九尺二間には隅で震えている猿がいるだけで、芹の姿は見当たらない。

長屋の者に頼んで番人を呼んで来てもらったものの、番人を待つ間に肚を決めたのか、竹春は白を切った。

「俺ぁ、なんにもしちゃいねぇ。お芹って女も、松永屋って店も知らねぇ。こいつらがいきなり言いがかりをつけてきたんでさ」

竹春の猿が後ろ足を怪我しているのは間違いないが、矢がかすっただけの小さな傷ゆえに、番人曰く「矢傷とは判じられぬ」とのことである。

長屋で芹の声や姿を見聞きした者もいないことから、番人は真一郎たちに首を振った。

「あれじゃあ、言いがかりと言われても仕方ねぇ」

竹春の代わりに真一郎たちを番屋へ促し、番人は説教めいた口調で言った。

「人一人捕まえてくれってんなら、もっとちゃんとした証を持って来い」

「へぇ」

小さく頭を下げて番屋を出ると、多香と顔を見合わせる。

「どうする、真さん？」

「あの調子なら、いくらなんでも今日は松永屋には来ねぇだろう。それよりお告げが外れちまった……」

落胆と安堵を同時に覚えつつ真一郎は言った。

「――口入れ屋に行こう」

「口入れ屋？」

「お芹さんは、口入れ屋の強い後押しがあって松永屋に雇われたそうなんだ」

「それなら、口入れ屋もぐるやもしれないね」

「そうなんだ」

芹の無実を信じたかったが、どうも難しくなってきた。口入れ屋の名は「正信堂《せいしんどう》」で、竹春の住処と同じ馬喰町にあるがゆえに尚更《なおさら》だ。

「そりゃ、ますます怪しいねぇ」

眉根を寄せた真一郎とは裏腹に、多香はどことなく愉しげだ。

正信堂では真一郎は外で待ち、多香が芹の知己を装って探るべし――としたのだが、店に入った多香はものひとときで表へ出て来て、物陰にいた真一郎を手招いた。

「ここはまっとうな口入れ屋だ。嘘をつくだけ無駄だから、女将に全て話しちまいな」

暖簾《のれん》をくぐってすぐ、上がりかまちの向こうの正面に正信堂の女将・えんはいた。
三十二、三歳と己や多香よりはやや年上に見える。首が太く、肩も広くて、多香よりずっと肉づきがよいものの、その身は真一郎よりよほど引き締まっているようだ。
「私はえん。閻魔《えんま》の閻だよ」

「閻魔の……」

驚く真一郎へ、えんはにやりとして言った。

「冗談さ。人によっちゃあ、ご縁の縁になることもある」

「お、俺は真一郎と申しやす」

「お芹がいなくなったんだってね？」

「そうなんです」

「あんたが知ってることを全てお話し。嘘をつきたきゃついてもいいけど、さっき閻魔の閻だと言ったのははったりじゃない。私は嘘を見抜くのが大得意なんだ。あんたが嘘をつくのは勝手だけれど、信じる、信じないは私の勝手だ。『正しく信じる』――それがうちの座右の銘さ。うちの助けが欲しいなら、まずはこの私を信じさせてみな」

こりゃまた、お多香と気が合いそうな――

ちらりと多香を見やって、真一郎はことの次第を話し始めた。

えんの言葉もそうだが、多香の勘を信じて全て包み隠さず打ち明ける。

「夢のお告げ、ねぇ……？」

今朝方の出来事を聞いたえんは微かに眉をひそめたが、嘘はついておらぬと信じてもらえたようである。

「お芹がいなくなったから、お登代はおといから泣いてばかりいるんだね？」

「ええ」

「お登代があんたに言ったんだね？　お芹を助けて欲しいって？」

「そうです」

真一郎が頷くと、えんは口角をゆっくり上げた。

「お多香さん、真一郎さん、私はあんたたちを信じるよ」

そう言ってえんは後ろを振り向いて、暖簾の向こうにも声をかけた。

「――お芹、あんたはどうだい？」


えんに断って、芹は真一郎たちを奥の座敷へ案内した。

「……竹春は私の元夫です」

恥じ入りながら、だが背筋はまっすぐ伸ばして芹は語った。

芹は旅芸人の娘として生まれ、信濃国で猿回しの竹春と出会って所帯を持った。

「見る目がなかったのです。二親から離れたかったこともあって、私はつい竹春の甘言に惑わされてしまいました。二親と袂を分かち、竹春と暮らすようになって間もなく、私はあの男の本性を知りました」

芹への愛情は本物だったが、竹春ははなはだ嫉妬深い男であった。新しい一座で芹は下働きに徹していたが、芹へ「色目を使った」として、客にしょっちゅう食ってかかった。

「そうして一年ほどが過ぎた頃、私はある人から付け文を受け取りました。竹春は案の定嫉妬に狂い、人気のないところへ呼び出して、その人を殺してしまいました」

——俺たちは夫婦だ。だから、お前も同じ罪を背負うのだ——

そう、竹春は芹を脅した。

「ずる賢いことに、竹春は私の名を使ってその人を呼び出したので、私のもとへも調べが来ました。何度も本当のことを明かそうかと迷ったのですが、竹春と死罪になると思うと怖くて、私は竹春と一緒になってそれらしい嘘をついて罪から逃れました。ですがそののちも一座と過ごすうちに、気心が知れるようになったお槙《まき》さんという人が、竹春が前にも人を殺していることを教えてくれました。竹春は私と出会う前にも懸想した女の人がいて、その人と一緒になるべく、その女の人の想い人を殺したそうなんです。けれども、女の人は想い人の後を追って自害してしまったので、結句、竹春の恋は実らなかったと……」

槙もまた、夫の所業——こちらは槙への殴る蹴る——に悩まされていたそうで、芹は槙と共に一座を逃げ出し、上野国《こうずけのくに》の満徳寺《まんとくじ》に駆け込んだ。満徳寺と鎌倉の東慶寺《とうけいじ》は幕府が認めている「駆け込み寺」で、これらの寺で足掛け三年勤めると、晴れて自由の身になれるのだ。

「離縁したのち、やはりお槙さんの勧めで江戸に出ることにしました。正信堂を見つけてきたのもお槙さんです。二人で、芸人ではなく、まっとうな仕事に就こうと……ですが、お槙さんは江戸にきて一年と経たずに病で亡くなってしまいました」

前夫ではなかったが、大事な者を病で亡くしたことには違いなかった。

小川屋は実はえんの親類が営む旅籠で、もとより他のいい仕事が見つかるまでのつなぎであったという。えんから口止めされていたがゆえに、小川屋は遣いの者に芹の居場所や過去を明かさなかった。

「おえんさんは、お槙さんが亡くなって気落ちしていた私を気遣って、松永屋へ私を勧めてくだすったのです。まさか、また誰かの妻になろうとは思いもよらぬことでしたが、淳之介さんを始め、松永屋の皆さまがよくしてくださったので、今度こそ仕合わせになりたいと願って嫁ぎました。それなのに、今になって竹春が現れたのです」

満徳寺によって離縁を余儀なくされた竹春だったが、芹への執念は失われるどころかますます燃え盛り、およそ三年の月日を経て芹の居所を突き止めた。

「先だってこちらを訪ねた折に、お登代に何か土産を買おうと広小路の出店を少し見て回ったのです。その時、竹春に見つかってしまい、元の鞘《さや》に収まるよう迫られました」

無論芹は突っぱねたが、竹春は諦めなかった。

「居所を知られぬよう、うまく巻いたつもりでした。でも竹春は新石町まで後をつけて来ていて、私を見失ってうろうろするうちに、梅松《うめまつ》——竹春の猿——が私が松永屋にいることを嗅ぎつけたらしく、自ら籠から飛び出して、松永屋に忍び込んだそうです」

その時は他の者に見つかって梅松はすぐに表へ出て来たが、竹春は芹が松永屋にいると当たりをつけた。

松永屋を探って、芹が淳之介の後妻となったことを知った竹春は、四日前、遣いに出た芹を捕まえて脅しをかけた。

「淳之介さんと別れぬのなら、淳之介さんに全てを明かすと——なんなら、淳之介さんを手にかけると仄めかしてきました。私はその昔、旅の先々で春をひさいでおりました。親にそうするように言われて、仕方なく……」

土地の顔役や元締めに取り入るために、一座のためにそうするよう幼い頃から命じられていたという。芹を手放したがらぬ二親とやり取りするうちに竹春はそのことを知り、それでもよいと芹を望んで、駆け落ち同然に親元から離して芹を娶った。

「浅はかでした。親から逃れられたことを喜んだのも束の間、竹春はことあるごとに昔の話を持ち出して私を苦しめたのですから……けれども、私はもうあいつの言いなりになるのはまっぴらです。竹春にばらされるくらいなら、自ら明かしてしまおうとも考えましたが、どのみち松永屋を出てゆかねばならぬのなら、黙ってゆこうと思い直しました。支度の時を稼ごうと、五日まで――秋分まで待ってくれと私は持ちかけましたが、竹春のもとへ戻るつもりはありませんでした。私がいなくなれば、竹春はわざわざ淳之介さんを手にかけるような無駄はいたしません。そうして、いつ、どのように出て行くか思いあぐねていたら、翌日真一郎さんたちがいらしたのです」

五日まで四日間の猶予を与えたものの、芹が気になって、竹春は翌日も仕事の後に松永屋へ様子を見に来たらしい。そして、いそと湯屋へ行く芹がいつもと変わらぬのを見て、脅しを兼ねて、芹たちが戻ったところへ梅松をけしかけたと思われる。

芹はいそが倒れ伏したのを見て、梅松を表へ逃がそうと湯桶を投げ出し、一度は抱きかかえたのだが、梅松は芹の胸を蹴って、塀の向こうではなく家の中に逃げ込んだ。

「まさか用心棒がいたとは思っていなかったのでしょう。竹春は梅松を連れてすぐに逃げたようでしたが、梅松を傷つけられたのですから、明日にでも乗り込んでくると思い、私は次の日に松永屋を出ておえんさんを頼りました」

芹から事情を聞いたえんがすぐに店の者に勇三長屋を探らせたところ、竹春は梅松の看病につきっきりであった。梅松の母猿も猿回しの猿で、梅松は生まれてからずっと人と共に暮らしてきたがゆえに、傷は浅くとも、矢を射かけられたことにこれまでにない恐怖を覚えたようである。

「――松永屋に帰る気はねぇんですか？」

真一郎の問いに、芹は力なく頭を振った。

「この数日は梅松にかかりきりで大人しくしていたのでしょうが、竹春の執念深さは私がよく存じております。私が松永屋に留まれば、竹春はきっとなんらかのことを起こします」

「しかし……」

「今日は約束の五日ですから、竹春は明日――いえ、今日のうちにも松永屋を探りに行くでしょう。そして私が逃げたと知ったなら、私が二度と帰れぬよう、腹いせを兼ねて淳之介さんに――いえ、店のみんなにも、私がしてきたことをばらすでしょう」

つまり、遅かれ早かれ、己の過去は松永屋に知られるものと覚悟しているようである。

芹はしばらく正信堂に身を隠し、竹春が江戸に留まるようなら、えんのつてを頼って上方へ逃げるつもりらしい。

「逃げることだけはうまくなりました」

そうおどけた芹へ、真一郎はかける言葉を失った。

正信堂を出ると、ずっと黙っていた多香が言った。

「私はもう一度お芹さんと話をしてみるよ。あの人はまだ、松永屋に未練がありそうだったもの。そもそも悪いのは竹春だ。お芹さんが逃げるこたぁない」

「おう。じゃあ、お芹さんは頼んだぜ」

女同士の方が本音を話しやすかろうと、真一郎は多香を正信堂に置いて松永屋に戻ることにした。

何はともあれ、芹の無事を淳之介たちに伝え、もしもの竹春の来訪に備えておきたい。

また真一郎は、夢のお告げが最後に外れたことや、竹春が一昨日問い詰めた古着買とは別人だったことが気にかかっていた。

松永屋へ帰ると、登代が飛び出して来た。

「おせりさんは？　おせりさんはどこ？」

「お芹さんは無事です。ですが……」

「ですが、なんだ？」と、問うたのは追って来た淳之介だ。

「まあ、その、あれこれありやして」

いそと淳吉郎を交えて、五人で居間に座り込むと、真一郎は口を開いた。

「馬喰町には確かにお告げ通りに勇三長屋ってのがあって、竹春って猿回しが住んでいやした。竹春は悪いやつで、お芹さんが竹春に脅されてたってのも本当でしたが……お芹さんは竹春のもとにはいやせんでした」

「いなかった？　だが、真一郎さんは今、お芹は無事だと言ったじゃないか」

竹春が訪ねて来れば芹の身の上は全て知れよう。だが己が今、登代もいる前で明かすことははばかられた。

「ええ。それが、その……」

わっと登代が泣き出した。

「どうして？　どうして、おせりさんはかえってこないの？　わたし、ざしきわらしのいうとおりにしたのに――」

「座敷わらしの……？」

夢のお告げは、座敷わらしが吹き込んだことだったのか――

「これ、お登代」と、淳吉郎も困惑顔で言った。「座敷わらしは猿じゃったとお前は言うたではないか？　あれは嘘じゃったのか？」

「だって……ざしきわらしがそうしたほうがいいって……」

いそが腰を浮かせて登代をなだめる間に、ふと気配を感じて真一郎は立ち上がった。

廊下を覗くも誰もいないが、次の瞬間、店の方から店者の声が呼んだ。

「もし！　真一郎さんにお客さまがいらっしゃいました！」

「お客さま？」

店者と一緒に店先に行くと、上がりかまちにいたのは守蔵だった。

「守蔵さん」

「おう、真一郎。すまねぇ、仲間が昨日は遅くまで帰って来なくてな。今朝方、やっと件《くだん》のことが判ったんだ。大介は昨日上野に行ったきりだし、俺が訪ねた方が早いと思ってな」

隠し部屋のことである。

もしも座敷わらしが本当にいるのなら、隠し部屋に潜んでいるんじゃねぇだろうか……

期待を胸に守蔵を居間にいざなうと、真一郎は淳吉郎に向かって問うた。

「この家には隠し部屋があるそうなんですが、ご存じですか？」

「隠し部屋？」

淳吉郎が驚く傍から、守蔵が言った。

「ああ、真一郎。それが、今は隠し部屋じゃなくて隠し戸なんだ」

「隠し戸ですって？」と、今度は淳之介が問い返す。

守蔵曰く、家は乾物屋の更に前の瀬戸物屋が建てたそうで、現在茶室となっている部屋はもとは座敷牢《ざしきろう》だったという。

「座敷牢じゃと……？」

呆然と淳吉郎がつぶやく傍らで、顔を上げた登代が青ざめるのが見えた。

いそに登代を頼んで、真一郎たちは茶室へ向かった。

部屋をぐるりと見回して、守蔵は真っ先に地袋の戸に手をかけた。引き違い戸を二枚とも外して中にあったいくつかの箱を出してしまうと、奥板を隅から隅までじっと眺める。

「ここか」

つぶやいて、守蔵は奥板の端の半寸ほどの節穴に指をかけた。

と、奥板が引き戸となってするする開く。

「おおっ」と、淳吉郎、淳之介、真一郎の声が重なった。

奥板の向こうには背中合わせになっている登代の部屋の地袋の奥板があり、こちらの奥板にも小さな節穴があった。二枚の戸の節穴が重なっていないため、一目見ただけだと穴があるのも判らぬくらいである。

二枚目の戸を開きかけてすぐ、いその声がした。

「あっ！　誰か！」

真一郎が廊下へ飛び出すと、見知らぬ子供が台所へ駆け込むところであった。

「だめ！　つかまえちゃだめ！」

登代が叫ぶ間に台所へ駆け寄るも、子供は勝手口から裏口へと逃げて行く。

真一郎が勝手口を出ると、塀の上に竹杖《たけづえ》を手にした子供がいて、振り向くことなく塀の外へ飛び降りる。

「待て！」

閂を外し、裏口から路地へと真一郎は子供を追った。

登代よりはやや大きい男児だ。総髪はひとくくりにしていて、濃藍の着物に黒い帯を締めている。

あっという間に路地を駆け抜け表通りに出たものの、子供は既に半町ほども先にいて、これまたあっという間に見失う。

「くそったれ！」

珍しく悪態をつきながら、諦めきれずに辺りを窺い、道行く者へ子供の行方を訊ねようとした矢先、曲がり角から男の声が聞こえてきた。

「てめぇ、一体どこへ潜んでいやがった？」

声のした方へ角を曲がると、蓋付きの背負籠を背負った男の背中が見えた。

竹春かと思いきや、一昨日の古着買である。男の足元には竹杖が転がっており、その手は暴れる座敷わらしの襟首をがっちりとつかんでいた。

「放せ！　放せったら！」

叫ぶ男児の前に回り込み、真一郎は男へ声をかけた。

「おい、あんた」

「なんでぇ、またお前か」

真一郎を認めて男は眉根を寄せた。

「その子は――その子は一体何者だ？」

真一郎の問いに、男はますます眉間の皺《しわ》を深くする。

「何者って……こいつは俺の甥《おい》っこさ。なぁ、悠太郎《ゆうたろう》?」

「甥っこ?」

「そうとも。しばらく前に、この辺りで迷子になっちまってなぁ。俺ぁ、ずっと探していたんだ。もうこの辺りにゃいねぇのかと諦めるところだったんだが、おととい、近頃猿を見かけたって話をおめぇが教えてくれたからよ。猿は見間違いだろうと——こいつはやっぱりこらにいるんだと、昨日も今日も探してたのさ」

唇を噛んで、悠太郎は男を睨みつける。

「さ、悠太郎、家に帰ろう」

「嫌だ! おれは帰らない!」

首を振る悠太郎を、男は片手でしっかり捕まえたまま、もう一方の手で落ちていた竹杖を拾って小突いた。

「聞き分けのねぇこと言うんじゃねぇ。お前にゃ、他に帰る家なんざねぇじゃねぇか。これからも二人でしっかり稼いでいこうや」

にたりとした男が再び悠太郎へ向けた竹杖を、真一郎は横からつかんだ。

「やめねぇか」

「てめぇに口出しされる筋合いはねぇ。俺ぁ、こいつの親代わりなんだ。もう何年も、他に身寄りのねぇこいつとこいつの妹を養ってやってきたんだぞ。こいつは、ちびっこだがやんちゃでなぁ。散々悪さをしてきたんだよ。それでも俺ぁ身内だからよ。こいつを見捨てるような真似はしねぇ」

「しかし――」

言いよどんだ真一郎が悠太郎を見つめると、悠太郎の目がじわりと潤む。

ぎゅうっと目をつむって涙を振り切り、悠太郎は声を上げた。

「助けて！　こいつは盗人です！」

通りすがりの者が皆、ぎょっとして足を止める。

「な、何を言うんだ、悠太郎」

「おみちはもう死んでるんだ！」

男を見上げて、悠太郎は更に叫んだ。

「だから、おれはもういいんだ！　お前は盗人だ！　なんなら、おみちはお前たちが殺したんだろう！　この人殺し！」

青ざめた男が、悠太郎と竹杖を放り出して踵を返す。

とっさに伸ばした手を背負籠にかけると、真一郎は思い切り籠ごと男を引き倒した。

通りすがりの者の助けを得て、真一郎は男と悠太郎を連れて番屋へ行った。

男を番屋につないでもらうと、定廻《じょうまわ》り同心の田中忠良《たなかただよし》の名をちらつかせ、番屋ではなく、番人の家にて淳吉郎を交えて話を聞くよう頼み込んだ。

男の名は康治《やすじ》で古着買、そして悠太郎の叔父であることは間違いないらしい。

「……けれどもあいつは手癖が悪くて、客先でいろいろ盗んでいたんです。見つかったことはないけれど、町の人はなんとなくみんな知っていて、だから家の近くではあまり商売にならなくて、時々遠くに出かけました」

家は神田明神の近くで、松永屋からはそう遠くないが、康治は日本橋から京橋、両国や深川、時には牛込《うしごめ》や芝《しば》まで「商い」に出ることがあったという。

今年九歳の悠太郎と七歳の妹のみちは早くに母親を亡くし、父親の男手一つで育てられたが、三年前に父親が病死したのち、叔父の康治とその妻の源《げん》に引き取られた。

悠太郎が並より小さく、身が軽い上に、器用者であることに目をつけた康治は、悠太郎に軽業や手妻めいた芸を仕込み、二年ほど前から盗みを手伝わせるようになった。

「盗みはいけないって判ってたけど、おみちがいたから……」

みちはもともと身体が弱く、叔父夫婦に引き取られてからはますます床に臥《ふ》せっていることが多くなった。康治と源はそこにつけ込み、悠太郎にみちの「薬礼」を盗みで稼ぐよう言いつけた。

「七つかそこらの子供に盗みをさせるとは、とんでもない悪党じゃ」

憤慨する淳吉郎に、真一郎も番人も大きく頷く。

初めのうちはちょっとした小銭や小間物を盗んでいたが、そのうち欲をかいた康治にもっと高価な細工物や茶器などを探してくるよう命じられた。

「厠を借りたり、迷子の振りをしたり、人気のない家にはこいつで忍び込むことも」

悠太郎が持っていた二尺ほどの竹杖には紐《ひも》が通してあった。悠太郎は忍《しのび》のごとく、これを足がかりにして塀の上に上がったのち、紐を引いて竹杖を手にしてから塀の向こうに下りていたのだった。康治のために閂を開けることもあれば、悠太郎一人でめぼしいものを盗んでくることもあったという。

「それで、うちの蔵に目を付けたのか？」

淳吉郎の問いに、悠太郎は小さく頭を振った。

「おれはあいつから逃げようとしていたんです」

一月余り前、悠太郎が康治と泊まりで深川へ「商い」に行った後、家に帰るとみちがいなくなっていた。

――浅草の姉が、あっちにいい医者がいるから診せてみようって連れて行ったんだよ――

そう言った源の言葉を悠太郎はしばらく信じていたが、みちが帰らぬまま、五日、十日と経つうちに、見舞いにも行かせてもらえぬことで不審に思い始めた。

「そしたら十日ほど前……おれはとうとう聞いたんです。おみちが……おみちは本当は死んでたんです。おれが深川に行ってる間に……」

康治と源の話を盗み聞いて、悠太郎はすぐさま逃げ出そうとした。だが、二人は悠太郎が既に何度も盗みを働いていることから、もう他に道はないのだと言って聞かせた。

「逃げたところで、すぐにお上に捕まって『死罪』になるって……それでおれは怖くなって、またあいつと『商い』に出たのだけれど、松永屋を通りかかった時におみちの――ううん、お登代ちゃんの歌を聞いたんです」

みちがよく歌っていた遊び歌を、みちによく似た声の登代が歌っていたというのである。

一度は通り過ぎたものの、隣町で康治を振り切って、悠太郎は松永屋へ戻った。

「もしかしたら、おみちは生きているんじゃないかって思ったんだ。おみちの筈がないけれど、もしかしたらって……」

涙を手で拭った悠太郎へ、淳吉郎が穏やかな声で問うた。

「それでうちへ忍び込んだら、お登代がお前を座敷わらしだと勘違いしたのじゃな？」

こくりと頷いて、悠太郎は続けた。

「お登代ちゃんを見て――おみちじゃないと知って――番屋に行こうと思ったんです。でも番屋で『白状』したら、死罪になるから……ずるいことだと判ってたけど、お登代ちゃんを騙しました。おとっつぁんやおみちのところへ行く前に、少しだけお登代ちゃんと一緒にいたかった。おみちとはろくに遊んでやれなかったから……」

登代に口止めしたのち、部屋に匿ってもらうことにした。いざという時の隠れ場所として地袋に入ってみて、窮屈さに身体を動かしてすぐ悠太郎は隠し戸に気付いた。茶室が使われていないのをいいことに茶室で寝起きし、登代の部屋と茶室を行き来しながら、機を窺って厠や台所へ出入りしていたという。

早々に出てゆかねばならぬ――そう思いつつ、もう一日、もう一日だけ、と過ごすうちに三日が過ぎた。三日目に猿が現れ、淳吉郎たちによる家探しが行われたこともあり、悠太郎は四日目に一度松永屋を出た。

だが、どこへゆこうか迷ううちに、店からそう遠くないところで芹が竹春に脅されているのを目撃したのである。継母とはいえ、登代が芹を慕っていることは三日の間に様々な話を聞いて知っていた。ゆえに悠太郎は、芹――ひいては登代を案じて松永屋に戻った。

「竹春が悪いやつなのはすぐに判りました。なんだかあいつに似ているのも気に食わなかった。顔や声は違うけど、後ろ姿や脅し方があいつにそっくりで……せっかく逃げて来たのにまたあんなやつに見つかって、おれ、お芹さんがお気の毒で、なんとか力になりたかった」

竹春から逃げた芹に、康治から逃げた己を重ねていたのだろう。

力になりたいが、子供で盗人の己に一体何ができるというのか――そう悠太郎が困っていたところへ、翌日真一郎たちがやって来た。二つの地袋を行き来して家探しを切り抜け、ほっとしたのも束の間、再び猿が現れた。登代は騒ぎに気付いて慌てたが、悠太郎は己の無事をすぐさま知らせ、登代には部屋の外へ出ぬよう言い聞かせた。また、猿が出て行ったことを踏まえて、再び家探しされぬよう、己は猿だったと登代に言うよう促した。

「それと『夢のお告げ』だな？」

真一郎が問うと、「はい」と悠太郎は素直に認めた。

「お芹さんが帰らないと聞いて、おれはすぐ竹春のせいだと思いました。また猿があらわれたから、お芹さんは五日まで待たずに竹春のところへ行ったんだと……淳之介さんを守るために」

真一郎が松永屋を訪ねて来る前に、悠太郎は盗み聞いた竹春の言葉を頼りに馬喰町へ向かい、竹春が長屋に閉じこもっていることを突き止めた。てっきり芹を長屋に閉じ込めているものと思い込み、松永屋に戻って知らせようとしたのだが、松永屋にたどり着く前に辺りをうろつく康治の姿を見かけた。仕方なく、暗くなってから戻るべく日暮れを待っているうちに、柳原《やなぎわら》で眠り込んでしまい、起きたのは夜半を過ぎてからだったという。

「町木戸が開くのを待って帰って来たのだけれど、また真一郎さんが来ていたとは知らなくて……でも、よかった。真一郎さんの方が淳之介さんより頼りになりそうだったもの」

昨日の昼に握り飯を盗んだのは登代で、のちほど悠太郎を労《ねぎら》うためだったようである。

結句、松永屋に猿が現れたのはほんの二度で、あとは悠太郎を猿だと皆が思い込んでいたのであった。

「お芹さんは無事だったんだよね？」

「ああ」

「でも、松永屋には帰って来ないの？」

「それはまだ判らねぇ。竹春は悪いやつだが、すぐにはお縄にできそうにねぇんだ。竹春がのうのうとしている限り、お芹さんは松永屋には帰らねぇ――帰れねぇだろう」

「そうか……」

肩を落としてつぶやいたのち、悠太郎は真一郎を見つめて言った。

「おとっつぁんは言ってた。悪いことをしたら、いつか必ずその『報い』が――その分、悪いことが起きるって。だからきっと、竹春にも報いがある筈だ」

「そうだな」

「……おみちが死んじゃったのは、おれが盗人になったからかもしれない」

「そんなこたねぇ」

「ううん、きっとそうだよ。だからおれはもっと報いを受ける」

きっぱり応えてから、悠太郎は淳吉郎と番人へ向き直る。

「白状します。おれ、やっぱり死ぬのが怖くて、松永屋にかくれていた時、お金や茶器を盗んで逃げようと思ったことがありました。おれはお登代ちゃんに嘘をついて、お登代ちゃんに嘘をつかせました。お登代ちゃんが食べ物を盗んだのはおれのためです。だから、お登代ちゃんは責めないでください。おれは死罪になって報いを受けるから、どうか、お登代ちゃんには、おれが盗人だったことは内緒にしといてください」

畳に額をこすりつけて懇願する悠太郎を見て、淳吉郎がそっと袖口を目尻にやった。

五日後の葉月は十日。

真一郎の帰宅を待って、六軒長屋の面々は久兵衛の家に集った。

康治と妻の源は死罪となった。

悠太郎の陳述から、悠太郎がこの二年ほどで盗んだものだけでも十両を下らぬと判明したからである。

町奉行所の同心が床下を調べたところ、盗品の他、みちの亡骸が埋まっていたため、源には殺人の罪状も加わった。源はみちは病で死したと言い張ったらしいが、盗人として死罪を免れぬと知ったのち、みちを——ただし誤って——殺したことを白状した。「お兄ちゃんに悪いことをさせないで」と懇願されて、黙らせようと口を塞ぐことほんのひとときで、呆気なく息絶えたというのである。

一方、悠太郎は軽敲《かるたた》きのみで済んだ。

七歳になる前——善悪をよく知らぬうちから盗人になるべく仕込まれて、悪と知ったのちも妹の命を盾に脅されていたとして、恩情に富む裁きとなった。ただ、淳吉郎、淳之介、真一郎の嘆願をもってしてもまったくのお咎《とが》めなしとはいかず、それでもまさかの入墨とならなかったことに真一郎たちはほっとした。

悠太郎たちの裁きと前後して、竹春も捕らえられた。

多香から又平、又平から定廻りの田中、与力の森憲明《もりのりあき》、町奉行へと話が伝わり、竹春はまずは芹への恐喝で敲きに中追放が決まった。町奉行所は信濃国にも知らせる意向で、今後の調べ次第では死罪となる見込みも充分あるという。

「お芹さんは、近々松永屋にお帰りになるようです。この数日、淳之介さんは連日正信堂まで足を運んで、過去は問わぬ、竹春がもしも死罪を免れたら正信堂から用心棒を雇う、などとお芹さんを説得しているそうで……それから、悠太郎はおえんさんが正信堂の奉公人として引き取ることになりやした」

それで真一郎はえんと共に昼下がりから、軽敲きを受けた悠太郎を引き取りに牢屋敷に赴いたのだった。

——本人が罰を望んでいるのだ。悪念を吹っ切るためにも敲きに処する——

そう判じられて悠太郎はしっかり五十回敲かれたが、子供ゆえに幾分手心が加えられていたらしい。痛そうにはしていたものの、戸板や駕籠に乗せるほどではなかった。

「よかった」

鈴が喜ぶ傍らで、大介と守蔵も安堵の表情を浮かべた。

「悠太郎は身が軽くて、器用者で、機転が利くからね」と、多香。「これから読み書きや算術なんかも学べば鬼に金棒だって、おえんさんは大喜びだよ」

「そうとも。あいつはきっといい男になる……」

だから案ずるな、悠太郎。

正信堂への道中を思い出しながら、真一郎は微笑んだ。

――あの……大介さんてどんな人ですか？――

おずおず訊ねた悠太郎は、大介の声を聞いたのみで、その姿を見ていない。

――大介か。やつはまあ……有り体にいやぁ色男だ。けど、大介がどうかしたか？――

――ええと、その、お登代ちゃんが気にしてたから……――

妹のごとき登代に悪い虫がつかぬようにか、はたまた幼き恋心からか、言葉を濁した悠太郎に真一郎は顔をほころばせずにいられなかった。

「そりゃ何よりだ」と、守蔵も喜んだ。「行くところがねぇようなら、仲間の鍵師が引き取ってもいいと言っていたが、一度でも盗みをした者が鍵師になるのは俺はどうも気に食わねぇ。口入れ屋の方が安心だ」

鍵師は悠太郎がすぐに隠し戸に気付いたことや、器用者であると知って鍵師として仕込みたくなったらしい。

「それにしても、守蔵さん。ああいう家ってのはよくあるのかい？」

問うたのは大介だが、真一郎も知りたかったことである。

隠し戸はまだしも、座敷牢があったとは穏やかではない。

「そいつは……俺の口からはなんとも言えねぇ」

「なんでぇ、俺たちには教えてくれたっていいじゃねぇか」

「大工も鍵師も口が固くねぇとやってけねぇや。ただ、あすこは二度も持ち主が替わっているし、火事で焼けたと思って、仲間がうっかり話のねたにしたんだ」

座敷牢や隠し部屋、隠し戸、仕掛け戸、どんでん返し、刀隠しなどを手がけた大工が口外無用を命じられるように、鍵師も携わった牢や船簞笥、内蔵《うちぐら》、金蔵など、殊に今尚《いまなお》使われているものは口にせぬのが常である。

火事、と守蔵が言ったのは六年前、天明六年の睦月に起きた二日続きの火事のことで、湯島天神の近くから出た火は、神田から日本橋、深川まで広がる大火となった。風が西北から吹いていたため、鍋町《なべちょう》の西側にあった新石町はかろうじて火を逃れたらしいが、件の鍵師はそれを知らなかったそうである。

「鍵をなくした錠前を開けるのにそいつが呼ばれたんだが、そん時は座敷牢は隠し部屋になっていて、出入り口はあの隠し戸だけだったらしい。牢には子供が閉じ込められていたんだが、既に虫の息で、そいつは錠前を開けてすぐに帰されたから、医者が呼ばれたかどうかも判らねぇ。だが、それからほどなくして、あの店には茶室ができたと聞いたってんで、子供はあのまま死んだんだろうとそいつは言ってた」

「……乾物屋の跡取りは早くに亡くなったのであったな？」

顎に手をやって、久兵衛は確かめるように真一郎を見た。

「淳之介さんの息子も……もしや、座敷牢で無念の死を遂げた子供が、今尚、あの家を祟っているのではないか？」

「よしてくれよ、久兵衛さん」と、眉尻を下げたのは大介だ。「乾物屋の前ってこた、相当昔の話だろう？　ああでも、松永屋は跡取りだけじゃなく、淳之介さんの弟や前のおかみさんも早死してるんだったな……」

ぶるりと身を震わせた大介に、くすりとしながら真一郎は言った。

「子供の怨念はしらねぇが、おっかさんの情念は松永屋に残ってる——いや、残っていたらしいぞ」

「どういうことだ？」

声を揃えた久兵衛と大介の他、多香、鈴、守蔵も一様に真一郎の次の言葉を待った。

「お登代ちゃんから話を聞いたんだ。お登代ちゃんはお芹さんを慕っているんだが、二階で一緒に眠るのはずっと頑として拒んできた」

「そら、あれだろう」と、大介。「お登代ちゃんは賢い子だから、お二人の閨事を気遣ってだな……」

「それが、そうでもなかったのさ。お登代ちゃんが言うには、お芹さんと眠るのが嫌だったんじゃなくて、おっかさんと離れるのが嫌だったたってんだ」

「おっかさんと……？　それはつまり――」

「あの部屋にはおっかさんがずっといたそうだ。あの部屋で亡くなったからか、あの部屋だけおっかさんが夜な夜な現れて、お登代ちゃんにいろいろ教えてくれたらしい。たとえば、悠太郎が妹だと勘違いした遊び歌――あれも悠太郎がやって来たその前の夜に、おっかさんから教わったばかりだったたんだとよ」

亡くなって間もない頃は、母親が現れることを父親や祖父に伝えていたのだが、淳之介たちは母親恋しさに夢でも見たのだろうと取り合わなかったため、やがて登代も口にするのをやめたらしい。

――でもね、おっかさんはもういっちゃった――

「私はもう帰らないけど、悪いやつらは私がみんな連れて行く。だからお前はなんにも心配しないで、お芹さんと座敷わらしの帰りをお待ち――悠太郎が飛び出してったあの日、おっかさんはそう言って部屋から――松永屋から出てったそうだ」

ゆえに登代は誰よりも、芹が――いずれは悠太郎も――帰って来ると信じている。

「そうか、もういなくなってしまったか……こんなことなら、儂もお前たちと一緒にゆけばよかった」

久兵衛が肩を落として溜息をつく傍らで、大介が呆れ声を出す。

「とんでもねぇや、久兵衛さん。お登代ちゃんのおっかさんが言った『悪いやつら』には、座敷牢の怨霊も含まれていたやもしれやせんぜ。この世の中、いい幽霊や、いい妖怪ばかりじゃねぇんでさ」

「む……」

怪談を厭う大介はいつになく真剣な面持ちで、真一郎は噴き出しそうになるのを必死でこらえた。

「そもそも、おっかさんがいたってのも、頭から信じちゃいけねぇや。淳之介さんの言う通り、おっかさんの幽霊は、母親恋しさにお登代ちゃんが見た夢じゃねぇかなぁ。いくら未練があったってよぅ、怨霊でもねぇのに、盂蘭盆過ぎてまでこっちにいるのはおかしいや」

「むむ」

「座敷わらしだって、結句いなかったじゃねぇかよぅ……」

「そうでもねぇさ」

再び悠太郎を思い出しながら真一郎はつぶやいた。

およそ丸く始末がついたが、一つ、真一郎の気を沈ませていることがあった。

猿の梅松のことである。

猿回しの猿のもとに生まれ、竹春の手で育てられ、芹と夫婦になる前からずっと竹春と暮らしを共にしてきた梅松は、竹春の雇い先だった一座が引き取った。だが、梅松は竹春が大番屋に連れて行かれて以来この数日、水も餌も一切口にしておらず、鳴くことも、暴れることもなく、檻《おり》の中でただじっとしているという。

――このままでは、遠からず死んじまう――

梅松の様子を問われて、一座の者から聞いた言葉を伝えると、悠太郎もうなだれた。

――可哀想《かわいそう》に。梅松には竹春しか大事な人がいないんだな。おれにおみちしかいなかったように……それにしても、おれが梅松に間違えられたのも無理はねぇや。おれも叔父にいいように使われていた猿だった……――

――そんなこたねぇ。お前はなんだかんだ、松永屋を難から救ったんだ。松永屋にとっちゃお前は紛れもねぇ座敷わらしさ――

真一郎がそう慰めると、悠太郎は少しだけ気を取り直したように微笑んだ……

「そうとも」

真一郎を見やって、大きく頷いたのは久兵衛だ。

「儂は諦めんぞ。江戸は広い。座敷わらしはいなくとも、まだまだたくさんの妖怪がどこかに潜んでいる筈だ。――これ大介、お前、実は心当たりがあるんじゃないか?」

「こ、心当たり?」

「音正からいろいろ話を聞いておろう?」

「き……聞いてねぇ。俺は知らねぇ。なんも知らねぇ」

目を泳がせて首を振る大介に、おっとりと鈴が助け舟を出した。

「私はお座敷で時折そういうお話を聞きますから、今度聞いたらお伝えしますね」

「うむ、頼んだぞ、お鈴」

「私も何か耳寄りな話があったら知らせますよ」

「うむ、頼んだぞ、お多香」

微笑を浮かべた多香を恨めしげに大介が見やり、そんな大介を見やって真一郎と守蔵は微苦笑を交わした。

腹をさすって久兵衛が言った。

「じきに六ツだな。真一郎、ちと酒と肴を買って来い。皆の分も儂が出すでな」

「合点でさ」

「俺も行く」

すかさず立ち上がった大介と共に、真一郎は暮れかけた秋空のもとへ繰り出した。

第三話　浅草勝吉《しょうきち》伝

木戸からの呼び声を聞きつけて、真一郎は急ぎ表へ出た。

同じようにして出て来た久兵衛や大介と待つことほんのしばし、二人の男が現れる。

「よくいらっしゃいました」

「久兵衛さん、お世話になります」

にこやかに頭を下げたのは伊吹屋《いぶきや》の店主・彦太郎《ひこたろう》である。

伊吹屋は十軒店《じっけんだな》と日本橋の間にある万屋《よろずや》で、真一郎は卯月《うづき》に蚊帳《かや》職人にして蚊帳売りの弥《や》彦《ひこ》を通じて彦太郎に出会った。のちに久兵衛に乞われて、二人を引き合わせてから早数箇月が過ぎ、此度は彦太郎から弟の彦次郎《ひこじろう》の江戸見物の伴《とも》を頼まれた。

「これが弟の彦次郎です」

「よろしゅうお願いいたします」

彦太郎の隣りで彦次郎がぺこりと頭を下げた。どちらもやや白髪交じりの五十代で、細身の久兵衛よりはふっくらしているものの、太鼓腹ではなく、色艶がいい。年子とあって背格好も面立ちもよく似ているが、彦太郎は丸顔、彦次郎は面長だ。

「儂が久兵衛、真一郎に大介です」

真一郎が大介と共に頭を下げると、彦次郎が嬉しげに微笑んだ。

「真一郎さんに大介さん。弥彦から話を聞いとります。その節はおおきにおました」

再び頭を下げた彦次郎から旅行李《たびごうり》を預かり、まずは鶴田屋《つるたや》へ案内した。

長屋と背中合わせになっている旅籠・鶴田屋は大川に面している。値は張るものの、内風呂があり、部屋数が少ない分、至れり尽くせりで知る人ぞ知る人気の宿だ。

「鶴田屋のことは忠也《ちゅうや》さんに聞きました」

「とすると、忠也は伊吹屋に寄ったんですか？」

石部《いしべ》か草津《くさつ》まで弥彦に同道すると言っていた錠前師の忠也は、結句伊吹屋までついて行き、七日ほど過ごしたそうである。

「そうです。江戸や道中の土産話が面白うて、儂もつい江戸を訪ねとうなったんや」

江戸の伊吹屋はいまだ彦太郎が取り仕切っているが、近江の伊吹屋では彦次郎はもう隠居していて、息子が店を継いでいるという。

「江戸は五年ぶりですさかい、月末までゆっくりしようと思います」

「儂も暇を見つけて顔を出すさかい」と、彦太郎。

長月は二日目で、衣替えを終えたところである。兄の家があるのに一月も旅籠住まいとは贅沢《ぜいたく》だが、彦次郎のみならず、彦太郎も少し店から離れて羽を伸ばしたいらしい。

「浅草は前にも見物したことがあるんやけど、なんべん訪ねても楽しいとこですさかい、案内よろしゅう頼みます」

「真さんと大介さんに任せておけば安心ですよ。忠也さんも楽しんでいかれました」

そう応えたのは鶴田屋の主の三蔵《さんぞう》だ。

「のちほど案内いたしますが、六軒長屋へは裏からも出入りできます。ただ、平時は門をかけておりますので、お出かけの折にはお声をかけてください」

「ふふ、こちらのお宿も間違いあらへんとのことやった。どうぞよろしゅう」

談笑する間に七ツが鳴って、彦太郎たちは内風呂へ、真一郎たちは湯屋へ向かった。

風呂を済ませると、今度は多香に鈴、守蔵を交えて再び鶴田屋で集い、ささやかな宴会を催した。

「お鈴さんの胡弓も聞きに行かな。近くの茶屋で弾いとるやら？」

「はい。そう近くもありませんけれど、八幡宮前の枡乃屋というお茶屋さんで弾かせてもらってます」

「お多香さんの店にも行きまひょ。いや、儂は楊弓《ようきゅう》はからっきしやが、真さんの腕前を見てみたいさかいな」

にこにこと多香の酌を受けながら、彦次郎は守蔵と大介の方を見やった。

「守蔵さんには錠前を一つ頼みます。ちょうど新しい錠前が欲しいと思うとったとこなんやけど、忠也さんの錠前はなんか雅が過ぎて、儂にはこそばいんや」

「はあ」

「大介さんには笛を一本。息子が祭りの笛方をしとるんです。京から取り寄せた笛を使《つこ》うてるんやけど、どうも今一つらしく……それに、忠也さんは大介さんの笛が聞けなんだのがえらい心残りやったようでね。忠也さんは来年も弥彦と江戸に来るやろうが、老い先短い儂はこの機を逃したらまたいつ江戸に来られるか——そやさかい、是非とも帰る前に聞かしてくだはい。そうや、お鈴さんと一緒に是非」

鈴と一緒に、と言われては、大介も頷く他はない。

また京の笛が「今一つ」と聞いて、俄然《がぜん》意欲が湧いたようだ。生粋の江戸者の大介は、常から上方と張り合っている節がある。

「どんな笛をご所望なんで？」

身を乗り出して問うた大介へ、久兵衛が温かい目を向けた。


浅草といえばまずは浅草寺と仲見世だろう——と、翌日、真一郎と大介は彦次郎を浅草寺詣でに連れ出した。

真っ先に浅草寺を詣でてから、ゆっくりと仲見世の左右の店を見て回る。以前案内した久兵衛の孫の倫《りん》ほどではないが、彦次郎も女子供が好みそうな菓子やら小間物やらに興を示した。

「家の者にも店の者にも、土産をぎょうさん買《こ》うていかなあかんので……」

「荷物持ちは任せてくだせぇ」

「はは、まだ一月あるさかい、今日は下見だけでええ」

微苦笑を浮かべつつ、それでも弾んだ声で彦次郎は応えた。

彦次郎には息子が一人、娘が二人、孫も男女合わせて八人いるという。娘や女孫のために大介に江戸の小間物の流行りを訊きながら店を覗いていた彦次郎が、ふと近くにいた女に目を留めて声をかけた。

「おや？　あんたさんは——鶴田屋のお客さんやないですか？」

女は五十路前後で、彦次郎よりは幾分若く見える。海松茶色《みるちゃいろ》の袷《あわせ》に洗柿色《あらいがきいろ》の縞の帯を締めており、どちらも安物でないのは真一郎の目にも明らかだ。

訝《いぶか》しげに彦次郎を見たのも束の間、女は会釈と共に応えた。

「ああ、昨日おいでになった方ですね」

「儂は彦次郎いう者です。近江から参りました」

「奈津《なつ》と申します」

『高《たか》瀬《せ》庄《しょう》左《ざ》衛《え》門《もん》御《お》留《とどめ》書《がき》』の感動
冷めやらぬ中、
最新作は17歳の武士が主人公!

砂原浩太朗『黛《まゆずみ》家《け》の兄弟』

好評発売中!

違う場所でも、同じ未来を見ているか。
政争の嵐の中、三兄弟の絆が試される。

神山藩で代々筆頭家老を務める黛家。三男の新三郎は、兄たちとは付かず離れず、道場仲間の圭蔵と穏やかな青春の日々を過ごしている。しかし人生の転機を迎え、大目付を務める黒沢家に婿入りし、政務を学び始めていた。そんな中、黛家の未来を揺るがす大事件が起こる。その理不尽な顛末に、三兄弟は翻弄されていく。

その結末に、
必ず涙する。

定価:1980円(税込)
416ページ
ISBN 978-4-06-526381-5

「神山藩シリーズ」第2作目!

「お奈津さんですか。江戸は初めてですか？」

「あ、いえ、私は芝に住んでおりますので……ただ、浅草まではそう出て来ることはございません」

「あはは、そうやったか。江戸のお人やったか」

奈津は芝の料亭・さくら屋の元女将で、今は隠居としてのんびり暮らしているらしい。

「ですが、この度、寝起きしている離れを修繕することになりまして、それで浅草見物を兼ねて、離れが直るまで鶴田屋さんにお世話になることにしたんです」

「ほう、ほやけど、お一人で？」

「夫はおととし病で亡くなりました」

「こら、いらんことを訊いてもうたな」

盆《ぼん》の窪《くぼ》に手をやって彦次郎は言った。

「実は儂も四年前に妻を亡くしとりまして、そやさかいなんやというんやおまへんが、その、ご愁傷さまやった――でしたなぁ」

歳が近く、やもめ同士ということで親しみが湧いたのか、彦次郎は奈津を昼餉に誘った。

「お奈津さんはさぞ舌が肥えてはることやろう。頼む、真さん、お奈津さんを唸《うな》らすような、とびきり美味《おい》しい店に連れてってくだはい」

「ええと、それならあけ正《まさ》にでも……」

あけ正は東仲町にあり、時折鈴がお座敷に上がることもある料亭だ。

「お気遣いなく」

真一郎を遮るように奈津は言った。

「お昼にあんまりしっかり食べると、鶴田屋さんの美味しい夕餉が入らなくなってしまいますもの」

「それなら、広小路の茶屋はどうですか？」

彦次郎が残念そうな顔をしたのを即座に見て取り、真一郎は言った。

「――ええ、それなら」

「では、ご案内いたします」

真一郎はやはり東仲町の、広小路に面した茶屋に二人と大介をいざなった。

茶屋で真一郎たちは握り飯を、奈津は団子を口にしつつ、世間話に花を咲かせた。

奈津は彦次郎より一日早く、朔日に鶴田屋に来て、二十日まで滞在するそうである。鶴田屋の客は一泊か二泊、せいぜい三泊で、半月を超えて泊まる者は極稀だ。だが、此度は彦次郎や奈津の他、もう一人長く滞在する者がいるらしい。

「戯作者《げさくしゃ》やと聞いたんやけど」

彦次郎が言うのへ、「戯作者？」と大介が食いついた。

「うん、天音《あまね》時良《ときよし》という人や」

「そらご存じでさ。弥生《やよい》に借りた『神田歌留多秘記《かんだかるたひき》』は、この三年の読本の中で一番面白かったや。なぁ、真さん？」

「おや、大介さん、ご存じで？」

「あ、天音時良が鶴田屋に？」

「ああ。まだ若い人だと聞きやしたが、いかがでしたか？」

「儂よりはずっと若いけど、ほうやな、真さんよりは年上かもしれん」

「あら、もしや細くて、少々いかめしいお顔のあの方かしら……？」

「そうそう、なんか顔色が悪いけど、話してみると気さくなお人でっせ。そうか、ほないに人気のお人なら、土産に一冊買《こ》うていこうかいな」

「そんなに面白いのなら、私も読んでみようかしら。ああでも、青本ばかりの私には、難しいやもしれませんね」

読本は清国《しんこく》の白話——口語——小説に触発されて生まれた、文章が主の、口絵や挿絵が少ない読み物だ。対して、青本は草双紙、絵草紙ともいわれる絵入りの娯楽本の一つで、芝居の筋書きなどが多く読みやすい。

「ほやったら、真さん、試しに一冊、貸本屋から借ってきてもらえまへんか？　一月もおるんやさかい読めるやろう」

「合点です」

「お奈津さん、ほんなら後でお見せするさかい」

「まあ、ありがとう存じます」

「ほやけど、戯作者と一緒の宿なんて、ええ土産話になるで」

「ええ、本当に」

嬉しげに顔をほころばせた彦次郎へ、奈津も微笑んで頷いた。


——俺はお前と添い遂げられなくとも、他の女で間に合わせたりしやしねぇ——

二日後、文月において屋にて口にした言葉を守るべく、真一郎は彦次郎の吉原行きを大介一人に任せることにした。

「ほほう。真さんはお多香さんにほの字なんやな」

「そうなんでさ」と、先に応えたのは大介だ。「お多香さんも満更じゃねぇようなんだけど、夫婦の杯は断られちまったんだよなぁ」

「ほうなん？」

「はあ、その通りです」

「ほやけど、お多香さんもええ歳やろうに……江戸の女の人はちゃいますな」

「ええ、殊にお多香は」

「儂の若い頃は櫛を贈ったもんやけど、今の若い人はどないやねん？」

櫛の「く」に「苦労」、「し」に「死」をかけて、櫛は求婚の贈り物によく使われる。苦労を共にし、死ぬまで添い遂げよう——という意を込めてのことだ。

来年三十路の真一郎は「若い」とはいい難いが、花街はさておき、求婚の際に櫛を贈るのは彦次郎が若かりし頃も今も変わらずよくあることである。

「——そうか。やはり櫛が入り用だったか」

顎に手をやった真一郎へ、小首をかしげて彦次郎は問うた。

「うん？　櫛も贈らんといて、どないしてお多香さんに言い寄ったん？」

「それは……」

しどろもどろに卯月に大福寺《だいふくじ》で多香と交わしたやり取りを明かすと、彦次郎の眉が八の字になる。

「ほならなんや？　空手で、下帯もつけんうちから真《ま》っ裸《ぱだか》で妻問うたんか？」

「はあ」

真一郎が頷く先から大介が笑い出した。

「あははは！　そら、お多香さんもうんとは言えねぇや。あはははは！」

「そ、そうか？」

大介につられて、彦次郎も噴き出した。

「そうか、や、おまへんよ。ほらあかんで真さん。女に疎い儂にもそれくらい判るわ」

「はあしかし、お多香は並の女とは違いやすし……」

「ふ、ふふ、まったく真さんは面白《おもろ》いやっちゃなぁ」

二人が笑いながら吉原に繰り出した後、半刻ほどして帰って来た多香をおいて屋に誘ってみたが、「気乗りしない」と多香はそっけない。

矢取り女で店ではそこそこ着飾っているがゆえに、多香はいくつも櫛を持っている。中には金蒔絵《きんまきえ》や鼈甲《べっこう》など高価な櫛も交じっていて、今更ながら、それらは男たちからの贈り物だろうと思い当たって真一郎は考え込んだ。

「お多香、お前、柘植櫛も持ってるか？」

冬青がどんな高価な小間物よりも、大介から贈られた柘植櫛を大切にしているのを思い出しながら真一郎は問うた。

「柘植櫛？　そうだねぇ、昔は一つ二つ持ってたけど、足が折れたり、罅《ひび》がいったり、なんやかやで今は一つも持っていないね。けど、柘植櫛がどうかしたかい？」

「どうもこうも……なんでもねぇ」

大介が柘植櫛を贈ったのはそれが手頃な値段で若い時分の贈り物としてちょうどよかったのと、冬青に妻問いする気がなかったからだ。

――想い人と添い遂げられないなら、似た男で間に合わせるのも一案さね――

　あれから時折、多香の言葉が思い出され、真一郎は溜息をついてきた。今一度妻問う勇気はまだないのだが、手持ちの櫛にはかつて想いを懸けた――もしくは今も懸けている――男から贈られたものがあるのではないかと、ついじっと櫛を見つめてしまう。

「なんでもないって面じゃなさそうだけど、櫛が気になるなら女のことだね？　柘植櫛といえば冬青のことかい？」

「――お前のことだ、お多香」

「私の？」

　思わず漏らしてしまった真一郎へ、多香はからかい交じりの笑みを向けた。

「私には冬青や山吹のように、櫛をやり取りするほど親しい幼馴染みなんていないよ」

「だが、想いを懸けた男はいただろう？」

「そりゃ、この歳だもの。あんただって、まさか私が初恋だなんて言わないだろう？」

「言わねぇさ」

「ふふ、あんたからの櫛は受け取らないよ。だから、つまらないことを考えるのはおよし」

「けど、お多香――」

「今のままがちょうどいいのさ。あんまり欲をかくと痛い目見るよ」

　まだ紅を落としていない唇で微笑んで、多香は真一郎を黙らせた。

「――ほうか。お多香さんはそない言うたか……ほらお手上げやな」

翌朝吉原から帰って来た彦次郎と大介に多香の言葉を伝えると、彦次郎は己のことのように肩を落としたが、大介は「そうでもねぇぜ」と肩をすくめた。

「ほうか?」

「ほうでさ。『痛い目見る』ってのは、真さんへの脅しとは限らねぇ。お多香さんは並の女じゃねぇからよ。きっと並ならぬ昔があるんだろうさ。なぁ、真さん」

「そうだなぁ……」

多香が伊賀者の末裔だと知っているのは、長屋では久兵衛と真一郎のみだ。だが、己も並とは言い難い生まれ育ちゆえか、大介は無理に過去を聞き出すような真似はしていない。

「ほれやったら、痛い目ぇ見とうないのはお多香さんの方ということか」

「なるほど」

てっきり己への脅しだと思っていた真一郎には目から鱗《うろこ》だ。

「流石色男やな。女心がよう判っとる」

「けどよぅ、彦次郎さん。判ったところでどうにもできねぇ女もいらぁな」

「大介でもか?」

「この俺でもさ」

吉原行きで親しんだのか、呼び捨てにして彦次郎は笑った。

大介の想い人の鈴は、十五歳の時に行きずりの男に手込めにされた。以来鈴は男を苦手としていて、真一郎たちに笑顔を見せるのも、ひとえに同じ長屋の住人として——久兵衛や多香への信頼あって——のことと思われる。

「ややこしいなぁ……」

真一郎の前夜が不首尾に終わったことに同情した彦次郎は、その日は昼から安田屋行きを所望した。真一郎が的に当てる度に女たちと一緒になって褒《ほ》め称《たた》え、矢取りについた多香のみならず、真一郎にも心付けをたっぷり弾んだ。

更に次の日は彦太郎を交えてあけ正でお座敷をかけ、鈴にも同様に心付けを奮発した。

彦次郎は鈴の胡弓がいたくお気に召したらしく、続く八日には奈津を枡乃屋に誘った。

「もう、ほんまにええ音色なんや。そやさかい、よかったら枡乃屋で一服して、両国広小路を回ってみまへんか？」

一人で出かけるのはやはり味気ないのだろう。しばし躊躇ったのち奈津は頷いた。

枡乃屋で一刻ほど鈴の胡弓に聞き入った後、両国広小路を見物して回り、帰りしな再び枡乃屋で鈴と落ち合って、七ツ過ぎに六軒町に戻った。

夕餉までまだひとときあるからと、今度は奈津が望んで五人ではし屋を訪ねる。

「こういうところこそ、一人では入れませんので……」

酒と肴を五人で分けて、ほろ酔いの二人を六軒長屋の裏口から鶴田屋へ見送ると、大介がくすりとして囁いた。

「彦次郎さんはどうもお奈津さんが気になるみてぇだな」

「お奈津さんもやもめだもんな。けど、近江と江戸じゃあどうにもなるめぇ」

「そう決めつけるこたねぇだろう。男と女なんて、うまくいくときゃとんとん拍子さ」

「そうか……そうだといいな、大介」

「ちぇっ。俺のことはいいんだよ」

むくれた大介を、今度は真一郎がくすりとしながら湯屋へ促した。


九日は重陽《ちょうよう》、菊の節句で、彦次郎はまたしても奈津を誘って観菊へ出かけた。

十三日には十三夜――のちの月見――の宴《うたげ》を久兵衛の別宅で開いたが、彦太郎と共に奈津も招待してくれるよう久兵衛に頼み込み、梅《うめ》も交えてにぎやかに過ごした。

更に一日おいて十五日には神田明神祭を一緒に楽しんだものの、続く十六日の芝神明祭は断られてしまった。

「たまにはお宿でゆっくりしたいので……」

彦次郎はがっかりしたが、芝は奈津が住む土地だ。

「芝のお祭りは見飽きてんでしょう」

「彦次郎さんと一緒じゃ、変な噂が立つやもしれねぇしな」

「ほうやな」

大介と口々に慰めると、彦次郎は気を取り直して、改めて奈津を夕餉に誘いに行った。六軒長屋の皆を交えて、鶴田屋の座敷でささやかな宴会をしようというのである。

道中で伊吹屋に立ち寄ったが、朝が早かったため、芝には九ツよりずっと前に着いた。

芝神明祭は増上寺《ぞうじょうじ》の前にある芝大神宮の祭礼だ。長月十六日の前後十日にわたって催されることから「だらだら祭り」とも呼ばれている。名物は邪気払いの生姜《しょうが》と千木筥《ちぎばこ》で、千木筥の「千木」は「千着」に通じることから、「着物が増える」「着物に困らぬほど裕福になれる」と、殊に若い女に人気であった。

「せっかくやさかい、お奈津さんとこのお店――さくら屋に行こうか？　いや、ほら流石にしつこいやろうか？」

「そうですな……お奈津さんは何も仰《おつしや》ってなかったですからね」

「お奈津さんの案内ならともかくなぁ……」と、大介も頰を搔《か》く。「けど、彦次郎さんはなんだい？　お奈津さんに本気なのかい？」

「こら、大介。年寄りをからかうもんやない」

「年寄りなんてとんでもねぇ。中でも張り切ってたじゃねぇかよぅ。今更、俺に隠すこたねぇでしょう」

「隠すもなんも、ほら気にはなるけど、ほないな色気じみた話やないねん。儂はなんか、あの人が一人で寂しそうにしとるんが気になるんや。吉原は吉原、話は別や。花街はえろう久しぶりやったさかい、つい……ほやけど、儂ももう歳や。早々に寝てしもうたわ」

あっけらかんとして言う彦次郎と笑い合いながら、それでも話の種に店構えを見て行こうと、真一郎たちは番屋でさくら屋への道を訊ねた。

「さくら屋なら片門前の二丁目だが、約束してなきゃ祭りの間はとても入れまいよ」

番人が応えた傍から、通りすがりの老爺が口を挟んだ。

「さくら屋はやめときな」

「どうしてですか？」

真一郎が問うのへ、老爺は肩をすくめて言った。

「あすこはさくら屋になってから味が落ちたでな。鶴田屋だった頃はよかったんじゃが」

「うん？　さくら屋は、前は鶴田屋といったんですか？」

「ああ。去年、旦那が亡くなってな。厄払いだとかなんだかで、店の名を変えたんじゃ」

「旦那さんが亡くなったのはおととしじゃ？」

「そりゃ先代のことじゃろう。先代は隠居してすぐ——三年前じゃったかな——卒中で倒れて寝たきりになって、おととし亡くなったんじゃ。店は三年前に息子が継いだんじゃが、この息子が昨年の暮れに疝気《せんき》で呆気なく逝ってもうてなぁ。それからは嫁の天下じゃよ」

「嫁の天下……」

つぶやいた彦次郎に重々しく頷いて、老爺は声を低めた。

「ここだけの話じゃが、近頃、姑――つまり前の女将の姿が見えんでな。嫁に殺されたんじゃないかと言われとる」

「こ、殺された？」

「おい、爺《じい》さん。噂話《うわさばなし》はそのくらいにしておきな」

番人にたしなめられて老爺は去って行き、真一郎たちも番屋を離れたが、三人ですぐに顔を見合わせる。

「気になりやすね」

「うむ」

「ちと、探ってみようぜ」

大介に促されて、真一郎たちはさくら屋へと足を運んだ。

じきに九ツだろうという刻限だった。番人が言った通り、さくら屋は客が一杯で入れなかったが、めげもせず大介は向かいの蕎麦屋を顎でしゃくった。

「あすこの女に訊いてみようぜ」

真一郎たちの返事も待たずに近付くと、大介は縁台に蕎麦を運んで来たおかみと思しき女に声をかけた。

「おかみさん、ここで待たしてもらってもいいかい？　ここらでなんか腹に入れねぇと、祭りを楽しめそうにねぇからよ」

人懐こい笑みを浮かべた大介を、三十代半ばのおかみはまじまじと見てから微笑んだ。

「もちろんさ」

「ありがてぇ」

小さく頭を下げてから、大介は声を低くした。

「なんだか手違いがあったみてぇでさ。さくら屋は一杯だと言われちまったんだ。こちとら、近江からの旦那のために前々から話をつけてたってのによぅ。まったく、さくら屋になってからあすこはなっちゃいねぇ」

「そうなのよ」と、おかみも大介に合わせて声を潜める。

「店の名だって、前の鶴田屋の方がよかったや。なんでも、嫁がとんでもねぇ女だって話だが、ほんとのところはどうなんだい？」

「ほんとのところはその通りだよ。茂一《もいち》さんは見る目がなかったねぇ……」

茂一は奈津と亡夫の完八郎《かんはちろう》が芝に店を出して、四年目にして授かった一粒種であった。茂一の妻の名は祐《ゆう》といい、二人は三年前に夫婦となって、茂一が店を引き継いだ。

「先代が亡くなる前――茂一さんが店を継いだ時も、ひと悶着《もんちゃく》あったらしいけどね。すぐに先代が寝たきりになっちゃったから、女将さんは――ああ、こっちも先代で、お奈津さんっていうんだけどね――旦那さんにかかりきりになってねぇ。それでお奈津さんは、おととしは旦那さん、昨年は息子さんと立て続けに亡くしてさ。孫がまだだったから、身内がいなくなっちまった。今の女将のお祐さんはそのことにつけ込んで、茂一さんの四十九日が終わる前から親兄弟を呼び寄せたのさ。でもって、如月《きさらぎ》には店の名をさくら屋に変えちまった。いまやお奈津さんを離れに追いやって、もうやりたい放題みたいだよ」

おかみが店をぐるりとする間に、真一郎たちは空いた縁台に腰かけた。注文を取りに戻って来たおかみを、大介は手招いてその耳に口を寄せる。

「さっき、番屋で聞いたんだけどよ……嫁が姑を殺したって噂はほんとかい？」

「まさか、いくらなんでも殺しちゃいないよ」

一笑に付してから、おかみは今度は大介の耳元で囁いた。

「けど、お姑さん――お奈津さんはどうも行方知れずみたいだよ」

「行方知れず？」

小さく頷いてからおかみが付け足す。

「なんでも、金蔵から持てるだけのお金を持ち出して家出したとか」

「へぇ、やるもんだな」

大介がにやりとすると、おかみも忍び笑いと共に応えた。

「まったくだよ。鶴田屋はお奈津さんと旦那さんが一から始めた店だからね。いくら持ってったかしらないけどさ、お祐さんにはびた一文置いていきたくなかったでしょうよ」

「はは、俺なら根こそぎ持ってくな」

大介と一緒になって彦次郎は笑みを見せたが、胸中は穏やかではないようだった。

蕎麦を食べ終えると、おかみに礼を言って真一郎たちは祭りの中へ繰り出した。

「お奈津さんには、いらんことは言わん方がええんやろうなぁ……」

「でしょうなぁ」

溜息をついた彦次郎へ、真一郎は曖昧に相槌を打った。

「それにしても、大介はすごいなぁ……」

「それほどでも」

おかみは大介が気に入ったらしく、蕎麦がきをおまけしてくれたのである。

「弥彦もほうやけど、美男は得やなぁ、真さん？」

「まったくでさ」

「お奈津さんはどないするんやろうか？　二十日までは鶴田屋におるようやけど、またさくら屋に戻るんやろうか？」

「どうでしょう？　もしもご親類がいるようなら、そちらを頼られるやもしれません」

「ほうか。ほうやな。大介、ちょっとどないか聞き出してや」

「いいけどよぅ。離れを直すってのも嘘みたいだし、正直に話してくれるかどうか……」

祭り見物はそこそこに、気もそぞろな彦次郎を駕籠に乗せて帰り道を急いだ。七ツを聞きながら鶴田屋へ戻ると、玄関先で三蔵が丁稚《でっち》に医者を呼んで来るよう言いつけている。

「病人ですか？」

「ええ……」

真一郎の問いに三蔵が困った顔を向けたところへ、奥から奈津が現れた。

「お医者さまはいらないそうです。しばらく休めば治るから、と」

「さようでございますか」

「あの、お代は私が出しますので、このままあの人を泊めてもらえませんか？」

「しかし」

「お願いします」

三蔵を遮って頼み込んでから、奈津は彦次郎に向き直る。

「今宵の夕餉ですけれど、少々疲れが出ておりますので、どうか私にはお構いなく、皆さまでお楽しみくださいませ」

奈津が部屋へ引き取ってから、真一郎は三蔵に訊ねた。

「あの人、ってのは誰なんですか？」

「私もまだ、お名前しか知らないのです」

新たな客は男で、名前は勝吉《しょうきち》。年の頃は大介よりやや年上の、二十四、五歳だろうと、三蔵は言った。

「お奈津さんは、朝のうちはお部屋でのんびりされていましたが、八ツ前にお多香さんがお勧めしていた大福を買いに、八千代屋《やちよや》へお出かけになりました」

聖天町にある八千代屋の大福は多香の好物である。

八千代屋からの帰りしな、奈津は道端で苦しんでいる勝吉を見つけたそうである。通りすがりの者の助けを借りて、勝吉を鶴田屋まで連れて来た。

「一休みさせてやって欲しいとのことでしたので、空いている部屋にお連れしましたが、痛みがひどいようなので、医者を呼んだ方がよかろうと判じたのです」

「医者を断ったのが気になりやすや」

「私もです」

「薬礼が払えないのか、何か後ろ暗いことがあるのか……」

勝吉の身なりや振る舞いは至って並のようだったというから、懐具合も真一郎とそう変わらぬだろう。つまり、鶴田屋には似つかわしくない客と思われる。

「お奈津さんは騙されてんじゃねぇのかい？」と、大介が言いにくそうに口を挟んだ。「勝吉ってのはほら、先だっての、おのぶみてぇなやつじゃねぇかと……」

のぶは女掏摸《すり》で、昨春、真一郎から上方への路銀を掏《す》っただけでなく、今夏にも浅草寺で掏摸を働いてお縄になった。のぶは死病を患っており、善意、または下心から介抱した者の懐から金品を掏《す》り取《と》っていた。

「おのぶは仮病じゃなかったが、掏摸ってのはよろけたり、転んだり、あの手この手で仕掛けてくるからよ」

「せやったら、お奈津さんもなんか盗られたもんがあらへんか、確かめた方がええんちゃうんか？」

「お奈津さんだけじゃねぇ。やつが盗人なら鶴田屋だって危ねぇや」

「私が見たところ、あの男は仮病とは思えませんが……」と、三蔵。

「ほれやったら、真さん、用心棒を頼みます。部屋に空きがあらへんようなら、儂の部屋を使うとくれ」

「それなら、夕餉の後、座敷にそのままお泊まりください。うちもその方が安心ですから」

三蔵にも頼まれて真一郎が頷いたところへ、表にいた番頭の声がした。

「あ、困ります――」

番頭が止めるのも聞かずに、二人の男が暖簾をくぐって入って来る。二人とも真一郎ほどではないが、五尺六、七寸余りと大介や彦次郎、三蔵より背が高く、顔や胸板、腕は真一郎よりずっといかつい。

二人の内一人には見覚えがあった。

噂をすれば影じゃねぇか――

のぶは既に死しているが、のぶが捕らえられた折に傍にいた悌二郎《ていじろう》というやくざ者だ。

悌二郎も真一郎に気付いたようだが、何も言わずにまっすぐ三蔵の前に立った。

「男を一人探してんだ。名は勝吉。俺より拳一つ分ほど背が低くて、細っこい。今年二十五で、今日は紺鼠《こんねず》の棒縞《ぼうじま》の着物に媚茶《こびちゃ》の帯を締めてたそうだ。眉は太いが俺ほどじゃねぇ。ちと面長《おもなが》で、目の下に隈《くま》が出ていて、くたびれた面をしているやつだ」

男たちの後ろで番頭がはっとしたが、三蔵は先に首を振ることで黙らせた。

「うちでは見かけておりません」

「そうかい？　八ツ過ぎに聖天町にいたのを見かけた者がいるんだ。どうも、ここの客じゃねぇかって婆《ばば》ぁと一緒だったと聞いたんだが……」

睨みを利かせる悌二郎を物ともせず、三蔵はきっぱり応えた。

「うちのお客さまは皆、身元のしっかりした方々です。『婆ぁ』と呼ばれるような方も、そちらさまに追われるような方も、うちにはお泊めしておりません。大嶽《おおたけ》親分に、そうお伝えくださいまし」

「ふん……」

頷き合った男たちが出て行ってから、大介に彦次郎を任せて真一郎は後を追った。

「悌二郎さん」

半町ほど離れたところで悌二郎に追いつくと、悌二郎はもう一人の男へ「先に行っててくれ」と顎をしゃくった。

「おう、真一郎。あれからおめぇの噂を何度か聞いたぜ。おめぇ、両備屋のご隠居の用心棒なんだってなぁ」

「用心棒なんて名ばかりのなんでも屋でさ」

正直に言うと、悌二郎は判っていたと言わんばかりににやりとした。

「先ほどの勝吉って男のことだが、今少し詳しく教えてくれやせんか？」

「なんだ？　心当たりがあんのか？」

「いや……けど、ここいらにいるんなら、見かけねぇとも限らねぇ。そいつは一体何をしでかしたんで？」

「ふん」

悌二郎は鼻を一つ鳴らしたが、嫌みではなさそうだった。

「案ずるな。殺しや強盗じゃねぇ。強盗じゃあねぇんだが、うちの盆から十両くすねていきやがった」

「十両も……」

悌二郎の言う「盆」は賭場のことで、悌二郎の親分である大嶽虎五郎《とらごろう》という男は、千住宿《せんじゅしゅく》のとある賭場を仕切っているそうである。

「勝吉の本職は手妻師だ。二年ほど前に、うちの中盆が壺振《つぼふ》りをやらねぇかとやつを誘ったことがあったんだが、やつは手妻師にも矜持《きょうじ》があると言って断った。にもかかわらず、先月ふらりと現れて、壺振りとして雇ってくれと言ってきたのさ。たっぷり稽古してきたのか、壺振りは堂に入ったもんでな。なんならいかさまだって思いのままだってんで、やつはその場で雇われた。勝吉たぁ縁起のいい名だと、親分にも客にもすぐに気に入られてよ。こういっちゃなんだが、手妻師の時よりもずっと人気があった。心付けと合わせて、一日で一両稼いだこともあったんだぜ」

一月余り、言われるがままに壺振りを務めた勝吉は、今日はいかさまの稽古をするからと早いうちから賭場にやって来た。賭場ではちょうど昨晩の寺銭をまとめている最中で、勝吉は目の前の大金に感嘆しつつ、きっかり十両せしめて姿を消した。

「勝吉が盗ったという証はあるんで？」

「やつが覗き込んだ時に一番近かった切り餅の真ん中が、小判の形をした木札にすり替わってたそうだ。そんなことができるのは手妻師のあいつだけだ」

俗にいう「切り餅」は小判を二十五枚まとめたものだ。丸々一つ盗むならまだしも、十両だけをすり替えるなぞ、悌二郎の言う通り手妻師でもなければとてもできまい。

「まさかあいつにあんな度胸があったとはな。上っ面が他の切り餅と変わらねぇから、すり替えに気付くまでしばらくかかっちまった。まったく困ったやつさ。親分はもとより中盆が滅法お怒りでな。この分じゃ、捕まったら指を落とされるどころか命も危ねぇ」

指を落とされると聞いて真一郎は思わず己の指を隠したが、命も危ないなどと己に明かしたところを見ると、悌二郎には勝吉へ同情がなくもないようである。

「勝吉は借金でもしてたのか……？」

「やつを雇った時に中盆が調べさせたが、借金はなかったようだ。ただ、先ほどやつのやさへ行ってみたらよ……どうもやつは、疝気で死にかけているらしい」

勝吉が暮らしていた九尺二間に変わったところはなかったが、もともとその日暮らしだったがゆえに、着の身着のまま逃げたと思われる。病については、大家は勝吉からではなく勝吉がかかった町医者から聞いていたとのことだった。

聞けば、勝吉は——悌二郎も——浅草生まれ、浅草育ちで、幼い頃に親兄弟を亡くしているという。

「こういう稼業だからよ。俺ぁ、広小路で商売してるやつらは一通り知ってんだ。勝吉は八つだか九つだかで二親を亡くして、同じ長屋の飴屋《あめや》の親爺《おやじ》に引き取られたのさ。この飴屋が広小路で商売しててよ。勝吉は店を手伝ううちに、近くにいた手妻師に手妻を習うようになったんだとよ。飴よりも手妻の方が稼げるってんで十五で手妻師になったんだが、翌年には、世話になった飴屋の親爺が逝っちまった。確か一度は縁あって嫁を娶ったが、子供ができずに離縁したって言ってたな。けど、別の女を娶るでもなし、芸人一座に入るでもなし、ずっと一人で細々と芸をしてきたんだよな……」

遠目に鶴田屋の暖簾を見やって、悌二郎はどこかやるせない笑みを浮かべた。

「鶴田屋なんて、あいつにゃ——俺も——逆立ちしたって泊まれねぇ宿さ。だから冥土へ旅立つ前に、最後にちぃとばかし楽しみてぇってんなら、俺ぁ判らねぇでもねぇけどな」

だから勝吉の行方を知っていても、口をつぐんどけ——

そんな言外の言葉を聞いた気がして、真一郎は小さく頷いた。

「それにしても、おめぇとは此度もなんだか冴《さ》えねぇなぁ。次はもちっと愉快な折に会いてぇもんだ」

「ご存じやもしれやせんが、俺のやさは鶴田屋の裏の六軒長屋でさ。次は表通りのはし屋で一杯どうですか？」

やくざ者にしては情け深い悌二郎が気に入って、真一郎は酒に誘った。

「いや、おめぇみてぇのはあんまりこっちにかかわらねぇ方がいい。通りすがりがちょうどいいんだ」

微苦笑と共に踵を返すと、悌二郎は仲間を追うべく足早に川沿いを歩いて行った。

鶴田屋に戻ると、三蔵自らが真一郎を勝吉の部屋に案内した。

「追手が訪ねて来たのを知って、逃げ出そうとしたようなんですが、大介さんと彦次郎さんが捕まえました」

観念したのか、勝吉は布団の中で丸まって、彦次郎たちには背を向けている。

彦次郎の傍らには奈津がいて、真一郎を見上げて小さく頭を下げた。

「あんなやつらに追われてるとはただごとじゃねぇ、とても放っておけねぇと、彦次郎さんがお奈津さんに話しに行ったのさ。そしたらこいつが聞きつけて、逃げ出そうとしやがったんだが……」

大介が言葉を濁したのは、勝吉はどうやら相当具合が悪く、取り押さえるまでもなかったかららしい。

「ちょうど、この人のことをお話ししようとしていたところです」

座り込んだ真一郎へ、奈津が言った。

「八千代屋からの戻り道中で、この人――勝吉さんを見つけました。道端で苦しそうにお腹を抱えていたので見過ごせなかったのです。私は……私は昨年、息子を亡くしました。疝気でした。息子も勝吉さんと同じように、お腹を抱えて苦しんでいました。年の頃もちょうど同じくらいで……」

息子を亡くしてから、まだ一年と経っていない。袖口をそっと目尻にやった奈津に、真一郎たちは黙って聞き入った。

「皆さんがご心配なのは判りますが、この人、私にお金を預けようとしたんです。掏摸や物盗りとはあべこべでしょう？　だから信じてみようと思ったんです。私にはどうも、悪い人には思えません」

「いえ、俺は悪者でさ」

そう応えたのは布団の中の勝吉だった。

ゆっくりとこちらを振り向き、身体を起こす。

疝痛《せんつう》が仮病でないことは、脂汗が滲んだ顔で判った。

「さっき訪ねて来たやつら……俺はあいつらの賭場から十両盗んだんです」

「十両？」

大介が声を上げ、彦次郎と奈津が顔を見合わせる。

膝の上で拳を握りしめ、勝吉はうつむいて再び口を開いた。

「……三年前に、女房に逃げられたんです。恋女房で、十八で妻問いして一緒になりやしたが、俺は手妻師で、大した稼ぎがなくて、金のことでよく喧嘩しやした」

十代の頃はまだよかったが、二十歳になると子供ができぬ苛立《いらだ》ちも芽生えた。

ある日、妻のもとが両国広小路を縄張りとしている一座からの話を持ってきたのがきっかけで、勝吉は己を抑えられなくなった。

「おもとは言伝を頼まれただけなのに、俺はあいつを怒鳴りつけやした。余計な真似をするんじゃねぇと……」

浅草を離れるのも嫌だった、と勝吉は言った。

「何も引っ越すほどのことじゃねぇ。両国広小路なら、うちから歩いても四半刻余りだってのに、俺はずっと浅草でやってきたからつい……声を荒らげたのはそん時だけだが、俺よりも、あいつが一座の男に見初められたんじゃねぇだろうか。甲斐性《かいしょう》のねぇ俺に呆れて、あいつが勝手に売り込みに行ったんじゃねぇだろうか。もしやそのために一座の男に粉かけたんじゃねぇだろうかと、疑い始めて止められなかった。それからことあるごとに、愚痴愚痴とあいつを責め立てるようになっちまって、結句、愛想を尽かされやした」

痛みをこらえるように勝吉は顔を歪めたが、痛いのは腹ばかりではないのだろう。

「ほやけど、離縁したんは三年前のことやろう？　自棄《やけ》になるには遅過ぎやせんか？　なんで今になって十両も——ほないな大それたことをしてん？」

「先だって、ふとおもとを思い出して、行方を探したんでさ。そしたらあいつ、神田で娘と暮らしてました」

「娘さん？」と、奈津。

「……俺の娘です。離縁してすぐ、身ごもってたことに気付いたそうで……よりを戻さねぇかと持ちかけやしたが、けんもほろろに断られやした。娘には、俺は死んだことにしてあるからと」

目頭を揉んで、勝吉は続けた。

「男はもう懲り懲りだと、女手一つで育てているそうなんですが、どうもあいつは身体を悪くしているようでして」

お前もだろう、とつぶやきそうになるのを真一郎は押し留めた。

「働き詰めのくせして、医者にかかる金はねぇってんで、なんとかしてやれねぇかとまずは壺振りになったんですが、思ったほど稼げなくて……まごまごしてっと、あいつは無理が祟って倒れちまいやす。それで此度の盗みに至りやした」

「それにしたって十両とは……やつらにも後ろ暗い金やさかい、お上に漏れはせんやろうが、先ほどの二人の様子からして、ただでは済まへんやろう」

「たりめぇです。見つかったら、もう命はないもんと思っとりやす。けどまあ、どうせ娘にとっちゃ——あいつにとっても——俺はとっくに死んだ男ですから……」

「やめてちょうだい」

眉をひそめて奈津が遮る。

「盗んだ十両はお返しなさい。おかみさんに渡すお金は、私が立て替えましょう」

「お気持ちはありがてぇんですが、お奈津さんにははした金でも十両は俺には大金です。立て替えてもらったところで、そう容易く返せやしやせん」

「はした金なんて……私も若い頃はその日暮らしでしたから、十両がどれほどのものか存じています。でも、十両で命を投げ出すなんて莫迦げています」

だが、投げ出さずとも消えていく命なら……？

死にかけている、という悌二郎が聞いた話が本当なら、勝吉には借りた金を返すだけの時が残っていないに違いない。

「……金を返したところでやつらは引きやせん」

困った笑みを浮かべて首を振ると、勝吉は真一郎を見上げた。

「あんた、もしや真一郎さんかい？　六軒長屋のなんでも屋の？」

「ああ、そうだ」

「はっ。俺にもまだちっとはつきが残っていたか。俺はあんたを訪ねようとしてたんだ」

「真さんを？」

問い返した奈津へ、勝吉は腹をさすりながら頷いた。

「ええ。遅かれ早かれ追手がかかるのは判っていやした。ですから、金は真一郎さんに届けてもらおうと思ってたんでさ。けど、ここしばらく、どう金をちょろまかすかばかり考えていやしたからね……気を張り詰めていたせいか、昨日から胃《い》の腑《ふ》がきりきりし始めて、仕掛けた後もなんだかずっと腹痛が続いていやした。こんな性質《たち》だから、俺ぁ、今まで大成できずにいたんでさ」

苦笑を奈津に向けてから、勝吉は懐から金を出して真一郎へ頭を下げた。

「お願いしやす。この金をおもとに届けてくだせぇ。俺の虎の子だと――いや、そんなんじゃあいつは信じねぇ。そもそも俺からの金は受け取らねぇやもしれねぇし、出どころは知らねぇ方がいい金だ。俺の名は出さねぇで、なんとかうまくあいつに渡してくだせぇ」

「しかし――お前さんはこれからどうする？」

「腹痛も治まってきやしたし、俺ぁ、さっさと江戸を出て……上方にでも行こうかと」

どうやら勝吉は病のことは隠し通すつもりらしい。

「無理は駄目よ。まだ顔色がよくないわ」

「そうとも。ほないなんでは、上方どころか品川にも着けんやろう」

「平気でさ」と、勝吉は再び腹に触れる。「いやもう、お奈津さんに会った時は、してやったという高ぶりと、早く逃げねぇとという焦りで度を失っておりやしてね。腹は痛《いて》ぇし、目は眩《くら》むしで、もう死ぬかと思いやした」

まだやや力ないものの、勝吉は奈津に向かって笑って見せた。

「とびきりの布団で一休みさしてもらって、大分落ち着きやした。何より、真一郎さんに無事に金を託すことができてほっとしやした。これで心置きなく江戸を発てやす」

勝吉が更に無理矢理微笑んだところへ、足音と共に三蔵が戻って来た。

「先ほどとはまた別の――けれども同じ大嶽親分の手下が来ました。知らぬ存ぜぬを貫きましたが、埒《らち》が明かぬゆえ、夜にでも上の者を連れて来ると脅されました。どうも表に見張りを置いていったようです」

「すぐに……すぐに出て行きやすから」

「そんなんじゃ、あっという間に捕まってしまうわ」

腰を上げようとしてよろけた勝吉を押し留めて、奈津は真一郎を見た。

「真さん、お願いします。この人をなんとか無事に江戸から逃がしてやってください」

六軒長屋に通じる裏口から逃がせば、見張りの目は誤魔化せるやもしれぬ。だが、勝吉がこの調子では一町とゆかぬうちに倒れてしまいそうである。

「また、守蔵さんに頼んでよ。勝吉を船簞笥に入れてどっかへ運ぼうぜ」と、大介。

「莫迦。あんな船簞笥がそういくつも都合よくあるもんか」

「けど、守蔵さんのつては侮れねぇぜ？」

「む……」

大介がすっくと立ち上がった。

「俺ぁ、今すぐ守蔵さんを――いや、みんなを呼んで来る。船簞笥がなくってもよ、みんなで知恵を出し合えばなんとかならぁ」

六ツ過ぎ、暮れかけた空のもと、一丁の駕籠が鶴田屋につけた。

「ほんじゃあ、浜田までお伴《とも》しやす」

大介に伴われて、紺鼠の棒縞の着物に媚茶の帯を締めた男が駕籠に乗ると、鶴田屋から大川沿いを早足に去って行く。

駕籠は町角を西へ折れて、人気の多い表通りを浜田へ向かう手筈《てはず》になっている。

真一郎が勝吉を支えながら裏口へ向かうと、番頭がやって来て囁いた。

「やつら、駕籠を追って行きました」

「よし。こっちも急ごう」

裏口から六軒長屋を通って木戸へ抜けると、こちらにも駕籠が一丁待っている。

勝吉には彦次郎の着物を着せ、うつむき加減に、手ぬぐいで顔を隠すようにして歩くよう言ってある。

「彦次郎さん、何もそう無理をなさらなくても……」

「い、いや、せっかくの久兵衛さんの誘いやさかいな。お断りするにしても、直にお目にかかってからにしたいで」

付け焼き刃にしては悪くない近江の言葉で勝吉は言った。

「ついさっき、足を捻《ひね》っちまってな。悪いがそぅっとやってくれ」

「合点でさ」

急ごう、と言った言葉とは裏腹に、勝吉の身体を慮って、真一郎は駕籠舁きたちと浅草今《あさくさいま》戸町《どちょう》の別宅までゆっくり歩いた。

別宅に着くと駕籠舁きたちに酒手を弾み、勝吉に手を貸しながら屋敷の中へ連れて入る。

梅が支度した寝床へ勝吉を横たえると、ほどなくして久兵衛と鈴が男を一人案内しながら帰って来た。

男の名は重留《しげとめ》。盲目の座頭で鈴の知己だそうである。

重留が鍼《はり》と灸《きゅう》を施すと、勝吉の顔が和らいだ。

「しかし、そう長くは持たんぞ」

「承知の上でさ」

「十薬と桂皮《けいひ》を持ってきたが、これじゃあ気休めにしかならぬ」

「ありがとうごぜぇやす」

十薬はどくだみを、桂皮は肉桂《にっけい》の樹皮を乾燥させた生薬で、どちらも鎮痛や熱冷ましに効果がある。

重留が帰って半刻ほどして、提灯を手にした大介がやって来た。

「いやもう、そりゃあ見ものだったぜ」

大嶽の手下たちは、人気がまばらになった御蔵前で仕掛けてきたという。

「やつらが誰何《すいか》してきた途端、天音さんはひらりと駕籠から降りて、駕籠舁きの懐に駕籠代をねじ込んでよぅ」

――大介、走れ！――

――おう！――

御蔵前から浜田のある平右衛門町までのおよそ四半里を、二人は追手の罵声と足音を背中に聞きながら駆け抜けた。

「あんなに死物狂いで駆けたのは久しぶりだ。けど、お多香さんが先回りしてくれていたから、浜田では粂七さんが待ち構えててくれてよ」

――なんだ、お前たち？　堅気の者に手を出すのは感心しねぇぞ――

――堅気なもんか。そいつは――勝吉はうちから金を盗んだんだ――

――誰が勝吉だ？――

「振り向いて、天音さんが問い返した時のやつらの面ったらよぅ」

――て、てめぇは誰だ？――

――名乗らぬ者に名乗る名はないな――

――その着物はどうした？――

――これか？　これは聖天町で、ある男に頼まれたんだ。着物を取り替えてくれたら一分くれるって言うんでな。実のところ一分じゃ割に合わないんだが、面白そうだったから取り替えてやったのだ――

――しょ、聖天町でだと？　そりゃいつの話だ？――

――昼過ぎだ。八ツが鳴る少し前だったか……――

とすると、八ツ過ぎに聖天町にいて、奈津が鶴田屋に連れ込んだのも天音だったということになる。

「ひひっ。もうやつら、目を白黒させてよぅ――」

勝吉はとっくに浅草を逃げ出していたのかと、男たちは大慌てで浜田から去って行き、すっかりくたびれた天音は今宵は浜田で夜明かしするとのことだった。

身代わりを思い付いたのは真一郎だ。

戯作者の天音時良は背丈や身体つきが勝吉に似ているばかりか、その仏頂面と目の下の隈が、夕闇に病人に見えないこともない。

話してみると、彦次郎が言ったように、天音はいかめしい顔の割には気さくな男で、戯作者だけあって真一郎の目論見を聞いただけですぐに話に乗ってきた。

――そりゃ面白い。次の本に使えそうだ――

天音が勝吉の着物に着替える間に、多香は先に浜田へ走った。

男たちが浜田に乗り込むことに備えてというよりも、条七に勝吉の手形を頼むためであった。代書屋の知己がいるのか、自身で書くのか、条七なら今夜中にそれらしい偽の手形を手配りできるらしい。

また一方。

――真一郎の言う通りだ。そうそう都合のいいつてがあるもんか――

そう肩をすくめた守蔵は、大介が天音と浜田へ向かう前に、彦次郎の伴をして伊吹屋に向かった。彦次郎曰く、兄の彦太郎のつてで、勝吉を上方への廻船《かいせん》に乗せられぬだろうか、というのである。

――横になっとったら船酔いにもならへんやろう。一度海に出てしもうたら、追手の心配はいらへんさかい――

翌朝、多香は夜明けと共に、守蔵は四ツ過ぎに別宅に現れた。

「彦次郎さんが言うには、お前はついているそうだ」と、守蔵。

伊吹屋が懇意にしている廻船問屋のもとに、博打《ばくち》好きの船頭がいる樽廻船《たるかいせん》が来ていて、今日の八ツに永代橋《えいたいばし》から下田《しもだ》へ発つというのである。

「初めは渋られたんだが、お前が壺振りと知った途端ころりと素振りが変わってな。お前が知る限りのいかさまの手口を明かしてくれるなら、半分の船賃で、下田でも方座《ほうざ》でも大島《おおしま》でも大坂でも――好きなとこまで乗せてやるってんだ」

「そりゃありがてぇ話だが、俺はもう長くは……」

たった今着いた守蔵を除いて、別宅にいた皆は重留の言葉や真一郎から話を聞いて、勝吉が死病を患っているのを知っている。

鍼と灸が効いたのと、一晩休んだおかげで、勝吉は昨日よりは顔色が良い。足取りも今は元に戻ったものの、遠からず疝痛がぶり返し、少しずつ――時と場合によっては次こそ死に至るやもしれなかった。

「盗人で――どうせ死んじまう俺に、どうしてこんなによくしてくれるんですか……？」

勝吉に問われて、久兵衛が皆をぐるりと見回してから口を開いた。

「……ただでさえ盗みはご法度だというのに、あの大嶽から盗むとは大それたことをしたものだ。儂は大嶽は好いとらんが、気に入らぬというだけで、はたまた相手がやくざ者ゆえにご法度を――盗みや殺しを――犯すのは道理ではないと思うとる。やつらにはやつらの暮らしがあるでな」

「それなら――」

「だがもしも儂がお前だったら、やはり盗んだやもしれぬ。なおかつ、儂がお奈津さんだったなら、やはり逃がしたいと思ったことだろう」

言葉を呑《の》み込《こ》み、涙をこらえた勝吉へ、久兵衛はにっこりとした。

「まことにお前は運が良いぞ。お奈津さんはお前を逃がすためなら、金に糸目はつけぬと言うたでな。あの人はお前に亡きご子息を重ねておるのだ。今更つまらぬ弱気であの人を悲しませるような真似はよしてくれ。お前が疝気を患っていることは、お奈津さんには言わなくともよいだろう。なぁ、みんな？」

皆が頷くのを認めてから、久兵衛は付け加えた。

「お奈津さんのために、少しでも長く生き延びてくれぬか、勝吉よ？」

「……はい」

「案ずるな。金は必ず真一郎に届けさせる。この両備屋の久兵衛が約束するでな」

「頼みます」

目頭を押さえつつ頭を下げた勝吉を、鼓舞するごとく真一郎は明るい声を出した。

「永代橋まで舟で行こう。俺ぁ、ひとっ走り渡し場まで行って来る」

「それなら、私はお奈津さんを呼びに鶴田屋まで行って来るよ」

奈津は別宅で勝吉を自ら看病したいと望んでいたが、勝吉と一緒にいたところを目撃されている以上、大嶽一味の目を誤魔化すまでは鶴田屋に留まるよう言い聞かせていた。

多香が言うのへ、梅が口を挟んだ。

「私が行きますよ」

「でも――」

「お多香さんより私の方が目立たないもの。いいじゃないの。たまには私にも手伝わせてちょうだいな」

久兵衛が頷くのを見て、梅はいそいそと出かけて行った。

幸いなことに、渡し場には龍之介《りゅうのすけ》がいた。

粂七を恩人と慕い、粂七の頼みならお上へ偽証も厭わぬ船頭である。

粂七に見込まれている真一郎にも尊敬の念を隠さぬ龍之介は、永代橋までの舟を二つ返事で引き受けてくれた。

閏《うるう》二月のことで粂七に「おしゃべりが過ぎる」と釘《くぎ》を刺されたそうで、龍之介が沈黙を守る中、勝吉は右手に見える浅草の町並みを船上からじっと見守った。

吾妻橋の賑わいも、御蔵《おくら》が近付くと共に遠くなる。御蔵から更に四半里余りゆくと両国橋で、両国橋をくぐると大川はやや東にうねり、浅草は御門さえ見えなくなった。

「浅草も見納めか……」

「見納めってこた、在所に帰っちまうのかい？　――おっと、いけねぇ」

慌てて口をつぐんだ龍之介へ、勝吉は微笑んだ。

「俺ぁ、浅草生まれ、浅草育ちさ」

「俺も同じさ。じゃあ、いってぇどこへ行くんでぇ？」

「……上方だ」

「永代橋から上方ってぇと、まさか菱垣廻船《ひがきかいせん》で？」

「いや、樽廻船さ」

「小早《こばや》か！　いいなぁ。俺も一度は乗ってみてぇや！」

には積荷《つみに》の量では菱垣廻船に負けるものの、荷役が短く、身軽で船足が早いことから、樽廻船には「小早」という別名がある。

「けどよ、もう浅草には帰って来ねぇのかい？」

「ああ、もうこれきりだ」

「そら思い切ったもんだなぁ。浅草を離れるなんて、俺にはできそうにねぇ……何かやんごとない事情があんのかい？」

「そらあるさ」

「そうか……そうだよな。すまねぇ、つまらねぇこと訊いちまった」

「いや、いいさ。全て俺が招いたことだ。だが俺ぁ、最後の仕事だけは悔いちゃいねぇ」

「最後の仕事？」

「そうだ。最後の手妻——俺ぁ、手妻師だったんだ」

「ああ、そういえば」

まじまじと勝吉の顔を見つめて、龍之介が言った。

「どこかで見たことがあると思ってたんだ。あんた、広小路の手妻師か！　確か飴屋の息子だった——なんでぇ、上方に行っちまうのかよ……最後ってこた、上方では手妻はやらねぇのかい？」

「ああ、もうやらねぇ」

「そらもったいねぇな……ちぇっ、広小路も寂しくなるな」

思いがけぬ龍之介の言葉に、勝吉が泣き笑うように顔を歪める。

新大橋を抜けると潮の香りが強くなり、永代橋とその向こうの石川島《いしかわじま》が見えてくる。

石川島の向こうはもう江戸前――内海――だ。

「永代橋まで来んのは久しぶりだ」

龍之介の言葉に勝吉は微苦笑を漏らした。

「俺ぁ、こんなに長く舟に乗ったのは初めてだ」

「あはははは！　下田まで、まだまだ先は長ぇぞ！」

晴空のもと、屈託ない龍之介の笑い声が清々《すがすが》しい。ようやく吹っ切れた顔をして、勝吉も白い歯を見せた。

永代橋の袂で舟を降りると、待ち合わせの茶屋に勝吉を促しながら真一郎は言った。

「お前の最後の手妻、俺も見てみたかったな」

「はは、あれこそ俺の一世一代の大博打だった」

「そうらしいな。悌二郎さんから聞いたさ」

己が悌二郎と顔見知りで、昨日しばし話したことを明かすと、勝吉は再び顔を歪めた。

「悌二郎さんは見逃してくれたのか。親分に知られなきゃいいんだが……悌二郎さんにはなんやかやと世話になったが、最後の最後まで厄介かけちまったな」

「厄介だなんて、悌二郎さんはこれっぱかしも思っちゃいねぇさ。あの人はそういうお人じゃねぇのかい？」

「うん、そうだ。悌二郎さんはそういうお人だ」

守蔵から聞いた茶屋は永代橋から一町と離れておらず、彦太郎も彦次郎と共に待っていた。

「急なことやったが、お奈津さんとは話せたか？」と、彦太郎。

「はい。久兵衛さんちを出る前に、少し話せやした」

勝吉が微笑むのへ、彦次郎もにっこりとする。

「ほんまにお前はついとるな。今日は風も天気もええで」

「そらきっと、お奈津さんが俺の運気を変えてくれたんでさ。おとといまでの俺は散々でしたから」

「ははは、ほうか、ほうか」

「ええ」

頷いてから、勝吉は真一郎に向き直る。

「ですから、真さん、お奈津さんのこともどうかよろしく頼みます」

「ああ、任せとけ」

彦次郎の言う通り、風も天気もいいからだろう。永代橋の近くには様々な船がひしめいている。

風向きは東。西へ向かう勝吉には追風《おいて》となる。

「うん、いい風だ」

西に傾きかけた太陽に目を細めつつ、真一郎は微笑んだ。


勝吉の乗った船を見送ると、伊吹屋までは三人で歩き、そののちは彦次郎を駕籠に乗せて鶴田屋まで帰った。

勝吉が無事に江戸を発ったことを知ると、奈津は手を叩いて喜んだ。

「皆さんには本当にお世話になりましたわね。昨晩の宴をふいにしてしまったお詫《わ》びに、今晩はどうかしら？　皆さんへのお礼と勝吉さんの門出を祝して、かかりは私に持たせてくださいな」

「ほら、あきまへん。宴は儂が六軒長屋の皆さんのために開くつもりやったんや」

「それなら今宵は彦次郎さん、明晩は私が持つのはいかが？　あさってでもいいわ。でもあさって――二十日には私はここを発ちますから、その前に……」

「ここを発って、どちらにいらっしゃるんですか？」

「こら、真さん」

はっとした奈津を見て彦次郎はたしなめたが、真一郎は背筋を伸ばして奈津を見つめた。

「お奈津さんが勝吉を案じているように、勝吉もまたお奈津さんを案じていやす。勝吉は死を覚悟して最後の手妻に挑み、大嶽一味から十両もの金を盗みました。ですから、知らず知らずにお奈津さんの覚悟も察していたのやもしれません」

「私の覚悟……」

「勝吉は俺に、お奈津さんのこともどうかよろしく頼むと言ったんです。——実は昨日、芝で聞いたんですや。さくら屋の元女将が行方知れずだと」

「行方知れず……それだけですか？」

「金蔵から持てるだけのお金を持ち出したとか、ある爺さんは、嫁に殺されたんじゃないかとも噂してやした」

「ほほっ」

口元へ手をやって奈津は噴き出した。

「まあ、あのままあそこにいたら、いずれ殺されていたやもしれませんけどね」

「さくら屋は如月まで鶴田屋だったとも聞きやした」

「あら、そんなことまでばれちゃったのね。流石なんでも屋さん、侮れませんわね」

おどけてから、奈津は居住まいを正して微苦笑を浮かべた。

「ほんに腹だたしいことですよ。初めから嫁の——お祐さんのことは気に食わなかったのですが、姑なんてそんなものでしょう。あの人にも言い分があるんでしょうけれど、茂一の選んだ人だからと、こちらも随分我慢したんです」

三年前、茂一夫婦が祝言を挙げ、代替わりしてすぐに店の名を改めたいと祐が言い出した。

「お祐さんの家が懇意にしている占い師が、そうした方がいいって勧めたっていうの。とんでもないと、夫共々叱りつけたわ。それからです。あの人が本性を現して、ことあるごとに私たちに手向かってくるようになったのは。ほどなくして夫が卒中で倒れたのだけど、あの人のせいでそうなったんじゃないかと思ったくらいですよ」

寝たきりになった夫の世話に忙殺されて、奈津の目は徐々に店から離れていった。それをいいことに、祐は女将としてますます好き勝手に振る舞うようになったという。

「茂一は諫《いさ》めていたようだけど、息子は料理人で、商売のことはお祐さんに頼りきりなところがあったんです。お祐さんちは魚屋で、まあ客商売ですからね。私がもっと目を配っていればよかったのだけれど、夫が日に日に悪くなっていくので、とてもそれどころじゃなかったのです」

夫の完八郎は、卒中からの中風で床に臥しておよそ一年で亡くなった。完八郎の死後、奉公人の半分余りが暇を申し出た。残った奉公人の多くは祐に懐柔されていて、茂一や奈津よりも祐の言葉を重んじた。

暮れに茂一が疝気で亡くなると、祐はすぐさま親兄弟に家業を畳ませて、鶴田屋に呼び寄せ、四十九日を過ぎて間もなく店の名を「さくら屋」とした。

「私は店の裏に、急場しのぎに建てられた離れに追いやられました。食事も離れに運ばれてくるので、いつも一人きりです。それをあの人、食べ物と小遣いをやっているだけでもありがたく思え、などと……」

「まったくえげつない女やな」

憤る彦次郎に小さく頷いて、奈津は苦笑を浮かべた。

「もう我慢ならないと思ったのです。かくなる上は夫と息子の後を追おうと思ったのですが、あの人に一泡吹かせてやりたくて、金蔵の千両箱を――」

「千両？」

真一郎と彦次郎が思わず声を合わせると、「ほほっ」と奈津は再び笑った。

「千両は箱だけです。いつか千両貯《た》めようと、夫と願掛けして箱を買ったの。それでも七百両はあると思っていたけれど、きっとあの人とあの人の身内が使ったのね。店の造りや看板を変えたり、離れを建てたり、入り用だったこともあるのでしょう。箱には四百両余りしか入っていなかったわ」

四百両でも大金である。

「本当は全部持ち出したかったけれど、年寄りにはとても重くて……それに、さくら屋には月末までは持ちこたえて欲しいから、切り餅で三百両持ち出しました」

元文《げんぶん》から使われている小判が一枚およそ三匁《もんめ》五分だ。三百枚でも一貫五十匁で、米にして二升半余りの重さであるから、奈津が持ち歩くには大分重い。

「鶴田屋さんは夫との想い出の宿なのです。三十年前、私と夫は上総《かずさ》から江戸に出て参りました。生まれて初めて浅草を見物して、こちらのお宿に泊まりました。亡き夫の両親が在所で営んでいた飯屋が、やはり鶴田屋という名だったのです。ですから私たちもいずれ江戸に鶴田屋を開くつもりで、夫が鶴田屋さんに泊まろうと言ったのです。あの頃は鶴田屋さんはずっと小さなお宿で、お風呂もお食事もなかったので、あまり持ち合わせていなかった私どもでも泊まることができました。三蔵さんはまだお若くて、お宿は先代の旦那さまが切り盛りされていました。まだ始めてもいない店なのに、『鶴田屋同士、励んでゆこう』と、先代は大層親切にしてくださいました」

朔日に奈津からこの話を聞いた三蔵は、三十年前の宿帳を引っ張り出してきたという。奈津や完八郎、先代の――己の父親の――想いを知っていたからこそ、奈津を信じて勝吉を匿うことにしたらしい。

「ほれで、此度もこちらへ……」

「はい。隠居したら、また二人でゆっくり浅草見物に行こうと話しつつ、叶わぬままに夫は逝ってしまいました。三十年でうちが店を大きくしたように、こちらも良い方に様変わりしたのは存じておりましたので、最後にこのお宿で思う存分贅沢をして、二十日に――夫の命日にあの世へ旅立とうと考えていました」

三百両という金を使い切るつもりはなかった。「大女将さんがいるうちは」と、陰ながら奈津を支えてくれた奉公人がまだ三人いて、奈津はこの三人には長月一杯は店を辞めぬよう置き文を残してきた。二十日を迎えたら、一人七十五両に加え、己が使いきれなかった分を三等分にして両替商に託してから死ぬつもりだったという。

「でも、ふふふ、存外使うことはなかったわ。朝夕は鶴田屋さんが食べさせてくれるし、着物や小間物はもういらないもの。その分、勝吉さんの役に立てたのだからよかったわ」

奈津の泊まっている部屋は鶴田屋でも眺めの良い部屋で一番高く、一泊一分もするのだが、宿代に遊興代、勝吉の船賃を合わせても十五両に満たなかったと奈津は笑った。

彦次郎や真一郎を通じて久兵衛を知った奈津は、これ幸いと、昨日のうちに別宅の久兵衛を訪ねて、両備屋に残金を託すべく相談を済ませていたそうである。八千代屋に寄ったのは、別宅からの帰り道であった。

「……ほやけど、お奈津さん、結句どないするんですか?」

彦次郎がおずおずと訊ねると、奈津の顔に微苦笑が広がった。

「ちょうど迷っておりました。勝吉さんにああ言った手前、私が自害するのはどうもはばかられます……」

——どうか命を粗末にしないで。まだ若いのだから、上方ででもどこででも、一からいくらでもやり直せるわ——

別宅で、奈津はそう勝吉に別れを告げていたからだ。

「私は勝吉さんの二倍ほども歳ですが、一度は死んだものと思って、どこかで仲居として働こうと思います。――そうだわ、真さん。お多香さんのつてで、私にもそれらしい手形を書いてもらえないかしら？　上総国から江戸に出てきたばかりということにして……こんなお婆《ばあ》さんじゃ変かしら？」

真一郎が応える前に、彦次郎が身を乗り出した。

「ほれやったら、儂と近江へ行きまへんか？」

「えっ？」

「けして下心やおまへん。いや、ほらまったくあらへんとはいえまへんが、茶……茶飲み友達はどうやろう？　お江戸ほどやないけど、近江にも旨《うま》い店はぎょうさんあるで」

「この歳で近江なんて、とてもとても」

「なんの、まだまだや。勝吉と違うて、急ぐ旅でもあらへん。のんびり歩いて、疲れたら駕籠に乗ったらええんや。道中の遠江《とおとうみ》もいいが、近江はもっとええ。琵琶《びわ》湖の方が遠淡海よりずっと大きゅうて、海みたいやぞ。水と山がほんまに綺麗なとこなんや。うちは八幡町《はちまんちょう》やけど、晴れた日には伊吹山《いぶきやま》がよう見えるんやで」

「ああ、それで伊吹屋……」

「そうなんや」

目を細めて頷いて、彦次郎は続けた。

「お伊勢《いせ》さんも、大仏さんも、京も大坂も、そう遠くあらへん。儂はもう隠居やさかい、なんぼでも案内します。ええやんか。一度は死んだものと言うんやったら、近江で一から出直しまへんか？」

「近江で、一から――」

「ほうや」

力強く応えた彦次郎をしばし見つめて、やがて奈津はゆっくりと口角を上げた。

「お伊勢さんも、大仏さんも、京も大坂も、一度も訪ねたことがありません。江戸より西には行ったことがないのですよ。ですが、まずは東海道を案内してください。遠淡海を見てみませんことには、琵琶湖と比べようがありませんでしょう？」

「ほうやな。この世にはこないな水海があったんかと、おったまげること間違いなしや」

――男と女なんて、うまくいくときゃとんとん拍子さ――

己をよそに微笑み合う二人が、何やら無性に羨ましくなった。

三日後の、長月は二十日の夕刻。

真一郎は多香と共に神田は松枝町《まつえだちょう》の長屋を訪ねた。

「どちらさまで？」

「浅草の彦次郎ってぇもんだ。こっちは妻のお奈津さ」

勝吉の先妻・もとが問うのへ、いつもより伝法な口調で真一郎は偽名を名乗った。

「浅草の――？」

もとの目が慄《おのの》いたが、多香が一緒だからか、すぐに落ち着きを取り戻した。

娘を近所の者へ預けてから、もとは真一郎たちを家の中へ招き入れる。

もとは勝吉と同じ二十五歳だと聞いていたが、やつれた顔は十年も老けて見えた。九尺二間なのにすっきりして見えるのは、売れるものは全て売り払った後だからだろう。縫い物の内職をしているらしく、直しかけの着物だけ真新しいのが物悲しい。

「なんのお構いもできませんけど」

近所をはばかって声を低めたもとに倣って、囁《ささや》き声《ごえ》で真一郎は応えた。

「用を済ませたら、すぐに帰るさ」

「ご用って、なんでしょう？」

「金のことさ」

「お、お金ならありませんよ」

狼狽《ろうばい》して、もとは真一郎と多香を交互に見やる。

「なんですか？　あなたたちも大嶽親分の手下なんですか？」

「大嶽の子分どもがここまで来たのかい？」

多香が問うと、もとは小さく頷いた。

「勝吉さんが、盆からお金を盗んだって……」

内心はっとしたものの、大嶽一味がもとを探りに来るやもしれぬことは、前もって見当をつけていた。また、勝吉は己の名を出さぬようにと言っていたが、見ず知らずの者にぽんと十両渡すのは至難の業だ。なんとか勝吉を立て、角を立てずに、もとへ金を渡せぬものかと長屋の皆と考え抜いて、真一郎たちはやって来た。

「――ああ、それでか。ねぇ、あんた？」

合点した顔になって、多香は真一郎に水を向けた。

「おう、そうだったんだな」

相槌を打ってから、きょとんとしているもとに真一郎は微笑んだ。

「実は五日前に、勝吉に借金を返しに広小路に行ったんだ」

「取り立てじゃなくて、返しに？」

「ああ。三年前に餓鬼が生まれたんだが、こいつの産後の肥立ちが悪くてよ。医者に見せようにも手元不如意、金を借りようにも、俺ぁ、あちこちに不義理をしていたから八方塞がりだったのさ。それこそ盗みでも働こうかと思案しながら広小路をうろついてたら、勝吉が声をかけてくれたんだ。勝吉とはその昔――飴屋の親爺が息災だった頃、同じ長屋に住んでいたのさ」

「そうだったんですか」

「女房のことを話したら、やつはすぐさま虎の子の一分を貸してくれた。ちょうどあんたに逃げられた後みてぇだったから、余計に同情してくれたんだろう」

うつむいたもとへ、真一郎は作り話を続けた。

「おかげでお奈津は助かったんだが、一分といえども、その日暮らしじゃなかなか返せなくてよ……『いつか一山当てたら一両、いや十両返す』なんて大口叩いているうちに三年が経っちまった。けど、先日ようやく一分こさえて広小路に行ったらよ。やつは手妻師を辞めて壺振りになったと聞いたんだ。それでちと、昔の悪い癖が出ちまって」

「お金は長屋の人に預けてくりゃよかったのに、この人ったら千住の盆までわざわざ出かけて行ったんだよ」

「けど、おめぇ、そのおかげでこうやって――」

もとへ向き直ると、真一郎は盆の窪へ手をやった。

「へへ……運良く盆ではやつが壺を振っててな。でも、俺と目を合わせても気付かねぇ振りをしやがった。こりゃ、俺に一勝負しろってことだと、まずは一朱張ったら大当たりさ。そっから、ほどよく負けながら勝ちに勝って、なんと一晩で一分が二十両に化けたんだ」

「二十両――」

「証はなんもねぇぜ。けど、全てやつのいかさま――いや、手妻のおかげに違ぇねぇ。じゃなけりゃあんな風には勝てねぇや。てぇしたもんさ。盆にいたのは、俺みてぇなたまのひやかしだけじゃねぇ。その道の玄人が山ほどいたってのに、誰も勝吉の手妻には気付かなかった。いやはや、空恐ろしい腕前さ。――そんで次の日の朝、約束通り長屋に十両持ってったらよ。金はあんたにやってくれって頼まれた。やつは初めからそのつもりで、俺に勝たしてくれたんだろう」

「あの人、そんなことを……？」

「あんた、身体を悪くしてるんだってね」と、多香。「娘さんはまだ三つ――うちの子と同い年だっていうじゃないのさ。あんたたちがよりを戻さなくても、勝吉さんが娘さんのおとっつぁんなのは変わらない。一つくらい、父親らしいことをさせてくれ――そう、勝吉さんは言ったんだったね、あんた？」

「ああそうだ。どうせなら、直に届けてやれって言ったらよ。あいつは今日のうちに江戸を発って上方へ行くって言ったんだ。金の心配はいらねぇとは言ってたが、まさか盆の金をくすねていくたぁな。一体どんな手を使ったもんだか」

「ここへ来た人が言うには、切り餅の真ん中の十両を木札にすり替えていったそうです」

「へぇ、やるじゃねぇか。そら一世一代の手妻だな。でもって、ふふ、あいつも十両持って旅に出たのか」

「あいつも？」

「あんたへ十両やっても、まだ十両手元に残る。俺の在所は常陸《ひたち》なんだ。勝吉のおかげでまとまった金が手に入ったからよ。またすっからかんになる前に在所へ帰って、こいつと向こうで万屋でも始めようか――なんてなぁ、お奈津？」

「ふふ、それも悪かないね」

くすりとした多香に促され、真一郎は懐から両備屋の為替を取り出した。

「これも勝吉の案なんだが――」

というのも嘘で、女所帯の裏長屋に十両もの金を置いていくのは危ないという、久兵衛の発案である。

「こいつを持って行けば、いつでも、だがあんただけが金を受け取ることができる。あいつはもしや、大獄一味があんたまで探りに来ると踏んでいたのやもな」

「どうか納めておくんなさい」と、多香が手をついて頭を下げた。「勝吉さんは私の命の恩人です。どうか、勝吉さんのお心遣いを無駄にしないでおくんなさい」

隣りで真一郎も多香に倣った。

「お願いしやす。どうかこの金で身体を治して、娘さんと達者に暮らしてくだせぇ」

勝吉の分も――

おそるおそる為替を受け取り、いまだ半信半疑といった顔のもとに見送られ、真一郎たちは松枝町を後にした。

柳原を浅草御門の方へ向かいながら、多香がにやりとして言った。

「なかなか堂に入った芝居だったね、真さん」

「お多香もな」

「常陸で万屋ねぇ……」

「なんなら伊勢でもいいぞ？」

伊勢国津藩が多香の古里である。

「それじゃあ、お志乃《しの》さんの商売敵になっちまう」

多香の姉貴分の志乃は、江戸での仇討《あだう》ちを終えたのちに伊勢国に戻っており、いずれは万屋を営むつもりらしい。

「よ、万屋じゃなくてもいいんだ」

「お前と一緒なら――かい？　真さん、あんまり甘いこと言ってると」

「痛い目をみる――か？」

「そうさ」

伊賀者の末裔なれば、多香には己が思いもよらぬ過去や事情があるのだろう。

いつか、お多香に何かあった時――

金も力もない己は多香を守るどころか、助けにもならぬのではないかと、真一郎は気を沈ませた。

押し黙った真一郎の袖に多香が触れた。

「ねぇ、真さん。ちょと浜田に寄って行こうよ」

「浜田に？　ああ、お奈津さんの手形を頼みにか？」

「手形ならもうとっくに頼んだよ」

にっこりとした多香の本意が真一郎には量り難い。

「――お情けか？」

「いんや、ただ私があんたといたいだけさ。あんたはとぼけた男だけれど、私はあんたが気に入ってるよ。おそらく江戸で一番に……それじゃあ不満かい？」

「そ――それでもいいぞ」

精一杯平静を装って応えたものの、「ふっ」と多香は噴き出した。

奈津は二十日過ぎても鶴田屋に留まり、神無月は二日目に彦次郎と江戸を発った。

さくら屋で奈津を慕っていた奉公人の三人には、長月のうちに真一郎が為替を届けていたが、奈津の意向で行方は明かさなかったため、さくら屋では結句、奈津は行方知れずのままである。

真一郎の作り話に感化されたのか、両備屋からの知らせによると、もとは娘を連れて在所の市原《いちはら》——上総国——に帰ることにしたらしい。

幼い頃に親兄弟合わせて五人で江戸に出てきたのだが、二親を亡くしたのち兄と弟は市原へ戻り、勝吉に嫁いだもとは江戸に留まったそうである。

——離縁した三年前に、一度在所へ帰ろうと思ったのですが、どうにも踏ん切りがつかなくて……此度やっと心が決まりました——

もとが浅草の者でないことは勝吉から聞いていたが、上総国の出だとは知らなかったがゆえに、そのことを久兵衛から伝え聞いた奈津は顔をほころばせた。

——やっぱりご縁があったのね——

——上総にも寄って行きまひょか？——

懐かしげな目をした奈津に彦次郎は声をかけたが、奈津は迷わず首を振った。

——ううん、いいんです。おもとさんと違って、私には在所へ帰る事由がありません。夫も私も親兄弟を皆亡くした後に江戸に出てきましたから、この三十年、一度も帰っていないのです。それでも私には古里ですから、ただ懐かしくて——

朝のうちに品川へ発つという彦次郎たちを、真一郎と大介は伊吹屋まで見送りに行った。

守蔵の錠前や大介の笛を含めた土産物は、店の商品と共に菱垣廻船で送るそうである。とはいえ、東海道を行くとなると荷物はけして少なくないが、近江から彦次郎の伴をしてきた店者の他、江戸からも一人近江の店へ移る者がいて、旅行李は二人の奉公人に任せて、彦次郎と奈津はそれぞれ笠と杖のみを手に、身軽に旅立って行った。

「真さんらにはほんまに世話になったな。ふふ、ええ茶飲み友達まで見つけてもろうて」

そう言って、彦太郎はたっぷりと「案内料」を弾んでくれた。

此度の江戸見物の発端は忠也と弥彦の土産話であったが、もとより彦太郎は彦次郎を、久兵衛は長屋の皆を労うべく二人で画策していたようである。よって、過分な案内料には久兵衛からの金も含まれていると思われた。

「彦次郎さんもお奈津さんも大喜びでしたね」

戻り道中で寄った枡乃屋で、一休みに誘った鈴が微笑んだ。

昨晩、江戸で最後の宴会を鶴田屋の座敷で開き、余興で大介も笛を、鈴の胡弓に合わせて披露したのだ。

――牛若《うしわか》や。忠也さんの言うた通りや――

――牛若とは言い得て妙でございますこと――

「ふん。ありゃ笛がいいからだ」

「お師匠さんの形見の笛でしたね。でも、いくら笛がよくたって、あんな音色はなかなか出ませんよ」

「いや、俺ぁ所詮素人さ」

照れ臭そうに、だが嬉しげに大介ははにかんだ。

神無月に入って紅葉も一層色が深くなってきた。五日後は小雪だが、まだ雪の気配はまるでなく、菊の見頃は終わりでも、塀や垣根から覗く山茶花《さざんか》や椿《つばき》が通りに彩りを添えている。

六軒町の手前で昼九ツと真一郎の腹が鳴った。

「一草庵で蕎麦でも食おう」

「どうせなら、もちっと贅沢しようぜ、真さん」

「というと？」

「そうだなぁ――」

大介が首をひねる間にはし屋が近付き、縁台にいた男が呼んだ。

「真さん、大介」

戯作者の天音であった。

折敷《おしき》にはちろりと猪口、つまみがいくつか載っている。

「一緒にどうだ？」

「喜んで」

二つ返事で、真一郎たちは天音の向かいの縁台に腰を下ろした。

「朝から殊《こと》の外《ほか》、筆が進んでな。少々腹も減ったし、一休みしたくなったんだ」

「さようで」

「いい加減、金も尽きてきた。どのみちそろそろ書き上げねば、正月に間に合わん」

天音は次の戯作を書くために鶴田屋にやって来たのだった。鶴田屋では一番安い部屋とはいえ、奈津や彦次郎より長く、もう一月余りも宿住まいだ。

初めの半月はなんの案も浮かばずに、それこそ上方へでも逃げようかと思っていたそうだが、勝吉の身代わりを務めてからはほとんど部屋にこもりきりで筆を走らせていた。

「正月には、新作をいの一番で借りに行きまさ」

「勝吉の身代わりになったことも書くんでしょう？」

敬愛する戯作者が相手ゆえに、いつになく改まった言葉で問うた大介へ、天音はにやりとして応えた。

「もう書いたさ。今度の本はその名も『勝吉伝』というんだ。浅草の手妻師の勝吉が、行きずりに殺された妻の仇を討つために、壺振りとして仇のやくざ者のもとへ潜り込み、見事仇討ちを果たした上に、千両箱をかっさらって上方まで逃げるという筋書きだ。作中では、俺とお前は勝吉の芸人仲間で、件の身代わりの策をもって勝吉の追手を足止めするんだ。ちなみに俺は時之介《ときのすけ》という名で講釈師、お前は大作《だいさく》という名で軽業師としたぞ」

「へぇ、そりゃすげぇや。よかったな、大介？」

大喜びかと思いきや、大介は微かに眉をひそめて天音を見つめた。

「天音先生」

「なんだ不満か？　大作か？　それとも軽業師か？」

「ち、違ぇや。此度は浅草の話なんだからよぅ。『神田歌留多秘記』みてぇに『勝吉伝』にも『浅草』ってつけてくれ——つけてくだせぇ」

浅草生まれ、浅草育ちで、浅草をこよなく愛する大介である。

「よし判った。題名は『浅草勝吉伝』としよう」

「やった！」

天音が承知すると、大介は飛び上がらんばかりに喜んだ。

「……勝吉が患ってたことも書いたんですか？」

新作の中身が知りたいからではなく、奈津を案じて真一郎は訊ねた。

奈津が再び江戸を訪ねることがあるかは判らぬが、勝吉のことが書かれた読本ならば、いずれ彦太郎から彦次郎、奈津へと伝わるだろう。

——今頃、勝吉さんはもう上方かしら？——

江戸から大坂まで樽廻船ならおよそ十日から半月、順風の折には五日で着くこともあるという。勝吉が江戸を発ってちょうど半月経つから、もしも何ごともなければ、今頃勝吉は大坂の地を踏んでいる筈だ。

何ごともなければ……

針と灸の一時しのぎがどれだけもつかは判らなかった。疝痛がぶり返し、船上で危篤、または死に至る見込みも多分にあった。そもそも病でなくとも、船旅には遭難や沈没の危険が伴うものだ。

「書いたさ」と、天音。「勝吉が死病を患っていることは、この話の肝だ。決死の仇討ちと旅立ちが読みどころだぞ」

「お奈津さんは、最後まで勝吉を案じていやした」

――大坂で、腕のいいお医者さまに出会えますように……――

息子を同じ痂気で亡くしている奈津である。実は勝吉が死病を抱えていると見抜いていた気がしないでもない。

見抜いていて尚、信じようと――望みを捨てまいとしたのやも――

なれば、たとえ物語とはいえ、勝吉には死して欲しくなかった。

「――勝吉は無事に上方へ着く」

再びにやりとして天音は言った。

「永代橋から先はこれから書くんだが……小早に乗った勝吉は、上方を目前にして大島で一度危篤に陥るものの、船頭と船乗りたちに頼み込まれた通りすがりの熊野《くまの》比丘尼が、勝吉のために熊野三所権現《さんしょごんげん》に祈るんだ。そうして霊験あらたかに平癒した勝吉は、盗んだ千両を比丘尼と船乗りたちに全て分け与え、大坂でまた、一から手妻師として出直すんだ」

「……そりゃいい締めくくりですな」

「ですな！」

真一郎が言うのへ、大介も目を細めて頷いた。

「あら先生、いいんですか？　そんな、これから出す本の始末をばらしたりして」

新たなちろりとつまみを持って、表へ出て来た治が問う。

「構わんよ。始末が判っていても読ませるのが、戯作者の腕の見せどころだ。なんなら二度、三度とな。おかみさんはどうだ？　筋を聞いちまったから、もう本はいらないかい？」

「そんなことは――でも、私はその、字が読めないから……」

「俺が読んでやるよ」と、大介。「いつもよくしてくれるお礼によ」

「あらまあ」

「それがいい」と、真一郎も微笑んだ。「おかみさん、殊に時之介と大作の仕事ぶりをしっかり聞いてやってくれ」

「はいはい。――ふふ、こりゃ正月が楽しみだねぇ」

「まだ三月もあるけどな」

からかい口調で大介は言ったが、天音はすっと仏頂面に戻ってつぶやいた。

「お前にはまだ三月あっても、俺にはもう三月しかない。――こうしちゃおれん。まだ陽は高い。帰って、さっさと終《しま》いまで書いちまおう。おかみさん、この二人の分もつけといてくれ。真さん、大介、俺の分も昼酒を楽しんでくれ」

「はあ」

真一郎が応える間に天音はすっくと立ち上がり、そのまま脇目も振らずに歩き出す。

「あれまあ」

呆気《あっけ》に取《と》られた治の隣りで、真一郎たちはくすりとして顔を見合わせた。

第四話　矢馳舟《やばせぶね》

炬燵櫓《こたつやぐら》を手に納戸から出ると、三毛猫の桃《もも》が目を輝かせてじゃれてきた。

「こら、危ねぇぞ」

足元へ身を擦り寄せながら隣りを歩く桃へ声をかけて、真一郎は座敷へ戻る。

櫓を部屋の真ん中に置くと、折よく台所の方から十能《じゅうのう》を片手に梅がやって来た。

「真さん、火入れを」

「合点でさ」

先に用意してあった火入れを差し出し、梅が炭を入れたのちに櫓の中へと据える。これまた用意してあった炬燵布団を開いてかぶせると、桃が早速布団の縁を前足で掻いて真一郎を見上げた。

「にゃあ」

「判った判った。ほら入れ」

布団をめくるも、桃は中に入ろうとせず、真一郎の手に額をこすりつける。

「真さんに入るように言ってるのよ。もうじき八ツね。お茶にしましょう。真さんはお先に炬燵へどうぞ」

「にゃあ」

「はは、そんならお先に」

神無月十日の今日は乙亥《きのとい》で、亥《い》の月の一番初めの亥の日——玄猪《げんちょ》の日——だ。亥は五行において火に強い「水」にあたるため、火伏せを願って、「極陰《ごくいん》」となる亥の月の初めの亥の日が炉開きに最良の日とされている。

茶の湯に縁のない者でも、この日は炬燵を出したり囲炉裏に火を入れたりと、験担《げんかつ》ぎをすることが多い。よって真一郎は今日は梅に頼まれて、かまどと火鉢の手入れ、それから炬燵の支度を請け負っていた。

真一郎が炬燵に足を入れると、桃が膝に乗ってくる。

久兵衛は昼前から寄り合いを兼ねた茶会に招かれていて、別宅には梅と桃と真一郎のみである。桃を撫《な》でながら、じんわりと炬燵が温まってくるのを待つことひととき、梅が茶と茶菓子を持って戻って来た。

「はい、真さん」

「うん？　こりゃひと味違うおはぎですな」

梅が差し出した茶菓子は一見俵の形をしたおはぎなのだが、粒餡《つぶあん》に栗《くり》と何やら細かな赤みを帯びたものが交じっている。

「ふふ、玄猪餅を兼ねたおはぎよ。小豆と大角豆《ささげ》の餡《あん》に栗と刻んだ干し柿を入れたの。大豆の代わりのきな粉と胡麻《ごま》は中のお餅に混ぜたわ」

玄猪餅、またの名を亥の子餅は、もとは大豆、小豆、大角豆、栗、柿、胡麻、糖の七つの粉を混ぜてついた餅である。瓜坊《うりぼう》のように小ぶりでやや細長い丸餅で、猪《いのしし》が多産なことから子孫繁栄の験担ぎにもなる玄猪餅は、炉開きの茶菓子として食されてきた。

一口齧《かじ》ると、中の餅に混じったきな粉と胡麻の風味が外の餡の具と混じり合って、一層深い味わいとなる。

「旨いや。こんな玄猪餅は初めてでさ。栗もいいが、柿が後でじわりと甘くてまたいいや」

「うふふ。たくさん作ったから、長屋のみんなにも持って帰ってね」

「ありがとうごぜぇやす」

応えたところへ、玄関先から真一郎の名を呼ぶ声が聞こえてきた。

「あら、守蔵さんじゃない？」

「そうみてぇですね。——お桃、悪ぃがちとどいてくれ」

「にゃっ」

桃がつんとしただけで微動だにしないのを見て、梅が笑いながら立ち上がる。

「私が行くわ」

「すいやせん」

　ほどなくして二つの足音が近付いてきたが、梅の後ろから顔を覗かせたのは守蔵ではなく、旅行李と刀を背負った刀匠の行平だった。

「ゆ、行平さん？」

「真さんを訪ねて、長屋にいらしたんですって」

　大介も留守にしていたため、守蔵が別宅まで案内してきたらしい。

「守蔵さんは？」

「仕事があるからって帰って行ったわ。さ、行平さん。どうぞお座りになって。今、お茶とおはぎをお持ちしますからね」

「ありがとうございます」

　台所へ行く梅に慇懃《いんぎん》に礼を言って、行平は真一郎の向かいに腰を下ろした。

「今日はお多香と一緒じゃないのか？」

「お多香なら今日は仕事でさ」

「仕事、というと？」

「安田屋って楊弓場で矢取りをしてやす」

「ふうん。お多香は矢取り女だったのか。だから矢師のお前と仲がいいのか？」

「それはどうだか……あの、行平さんは、まさかお多香のことを聞きにいらしたんで？」

「そのまさかだ。お多香のような女なら妻問うてもいいと思ってな」

「えっ？」

「冗談だ」

そう言って行平は微かににやりとしたが、求婚は冗談だとしても多香に気があるのは確かなようで、真一郎は胸中穏やかではない。

膝の上の桃も身体を起こし、行平を見上げて身を硬くしている。

「お前は犬猫にも好かれる性質《たち》のようだな？」

「はあ。昔から犬猫にしかもてやせん」

「そうか？　お多香とお前は深い仲じゃないのか？　それに平九郎さんと徳兵衛《とくべえ》さんは、お前に感心していたぞ」

平九郎は飛鳥山の手前の番屋の番人で、吉原遊女の八重昌が殺された折に知り合った。徳兵衛は王子村の名主で、以前、行平の住む家まで案内してもらったことがある。

「あの一件——お前が見事下手人を挙げたそうじゃないか。殺したのは、足抜けを手助けしていた尼の弟だったとか？」

「ええ」

手を下したのは実は姉の宝生尼だったのが、表向きは弟の琴哉が殺したことになっているため、真一郎はただ短く頷いた。

「てっきりあの尼が殺したのかと思ったが、勘が外れたな」

――お多香に負けず劣らず、業の深そうな女だった――

行平の台詞を思い出して、真一郎は問うた。

「行平さんはその……お多香も人を殺していると思いやすか？」

「うん？　ああ、おそらく」

こともなげに応えるのを聞いて、いつかの大介の台詞も思い出す。

――お多香さんは藤田屋《ふじたや》で甚五郎《じんごろう》を盗み見て、一目でやつが人殺しだと判ったそうだ。人殺しってのは、隠していても気配でそれと知れるものなんだとさ――

もしもお多香が人殺しなら、やんごとない事由があったに違ぇねぇ――

多香の出自からして、そういうこともあろうと推察していた。ゆえに行平の返答に驚くことはなかったものの、今度は行平の過去に興を覚えて真一郎は更に問うた。

「行平さんも？」

「うむ。俺もまあ、あそこに落ち着くまでにいろいろあったのだ」

剣士なれば、避けられぬ斬り合いがあったのやもしれない。

やんごとなき事由があろうとも、人を殺《あや》めずに越したことはないのだが、武芸者で、多香と相通じる過去を持つ行平が真一郎はどことなく羨ましい。

行平は己より一回りほど年上なのだが、かつては――否、今でも美丈夫と呼ばれていそうな顔と身体つきをしていることにも、改めて嫉妬の念が芽生えてくる。

行平の過去をもっと知りたかったが、多香と重ね合わせて、真一郎は問いかけを控えた。

炬燵を挟んで気まずく沈黙することひとときと、行平の茶とおはぎを運んで来た梅がにこやかに語りかける。

「それで、行平さんのご用はなんだったの？」

「なんでも屋の真一郎に、仕事を頼みに来たのです」

「あら、どんなお仕事かしら？」

「私は刀鍛冶を生業としているのですが、どうも先だって、死者から注文を受けたようなのです」

「死んだ者から――ということですか？」

問い質した梅へ、行平は落ち着き払って頷いた。

「ええ。注文を受けたのは文月でしたが、その者は昨年既に死していました」

「まあ、詳しく教えてくださいな」

身を乗り出した梅に感謝しつつ、真一郎も聞き入った。

注文主は喜助《きすけ》という老爺で、喜島屋《きじまや》という菓子屋の隠居だという。刀代の十二両のうち半分は前金でもらってあり、残りの六両は割符と共に、長月半ばから末日までに刀と引き換えとする手筈になっていたのだが、月末を過ぎても喜助は姿を現さなかった。

「ついでに知己を訪ねるのもよかろうと、市中まで出て来ました。喜島屋は牛込水道町《うしごめすいどうちょう》にあると聞いていたので先にそちらに寄ってみましたら、喜助さんは癪《しゃく》で昨年亡くなったと聞かされました。しかもちょうど、喜助さんが私を訪ねて来た文月四日が命日だそうです」

「まあ！　じゃあ、注文に来たのは喜助さんの幽霊かしら？」

「幽霊とは思われません」

丁重に、だが言下に否定して行平は続けた。

「老爺ではありましたが、姿かたちはしっかりしていて、無論足もついておりました。いただいた六両も消えてなくなるようなことはなく、こうして手元に残っております」

そう言って、行平は懐から前金を取り出した。今のところ行平に損はないのだが、なんらかの詐欺を疑い、念のため金の真贋《しんがん》を確かめるべく持参したという。

「でもそれなら、その方は一体誰だったのかしら？」

「それを真一郎に調べてもらおうと思っているのです」


――儂は喜島屋という菓子屋の隠居でな。少し前に孫娘がご浪人に嫁いだのじゃが、このお方が剣士での。剣の腕前が認められて、此度めでたく仕官が叶ったんじゃ――

そう、喜助は王子で行平に語ったそうである。

──儂も実は、その昔は浪人剣士でな……だが儂は仕官叶わずに、喜島屋に婿に入ったんじゃよ。ゆえに此度のことは、なんだか己のことのように嬉しくてなぁ。孫娘の良人は剣術は誰にも劣らぬのじゃが、仕官先で恥をかかぬよう良い刀を一振り贈りたいんじゃ。そこで目を付けたのが、名工と名高いおぬしなんじゃ──

市中は久方ぶりだという行平は、とりあえず空きのあった鶴田屋に宿を取った。

大介は上野泊まりだったため、翌朝、真一郎は一人で喜島屋へ向かった。

御蔵前から西へ南へと交互に折れて、新シ橋《あたらしばし》の袂から神田川《かんだがわ》の北側をひたすら西へ歩く。江戸川まで出ると、二町ほど北へ進んで竜慶橋《りゅうけいばし》から江戸川を渡った。連なる武家屋敷を眺めながら更に四半里ほど北西へ歩くと、ようやく牛込水道町にたどり着く。

喜島屋は間口二間の菓子屋だった。店先で真一郎が、まずは行平のことは伏せて喜助について訊ねてみると、店主の喜一《きいち》はみるみる困惑顔になる。

「昨日も父を訪ねて来た方がいらしたのですが、父は昨年の文月に亡くなりました」

「さようで……お父さまはかつてはご浪人だったとか?」

「空言《そらごと》です。父は入婿でしたが、浪人でも剣士でもありませんでしたよ。父の生家は親類ですから、出自ははっきりしております。ついでに娘が嫁いだのもご浪人じゃなくて、ただの彫師です。もちろん、やつも剣術を学んだことなぞありません」

溜息をついた喜一の様子からして、嘘をついてはいないようだ。

「お客さんはどうしてまた、父を訪ねていらしたんですか？」

「実は行平さんに頼まれやして」と、真一郎は正直に明かした。「なんの手違いがあったのか、探ってきて欲しい、と。お父さまが本当に亡くなっているのなら、一体誰がお父さまを騙《かた》ったんでしょうな？」

「さあ？　本当に父なら今一目会いたいものですよ。癪で倒れて、亡くなるまであっという間でしたからね」

「誰か、お父さまに似たお人にお心当たりはありやせんか？」

「そう言われても、父には男兄弟はいませんでしたし……」

「では、お父さまはどんな姿かたちだったか教えてくだせぇ」

「そうですな……背丈は五尺余り、享年五十五で、まあ年相応に老いていて、少し腹に肉がついていましたよ。顔立ちはまあ並です。私より幾分眉が太かったかな。けれども、私は母より父に似ていますから、有り体にいえば私が二十年ほど老けたような、とも」

三十代半ばと思しき喜一は既に腹が少し出ている。背丈は五尺二寸ほどだから父親よりは背丈があるが、ほんの一寸ほどのことである。

行平曰く、注文主の背丈は五尺一寸ほど、五十路過ぎで、やや腹は出ていたが、引き締まった身体をしていた。

——顔や着物はぼんやりとしか覚えていないのだが、あの身体つき、身のこなしは剣士に違いない。老いの衰えは見られたが、手のひらには剣だこがしかとあった。昔は大層な遣い手だったことだろう――

「剣だこ、ですか。それは手がかりになりそうですね。ですが、私にはとんと心当たりがありません。年頃や身体つきが似た者でしたら、ご近所にもお客さまにも何人もいらっしゃいますよ」

「ともかく注文主――仮に権兵衛といたしやすが――は、お父さまのことを知っていて、あえてお父さまの振りをした筈なんですが……」

喜一と二人で考え込んでいると、素っ頓狂な声が呼んだ。

「真一郎さんじゃねぇか。どうした？　こんなとこまで久兵衛さんのお遣いか？」

弓士の友部《ともべ》一馬《かずま》であった。背丈は真一郎と変わらぬおよそ六尺、だが身体つきは真一郎よりがっちりしていて目方は四貫ほども違うように思われる。

「友部さまこそ――ああ、道場の帰りですか？」

友部の通う梶原《かじわら》弓術道場は、ここからそう遠くない関口水道町《せきぐちすいどうちょう》にある。

「うむ。殿がここの菓子が好物でな」

友部が仕える「殿」は、番町《ばんちょう》に屋敷を構える旗本の天野《あまの》銀之丞《ぎんのじょう》だ。

「こっちまで来たのなら、道場に顔を出してくれりゃあいいものを。いや、また俺がそっちへ出向いてもいい。お前さんは、次はいつ刈谷《かりや》道場に顔を出すんだ？」

「それは他の仕事の折をみてでして……」

「ふむ。刈谷道場との次の仕合は冬至の霜月《しもつき》八日だ。浅木《あさぎ》は駄目だが、房次郎《ふさじろう》さんは参加するぞ。真一郎さんも顔を出してくれや」

「刈谷先生に頼んでみまさ」

弓矢の手入れは手がけているが、弟子ではないゆえ仕合に加わるのははばかられる。

「仕合の後でなら、少し引かせてもらえるかと」

「おう。俺も梶原先生に頼んでおこう。ひひひ、浅木がまた羨むぞ」

花見の宴で弓を引き合った友部の同輩・浅木祐之輔《ゆうのすけ》は、仇討ちとはいえ「辻射《つじ》り」として二人の男を殺め、多香に怪我を負わせた咎《とが》で、主人の天野から三年間弓術を禁じられた。友部は卯月に一度、忠也が訪ねて来た折に刈谷道場にて真一郎と引き合っており、そのことを聞いて浅木は大層羨んだらしい。

「あいつときたら、楊弓も弓術の内だと言って房次郎さんの店にも行こうとせんのだ。そうだ、真一郎さん、まずは安田屋で一勝負ってぇのはどうだ？」

「安田屋だったら負けやせんぜ。俺の方があぁいう弓矢に慣れてやすから」

「おお、言うな。そんなら一丁、中のかかりを賭けようや」

「金はいいですが、中は困りやす」

「うん？　真一郎さんは女遊びはしねぇのかい？　ああ、そういや、お前さんはお多香といい仲だったな。やはりあれか？　お多香も実は焼き餅焼きなのか？」

「いいえ、まったく。焼き餅焼きは俺の方でさ」

「ははは、お多香はもてるからなぁ。だが、安田屋の客なら案ずるには及ばねぇ。お多香の御眼鏡に適《かな》う男はそうはいねぇさ。せいぜいうちの御三方──浅木に房次郎さんに俺くらいなもんだろう。けれども浅木はあの通りいまだお紺《こん》を偲《しの》んでいるし、房次郎さんは店の女にゃ手を出さねぇ、俺もそうと知ったからにはお多香には手出ししねぇからよ」

そう言って友部はにやにやしたが、ふと真一郎の肩越しに通りを見やって眉をひそめた。

「あの野郎──」

真一郎が振り向くと同時に、少し離れた物陰から男が逃げ出した。

腰に大小を差し、袴《はかま》を穿《は》いたれっきとした武士である。

「長崎《ながさき》だった」

「というと、あの、飯塚《いいづか》と仲間だったという……」

長崎は下の名を潤吾《じゅんご》といい、飯塚誠介《せいすけ》──矢取り女にして浅木の想い人であった紺を辻斬りに見せかけて殺した下手人──と仲が良かった。飯塚は浅木に討ち取られて死したが、長崎は飯塚の所業を知りながら黙っていたことに加え、飯塚と共に辻斬りに加担していた疑いもあり、閏二月に天野家から暇を出された。

「どうもまだ、次の仕官先は見つかっていないようだ。殿は『私の不徳の至り』としか仰らなかったが、人の口に戸は立てられん。やつは通っていた小早川《こばやかわ》道場からも破門になったと聞いている。このご時世だ。ただでさえ剣だけで売り込むには難しいのに、よからぬ噂のある者なら尚更だ」

「しかし、どうしてここへ——もしや、友部さまをつけてきたのでは？」

「俺を？」

「友部さまを通じて、再び天野家へ戻ろうとしているのやも……」

「まさか。たとえ頼まれても俺はやつを殿へ取り次がぬし、殿もやつを許すまい。それに俺が聞いたところによると、やつは近頃大沢《おおさわ》家に取り入ろうと算段しているようだ」

大沢定之進《じょうのしん》も天野と同じく旗本で、亡き飯塚の主人であった。天野が弓術贔屓《ひいき》なのに対して大沢は剣術贔屓であり、己の剣術指南役を含めて家臣には剣士が多いと聞いている。

「それよりも、やつは隙あらば俺を討ち取るつもりじゃねぇのかな。俺たちが殿に告げ口したせいで暇を出されたのだと、やつは俺や浅木を恨んでいるからな」

「逆恨みもいいとこですや」

「うむ。だが案ずるな。もしもの時は返り討ちにしてくれるさ」

「浅木さまは剣術も得意だとお聞きしやしたが、友部さまもそうなんで？」

「いや、俺は剣は今一つだ」

あっけらかんとして友部は言った。

「だがまあ、いざというときゃなんとかなるもんだ。そうだろう、真一郎さん？」

「はあ。まあ、そうですな」

「それにしても、ひとまず殿に知らせておくか……」

顎に手をやって友部がつぶやく。

友部と別れたのち、真一郎は喜助か権兵衛に似た男がいないか近隣で訊き込んだ。

すると喜一が言った通り、同じ町内だけでなんと六人もいた。昼を挟んで六人を順に訪ねてみたが、五十代とあって二人は寝たきり、残り四人の中にも権兵衛と思しき者は見つからぬまま、真一郎は牛込を後にした。


七ツ半という刻限の長屋には、久兵衛を含め皆が揃っていた。

「久兵衛さんも今宵はこちらにお泊まりで？」

「うむ」

「行平さんが鶴田屋で夕餉を食わせてくれるとよ」

久兵衛の横から、大介がむっつりとして口を挟む。

行平は大介の亡き師匠・音正《おとまさ》の友人だが、大介は行平が苦手らしい。

「笛を忘れるでないぞ？」

そう久兵衛が念を押したところをみると、笛の余興を頼まれたのだろう。

雪はまだだが、小雪を過ぎてから急に風が冷たくなってきた。真一郎が湯屋でじっくり温まってから鶴田屋へ行くと、座敷では既に宴会が始まっていた。

といっても、先だっての彦次郎や奈津を交えた宴とは違い、大介はにこりともせずに笛を吹き、その隣りで胡弓を弾く鈴もどこか居心地が悪そうだ。守蔵はいつも通り時折相槌を打つ他は静かなもので、裏腹に久兵衛は、権兵衛という幽霊やもしれぬ新たな謎に浮き立っている。多香もまた、行平の隣りで酌をしながら、安田屋で見せる顔とは一味違う——作りものではない笑みを浮かべているのが、真一郎には面白くない。

だが、大介よりは分別があるつもりの真一郎は、そこそこ愛想良く会釈をしてから、依頼主の行平に牛込での首尾を話した。

「近所の六人はみんな文月四日は町にいたそうで、何より、行平さんが言うような手のひらに剣だこがあるお人はいやせんでした」

「そうか。剣だこがあったことは確かなのだが……俺は人の顔を覚えるのが苦手でな。しかと見ていても、すぐに忘れてしまうのだ。声や匂いは覚えている方なんだが、真一郎、お前は背が高くて助かった」

「はあ」

「お多香も——改めて見ても美形だな」

うである。

「ふふ、ありがとう存じます」

臆面もなく褒め言葉を口にした行平は、今日は安田屋でひととき多香を侍《はべ》らせて遊んだそうである。

「安田屋は昔、音正と幾度か遊びに行ったことがあった」

「さようで」

「弓術の心得がないゆえ致し方ないが、真ん中にはなかなか当たらんもんだな。だが、お前は九分九厘当てるとか？」

「九分は。九厘まではちと届かねぇです」

「それでも大したもんだ」

にこりともしないが、褒め言葉には違いない。笛を吹き終えた大介が、少しばかり驚いた顔をして行平を窺った。

「お前の笛も大分ましになったぞ、大介」

「そりゃどうも」

「胡弓の方が、ずっとうまかったがな」

「そりゃ、お鈴は胡弓が本職でさ」

「うむ。お鈴さんには無理を言ってすまなかった。後は酒と飯を楽しんでくれ」

「ありがとうございます」

礼を言い、鈴は遠慮がちに膳に箸をつけた。

一息で杯を空にした大介が、手酌しながら真一郎を見た。

「それで真さん、明日はどうする？」

「今少し喜助さんを探ってみるさ。喜助さんにゃ男兄弟はいないし、おかみさんももう亡くなっているんだが、両国の菓子屋に嫁いだ妹さんはまだ息災らしい。権兵衛が何者だろうと、喜助さんを知っている者には違ぇねぇ。喜一さんが知らねぇような遠い親類や、昔の友人知人に剣士がいなかったかどうか、妹さんに訊いてみようと思ってな。……そういや、久兵衛さん、金の方はどうでした？」

権兵衛からの前金が本物かどうか、久兵衛に調べてもらうよう行平に勧めていたのだ。

「全て本物だった」と、久兵衛はいささか残念そうだ。「だが、幽霊や妖怪の払う金が木の葉や偽物とは限らんでな。中には本物の金を使うものもおろう」

「諦めが悪いですぜ、久兵衛さん。よしんばそうだとして、幽霊や妖怪が刀を手に入れてどうしようっていうんです？」

「そりゃ、仇討ちやら恩返しやらだろう」

「……仮に権兵衛が幽霊や妖怪なら、神通力《じんずうりき》やら妖力やらで、行平さんがこうして権兵衛を探していることもお見通しだといいんですが」

「ならば、明日にでも後金を払いに鶴田屋に現れるやもな。行平さん、もしもの折はすぐさま儂に知らせてくれぬか？」

「……もしもの折には知らせましょう」

行平もやや呆《あき》れ顔《がお》になったが、久兵衛が浅草の顔役の一人であり、音正が存命だった頃からの知己とあって皮肉めいた言葉は口にしなかった。

行平が王子に引っ越したのは五年前で、それまでは浅草に住んでいたという。音正の百物語に毎年顔を出していたという行平は、八重昌殺しの真相を聞いたのち、水無月の百物語にも興を示して聞き入った。

青行灯が消えた途端に牡丹屋《ぼたんや》の徹平《てっぺい》が叫んで逃げ出したくだりを話す頃には大介も機嫌を直し、真一郎と一緒になって、志乃が梅とすり替わったことなどを得意げに語った。

「それにしても、お前が百物語の語り手とはな」

「語り手はお鈴で、俺は笛を吹いただけでさ」

「だとしても、音正は喜んだことだろう」

「さあ、どうだか……」

「なんせ、音正が生きていた頃のお前ときたら――」

「わぁっ」

声を上げて大介は行平を止めた。

「が、餓鬼の頃の話はいいんでさ」

「ふん、まだ小僧のくせに。いくつになった？　十六か？　七か？」

「ば、莫迦言わねぇでくだせぇ。俺ぁもう二十三でさ」

「うん？　もうそんなになったか？」

「なりやしたとも」

「お前は顔が変わらんからな」

「よく言いやすよ。ろくに覚えてねぇくせに」

「いくらなんでも、お前の顔は覚えているぞ。音正が中からお前をもらってきてから、やつの代わりにどれだけ世話してやったと思ってるんだ。覚えてないか？　一度奥山《おくやま》でお前が腰を抜かして——」

「わぁっ」

　奥山とは浅草寺の本堂の北西の一画で、見世物や出店が立ち並んでいる。大方、幼い大介は見世物でも見て腰を抜かしたのだろう。

　忠也や彦次郎ほどの愛想はないが、大介をからかう行平はそこはかとなく愉しげだ。

　過去の失態を鈴に知られぬよう行平を黙らせた大介が、代わりに真一郎を始め六軒長屋の皆のことを語るうちに夕餉を終えて、六人で裏口から長屋へ戻った。

　とうに暮れた薄闇の中、引き戸を開く前に多香が鈴に笑いかけた。

「なかなか面白い御仁だったたね」

「私は……なんだかちょっぴり怖かったです」

多香の言葉に真一郎は眉尻を下げたが、鈴の返答に大介は安堵の表情を浮かべた。

「そうとも、お鈴。あの人は本当は怖いお人さ。確か甲斐国の出で、十六歳で免許皆伝した天才剣士だと師匠は言ってた。江戸にくるまでに何人も人を斬っているとも……」

「そりゃますます面白い」

「と、とんでもねぇぜ、お多香さん。あの人にはかかわらねぇ方がいい。今はどうかしらねぇが、行平さんは師匠と同じくらい女遊びが盛んでよ。女にも男にも恨みを買っていて、師匠はいつか刃傷沙汰になるんじゃねぇかと案じてた」

そう言った音正こそ、女絡みの刃傷沙汰で死している。

「そうだねぇ。そういうお人にはかかわらない方がいいんだろうね」

「ああ、そうさ。どんなとばっちりがくるかしれたもんじゃねぇ」

「ふふふ、大介、あんたも気を付けな」

行平の知己だからというよりも、神田と上野と二人の女の間を行き来していることへの皮肉だろう。

「お――俺は平気さ」

「ふふ」

今一度笑みを漏らして、多香は皆を見回した。

「じゃあ、おやすみなさい」

「おやすみ」「おやすみなさい」とそれぞれ応えて、六人は各々の家に引き取った。


翌日。

昼前に真一郎は大介と共に、両国に住む喜助の妹を訪ねた。だが五十路過ぎの妹は近年物忘れが進んだそうで、真一郎たちは一刻余りも世間話に付き合ったが、なんの手がかりも得られなかった。

両国広小路の一膳飯屋の縁台で飯をかき込みながら、再び喜島屋を訪ねるべきか迷う真一郎へ、大介は身を縮込めながら首を振った。

「昨日の今日じゃ大した知らせもねぇだろうよ」

話を聞いた町の者には、それらしき者や心当たりが出てきたら、喜一に知らせてくれるよう頼んである。

「喜島屋は明日でもいいじゃねぇかよぅ。寒《さみ》ぃから、今日はもう帰ろうぜ。でもってはし屋で——いや、俺んちの炬燵で一杯やろう」

「それが本音か」

思わず苦笑が漏れたが、喜島屋の界隈《かいわい》で話が広まるまで二、三日はかかるであろう。町のめぼしい者は既にあたった後だけに、大介の言い分には頷けないこともない。

「そうだな。帰って、炬燵で他の手を考えるか」

「そうだそうだ。それがいい」

八ツを過ぎたばかりの長屋には、守蔵の他、誰もいなかった。久兵衛は別宅へ帰り、多香は安田屋、鈴は今日はあけ正で仕事である。ちょうど湯屋にゆくべく出て来た守蔵について、真一郎たちも先に風呂を済ませることにする。

のんびり三人で湯に浸《つ》かったのち、酒と肴を買って長屋へ戻ると、木戸の前に男が一人佇《たたず》んでいた。

真一郎より幾分若く、歳の頃はおそらく二十四、五歳。町人髷《まげ》で着物も町人風ではあるが、引き締まった身体と背中をまっすぐ伸ばした佇まいが武芸者を思わせる。

振り向いた男が真一郎を見やって問うた。

「もしや、真一郎さんですか？」

「いかにも私が真一郎ですが、どちらさんで？」

「私は賢四郎《けんしろう》という者です。刀の後金の六両をお持ちしましたので、どうか行平さんにお取り次ぎいただきたく存じます」

さっと青ざめた大介がつぶやいた。

「久兵衛さんの言う通りになった……」

鶴田屋へではないが、後金を払うという者が昨日の今日で現れたのだ。

幽霊か妖怪かと疑っているのだろうか。口をつぐんだ大介がちらちらと賢四郎を——主に足を——窺っている。噴き出しそうになるのをぐっとこらえて、真一郎は努めてにこやかに賢四郎を己の家へいざなった。

流石に守蔵も興を覚えたようで、おっかなびっくりの大介を後押しするがごとく、真一郎たちの後について上がり込む。

「ええと、賢四郎さんでしたな？」

「はい。真一郎さんのことは喜島屋でお聞きしました」

「そうでしたか」と真一郎が相槌を打つ傍らで、「なんだ」とまたしても大介がつぶやいた。

少なくとも神通力や妖力でここまでたどり着いたのではないと知って、やや安堵したようである。

「行平さんは、今日はご友人を訪ねてお出かけになりました。今宵は泊まりになるやもしれぬと仰っていましたが……」

これは本当のことである。今日は鶴田屋が先約で一杯だったため、行平は主な荷物は大介の家に置いて友人宅へと出かけていた。

「では、そのご友人とやらのお住まいを教えていただけないでしょうか？」

「それが、行き先は聞いていないんですや」

これは嘘だった。友人というのは浅草に住む鍔師《つばし》の杏次《きょうじ》、住処は大介が知っている。

「行平さんはこちらへお泊まりなのですか？」

それとなく家の中を見回して賢四郎が問うた。

「ええ、まあ……ですが、ご友人があちらこちらにいらっしゃるとかで、あまりお世話することはなさそうです」

委細を聞くまでは用心すべしと、真一郎ははぐらかした。

「行平さんがお帰りになったらお伝えしますから、一体どういう次第で賢四郎さんがこちらへいらしたのか教えてください」

「それが……私の祖父は圭二郎《けいじろう》と申しまして」

「はあ」

「あなたと行平さんがお探しの喜助さんは、実は祖父だったのです」

「といいますと？」

「私の祖父が、喜助さんを騙って、行平さんに刀を注文したのです」

「そうですか。しかし、お祖父《じい》さんは何ゆえに喜助さんを騙ったのですか？」

「お恥ずかしい話なのですが、祖父は仲の良かった喜助さんが亡くなってから、少々呆《ぼ》けてしまいましてね。己と喜助さんを時折混同してしまうことがあったのです」

「あった——というと、もしや」

「祖父は先日亡くなりました」

圭二郎は喜助と同い年で今年五十六歳、背格好も喜助と似ているという。

「喜助さんと同い年……」

とすると、孫にしては賢四郎は歳を食っている方だ。

「お祖父さんは、随分お若い時分に所帯を持たれたんですね」

「祖父も父も、早くに嫁を娶りましたから」

落ち着き払って賢四郎は応えたが、疑いの目に気付いたのか急いで付け足した。

「名前と身元は偽りでしたが、その他のことは本当です。祖父はかつて浪人剣士で、仕官叶わずに傘屋に婿入りしました。ですが、傘屋になっても日々の稽古は欠かすことなく、私もこの通り、幼少の砌《みぎり》に祖父から剣の手ほどきを受けまして、今も道場に通っております」

そう言って賢四郎が差し出した手のひらには、紛《まが》うことなき剣だこがある。

「妹の良人のために行平さんに刀を注文したことは、今際《いまわ》の際に祖父から聞きました。後金を払うようにと六両も託されたので、とても空言とは思えずに預かりましたが、野辺送りやら何やらでしばらく忙しく……それで、昨日ようやく王子へ出向いたところ、行平さんは前の日に、入れ違いに市中に向かったと留守居の方と名主の徳兵衛さんから伺いました」

「なるほど」

「それで行平さんを追って喜島屋を訪ねてみましたら、お店の方が、行平さんの居所は判らぬが、浅草は六軒町、六軒長屋の真二郎さんが、行平さんに頼まれて刀の注文主をお探しだと教えてくださったのです」

話の辻褄《つじつま》はあっているものの、真一郎はどうも腑に落ちない。

こうも早くに、全ての拍子が揃うってぇのは出来過ぎだ――

「……喜一さんは圭三郎さんをご存じなかったようですが？」

「喜一さんは店のことで手が一杯でしょうから、父親の友人を皆知らなくとも仕方ありません。うちの父とて、祖父の友人知人を皆知っていたとは言い難いですから」

「そうですな」

頷いてから、真一郎は切り出した。

「割符を見せてもらえませんか？」

「割符？」

「行平さんは注文を間違えないよう、割符をお渡ししているそうです」

「そ、そうでしたか」

初めて、微かな動揺を見せて賢四郎は言った。

「……困りましたな。祖父からは割符のことは何も聞いておりません」

「では、そちらさんの店の名と場所を教えてください。行平さんのご意向をのちほど――明日にでも知らせに行きますよ」

「神田の傘屋で、播州屋《ばんしゅうや》といいます」

「神田というと……？」

「神田川の北側ですが……しかしわざわざご足労いただくのは心苦しいので、まずは今しばらく近くで待たせてもらいましょう」

「でしたら、斜向かいにあるはし屋はどうです？」

賢四郎を木戸まで見送り、半町ほど離れた斜向かいのはし屋を指し示して戻ると、再び青ざめた大介が訴えた。

「真さん、やつは怪しいぜ」

「うん、俺も何やら腑に落ちねぇ」

「違うんだ。川北の傘屋、播州屋はもうねぇんだよ」

「なんだと？　もうねぇってのはどういうことだ？」

「年明けに潰れたんだ。女と傘を買いに行ったら閉まっててよ。近所の者が言うには、店主が中の女にはまって借金して、借金苦から夜中に首をくくったって――」

大介の「神田の女」は、播州屋があったという仲町からほんの二町余りの神田明神の近くに住んでいる。

「もしや、やつは幽霊なんじゃ……？」

「莫迦を言え」

守蔵と声を重ねて、呆れ顔を見合わせる。

「あんなにしかとした幽霊がいるもんか。まだ日暮れ前だぞ？　それに首をくったのは店主だけなんだろう？」

「けどよぅ……」

怖気付《おじけづ》いている大介を置いて、真一郎は再び木戸の外へ出た。

賢四郎をどう問い詰めるべきか思案しながら、急ぎはし屋に向かうもその姿はない。すわ幽霊だったかと息を吞んだのも束の間、おかみの治がおっとり告げた。

「ああ、真さん、言伝を預かってるよ」

「言伝？」

「うん。さっき賢四郎って若い人が来てさ。もしも真さんが来たら、すぐに戻って来るからと伝えてくれって」

「じゃあ、幽霊じゃなかったのか……」

「ゆ、幽霊？　何言ってんのさ。ちゃあんと足がついてたよ。ねぇ、あんた？」

「さあ？　こっからじゃよく見えなかったな」と、板場から店主の正吉《しょうきち》が治をからかう。

「もう！」

すぐに戻るということは、誰か近くに連れがいたんじゃないか――？

むくれる治に己が来たことを口止めして、真一郎ははし屋を出て辺りを窺った。

——と、安田屋から帰って来る多香が目に入る。

「お多香、頼みがある」

多香を手招いて、真一郎は一旦長屋へ戻った。


「先ほど遣いがありまして、行平さんは今宵はやはり、ご友人のところにお泊まりになるそうです。賢四郎さんのことは遣いの者に言付けておきましたから、すみませんが明日の七ツ頃に出直してください」

半刻ほどして、真一郎ははし屋に舞い戻って賢四郎にそう伝えた。

「そうですか。遣いの方はもう帰してしまったのですね。叶うなら今日のうちにお目にかかりたかったのですが、行平さんはどちらにいらっしゃるのでしょうか？」

食い下がる賢四郎に、真一郎は微苦笑を返した。

「ご友人ってのは実は女なんですや。ですから、野暮はよしてくだせぇ」

「致し方ありません。明日、出直して参ります」

一礼した賢四郎を店先で見送ると、すっと向かいの路地から多香が姿を現した。

真一郎の方をちらりと見やって、無言で賢四郎の後を追って行く。

多香の背中がやや遠くなってから、真一郎も二人を追って通りを南へ歩き始めた。

遣いが来たというのは嘘で、行平からはなんの音沙汰もなかった。鍔師の杏次のもとへは大介を知らせにやったが、返答を待たずにことを起こしたのは、まだ陽があるうちに賢四郎の住処と正体を突き止めたかったからである。

真一郎の推察通り、賢四郎には連れがいたようだ。一町ほど南に行ったところで、賢四郎が一人の武士と落ち合うのが遠目に見えた。

妹の旦那だろうか……？

だが、仲町へ向かうのならいずれかを西へ折れるべきところを、二人は御蔵前から浅草御門を通り抜け、馬喰町へと足を進めた。

やがてたどり着いたのは丹波屋《たんばや》という安宿だ。

番頭と挨拶を交わす様子からして、賢四郎たちは泊まり客と思われる。

丹波屋の少し手前で落ち合った多香が、真一郎の袖に触れて囁いた。

「私らも入ろう」

「お、俺も？　けど、俺ぁ賢四郎に面が割れてんぞ」

「茶屋じゃないんだ。女一人じゃ怪しまれちまう。万一ばれたら、その時はやつの嘘を真っ向から問い質せばいいさ。――ともあれまずは、あんたは常陸からきた矢師の貴弥《たかや》、私はおかみのお真《しん》でどうだい？」

「お、おう」

貴弥は面打師の多香の銘である。先月に続いて夫婦の真似事《まねごと》は満更でもないのだが、仕事の内ゆえ喜んでばかりはいられない。

玄関先に客がいないのを見計らって、真一郎たちは宿を頼んだ。

馬喰町には手頃な旅籠が多く、江戸見物や商人などよそ者は珍しくない。安宿だけに出会茶屋のごとく使われることもあるのか、部屋を訪ねて来た女将は挨拶もそこそこに、国と名前のみを宿帳に記して去った。

「じゃあ、あんたはここで大人しくしてな」

そう言い残して、多香も部屋の外へと消える。

鶴田屋と違い、丹波屋は飯は別口らしい。だが、大人しくしていろと言われた手前、下手に仲居を呼ぶこともできずに、真一郎は空き腹を抱えてじっと多香の帰りを待った。

——どこをどう探って来たのか、多香が部屋に戻って来たのは一刻余りも過ぎてからだ。

多香が携えてきた握り飯にかぶりつきながら、真一郎は話を聞いた。

「賢四郎ってのは、姓を大橋《おおはし》というらしい」

「つまり、やつは侍か」

「浪人だよ。やつと通りで落ち合ったのは長崎って名で、もう一人、松井《まつい》ってのが夕餉にいたけど、話からしてみんな浪人さ」

「な、長崎？　もしや、名は潤吾じゃねぇだろうな？」

「さあ？　下の名までは判らなかった。みんな姓で呼び合っていたからね。けれども、おそらく天野さまの家来だった長崎さ。覚えてるかい？　お紺の一件で暇を出された――」

「覚えているとも」

即座に応えて、真一郎は喜島屋の近くで長崎潤吾を見かけたことを話した。

「そうか……まさに友部さまが聞いた通りさ。長崎は大沢家に仕官したくて躍起になってるよ。それから大沢家は天野家を陥れようとしているみたいだ」

「なんだと？」

多香が盗み聞いた三人の密談によると――

――大沢さまは天野さまを妬んでいる節があるからな――と、松井。

――というと？――

賢四郎こと大橋の問いには、長崎が応えた。

――近頃、天野さまの方が若年寄の覚えがめでたいようだからだ。天野さまと大沢さまはかつては共に御書院番士を務めていてな。その折に何やらひと悶着があったらしい。ゆえに今は天野さまが西丸目付、大沢さまが腰物奉行と違う役目にもかかわらず、大沢さまは天野さまをよく思っていないのだ――

――大沢さまが長崎に興を示したのも、天野家の内情が知りたいからさ。天野家の弱みを握って、隙あらば蹴落とそうと目論《もくろ》んでいるんだよ――

「長崎は天野さまの弱みを何か握っているのか？」

「どうだろう？　はったりじゃないかねぇ？　だって大沢家はどうもそれを承知で、仕官は行平さんの刀と引き換えだと長崎に言ったようなんだ。それで、まずは長崎の仕官が叶ったら、長崎を通じて松井、大橋と、次々大沢家に取り入る心積もりらしいね」

「なるほど」

長崎は刀を手に入れるべくしばらく前に行平を訪ねていたが、けんもほろろに断られたようである。だが諦め切れずに、此度は再び王子へ向かったところ、行平と行き違いになったのだ。

「後は大橋が言った通り――留守居と徳兵衛さんから行平さんが喜島屋へ向かったと聞いて、長崎は喜島屋を訪ねたんだろう」

「そして、喜島屋で俺と友部さまと出食わした……」

喜島屋かその界隈で真一郎が行平の刀の注文主を探していると聞き、大橋を権兵衛の孫に仕立て上げ、一芝居打たせたのであろう。

「割符のことを知らなかったのは、行平さんもあんたもそのことを喜島屋で口にしなかったからさ。やつら、割符のことは聞かなかった、見つからなかったで押し通すみたいだよ。祖父《じい》さんが死んだことにしたのはうまかったね。行平さんは確かめようがないし、割符のことも誤魔化せる」

行平の刀がお預けになり、長崎たちは今宵は祝い酒の代わりに自棄酒《やけざけ》をあおって寝るつもりらしい。

「話からして、どうも大橋は江戸に出てきたばかりの新参者だよ。今宵は大橋の部屋に泊まり込むけど、聞いたところじゃ松井は川北の長屋に住んでいて、長崎はそこに転がり込んでいるようだった」

「川北か……そんなら、播州屋を騙ったのは松井の案やもな。大方、昔——もしかしたら今も——傘張りの内職でもしていたんだろう。しかし、大橋の祖父さんがでっちあげなら、結句、権兵衛は謎のままか……ともあれ、長崎のことは天野さまのお耳に入れておいた方がいいだろうな」

「そうだねぇ」

「だがその前に、明日賢四郎——いや、大橋をうまく追い返さないとな」

「うん、まずは大橋をうまくあしらうことだね」

「いや、まずは……」

食欲が満たされたからか、色欲がそろそろと湧いてきていた。

じっと顔を覗き込みながら、真一郎は多香の腰に手を伸ばした。

口角が微かに上がったのを諾と解し、腰を引き寄せながら、空いた手を胸元に差し込み乳房をまさぐる。

多香が自ら身を擦り寄せて、やはり真一郎の腰へ手を回して帯に触れた。

「お多香」

「しっ。——静かにおし」

微笑と共にたしなめられて、真一郎は口をつぐんだ。

暮れ五ツを過ぎたばかりであった。

安宿ゆえに、耳を澄まさずとも廊下や辺りの部屋のざわめきが聞こえてくる。

「ふふ」

「ふっ」

忍び笑いを漏らした多香につられて、真一郎も小さく噴き出した。両腕を多香の背中に回して、その身を強く抱き締める。

互いに声を殺して求め合い、幾度も一つとなって真一郎たちは夜を明かした。


次の日、ひとまず長屋へ戻ってみると、昼前だというのに大介も守蔵も他出していて、代わりにいつもなら仕事に出ている筈の鈴が残っていた。

「大介さんは喜島屋へ、守蔵さんは播州屋という傘屋へ出かけて行きました。私はその、もしもの時のつなぎとして、今日はここへ留まるように頼まれました」

真一郎たちが昨晩帰らなかったため、大介と守蔵はいてもたってもいられなくなったらしく、手分けして賢四郎の言い分を探ることにしたそうである。

「そうかい、お鈴。そりゃ悪かったね。でも助かるよ」

多香が微笑むと、「いいんです」と、鈴もはにかむ。

「今日はお座敷じゃありませんから……それで、大介さんは昨晩、鍔師の杏次さんのところへ行って、行平さんと話したそうです。行平さんは今日はできるだけ早くに所用を済ませて、八ツにはこちらへ顔を出すと仰っていた、と」

「それなら後は待つだけだ」

にっこりとした多香に促され、三人で多香の家で炬燵にあたっていると、半刻ほどして守蔵が、更に四半刻と待たずして大介が帰って来た。

「ああ、なんだよぅ。みんなしてぬくぬくしやがって――」

ぶつくさ言いながら上がり込んだ大介を交えて、各々が調べて来たことを分かち合う。

八ツが鳴る少し前に訪れた行平は、話を聞いて大橋とは顔を合わせぬことに決めた。

「俺は隣りの大介の家に隠れていよう。割符を持たぬ者には刀は渡せん――俺がそう言っていたとして、とっとと断ってくれ。それで引き下がらぬようなら、その時はやつらの嘘を暴いてやればいい」

「承知しやした」

多香と鈴も行平と共に大介の家で聞き耳を立てることにして、真一郎は大介と守蔵と三人で大橋を待った。

はたして七ツが鳴るや否や現れた大橋は、行平の言伝に声を高くした。

「困ります」

「ですが、割符はお持ちじゃないのでしょう？」

「家中探してみましたが見つからなかったのです。おそらく祖父が失《な》くしたか隠したかしたのでしょうが、何分、亡くなっておりますので問いようがありません。真一郎さん、どうかこの通り、行平さんにお取り次ぎくださいませ」

「割符と引き換え、というのが行平さんのご意向ですから」

「そんな無体な……あなたでは埒が明かぬ。直談に申したい。行平さんはどちらに？　もしや長屋のどこかに潜んでいるのではないか？」

大橋が殺気立って腰を浮かせたのを見て、大介が口を挟んだ。

「行平さんは昼過ぎにもう王子に帰ったぜ」

「なんだと？」

「いい加減、下手な芝居はやめるんだな。こちとら全てお見通しなんだよ。あんた、そんな格好してるけど、本当は浪人なんだろう？」

「何を――」

「喜島屋へ行って聞いたのさ。あんたは確かにおととい喜島屋を訪ねていた。ただし、腰に二本差した侍の姿でな。喜島屋では、『注文主に心当たりがある』とだけしか言わなかったそうじゃねぇか」

大介が喜一から聞いたところによると、夕刻に「小橋《こはし》」と名乗る武士が現れ、真一郎の住処を問うたという。どうやら大橋も長崎と一緒に王子を訪ねていたらしく、町の者が二人と思しき武士が一緒にいるのを目にしていた。長崎が友部と顔を合わせて逃げ出したのち、二人はしばし辺りに留まり、真一郎が行平のために注文主を探していると知ったらしい。そうして長崎に代わって大橋が夕刻に喜島屋へ舞い戻り、喜一から話を聞いたようである。

――詳しく話を聞きたかったのですが、お侍にはどうも問い難く……向こうさんに問われるがままに、真一郎さんの住まいを教えてしまいました――

「大方、後で仲間と落ち合って、播州屋を――町人を騙ることにしたんだろう？」

「そ、それは……」

「播州屋はとっくに潰れてら。なぁ、守蔵さん？」

大介が言うのへ頷いて、守蔵も口を開いた。

「店主の幾三郎《いくさぶろう》は中の女に入れ込んだ挙げ句、借金を苦にして睦月に首をくってる。娘は借金のかたに中に売られていったそうだ。親父《おやじ》が中通いで作った借金を、娘が中で返すことになったんだ」

潰れた播州屋を買って店を広げた隣りの店の主から、守蔵が聞いてきたことである。

「幾三郎さんの父親の圭二郎さんは、店が潰れた後、近所の長屋に引っ越してすぐに風邪で亡くなっていた。賢四郎さん――お前さんが騙った息子は、祖父さんを看取《みと》ってから少しおかしくなって、今は上野の寺に引き取られて、毎日経を読んでるよ。寺まで足を延ばしてみたが、お前さんとは似ても似つかぬ、ひょろっとしたやつだった」

「く……」

苦々しげに顔を歪めた大橋へ、真一郎も付け足した。

「賢四郎さん――いや、大橋さん」

「ど、どうしてその名を？」

喜島屋では「小橋」とささやかにだが偽名を名乗っていたがゆえに、本名を知られているとは思いもよらなかったらしい。

「こちとら、伊達《だて》になんでも屋を名乗っちゃいねぇんでさ。行平さんには刀の注文主を探すよう頼まれやした。つまらねぇ作り話に引っかかって、偽者の手に刀が渡るようなことになっちゃこっちが困りやす。あなたがたのことは、行平さんももうご存じでさ。どうかお引き取りくだせぇ。そして長崎さんと松井さんにお伝えくだせぇ。行平さんの刀は諦めて、何か別の道を探すように、と」

「長崎さんや松井さんまで――」

驚愕《きょうがく》に目を見開いたのち、大橋は口を結んで真一郎を睨みつけた。

真っ向から向き合うこと束の間。

大橋の方から目をそらして立ち上がると、無言で叩きつけるように引き戸を開いて大橋は長屋から出て行った。

――翌朝、真一郎は早速梶原道場へ赴いた。

長崎が行平の刀をもって大沢家に取り入ろうとしていることや、大沢が天野をいまだ目の敵にしていることを、友部に伝えておこうと思ったのだ。

「よくぞ知らせてくれた。今日のうちに殿にお伝えしておこう」

折よく道場にいた友部にここ数日の次第を話したのち、梶原の許しを得て、ひととき弓を引き合った。

刈谷道場では引き分けたが、此度は九手、十八本目で真一郎が中白《なかしろ》――正鵠《せいこく》――を外して友部の勝ちとなる。

「参りやした」

「まさか手加減したのではなかろうな?」

「友部さまお相手に、そんな恐ろしいことはできやせん」

「なればよし」

上機嫌の友部と喜島屋へ寄り、互いに土産の菓子を買い込んでから、八ツ過ぎには長屋へ戻ったのだが――

続く翌朝、五ツにもならぬうちから、今度は友部が長屋へ現れた。

「友部さま？」

「おう、真一郎さん。権兵衛が誰だか判ったぞ」

そう言って、友部は懐から割符を取り出した。

「こ、これは一体どなたから？」

「うちの爺《じい》――否、用人の後藤《ごとう》さまからだ」

「はあ……」

「後金も預かってきた。俺が刀を持ち帰ってもよいのだが、よければ行平さんに――真一郎さんにも――屋敷まで足労願えぬだろうか？　手間暇かけさせてしまった詫《わ》びを直に申すべく、後藤さまは自らこちらへ来ようとしたのだが、病み上がりゆえ、殿と俺が止めたのだ」

無論、真一郎に否やはない。

ちょうど昨晩また鶴田屋に泊まった行平を訪ねると、行平も二つ返事で承諾して、二人して友部の案内で番町の天野の屋敷へ向かった。

「昨夕、殿に長崎や刀のことを話したところ、心当たりがあると申されてな。よもや、うちの者とは思わなんだ。まあ、ことの次第は後藤さまから直に聞いてくれ」

そう友部がもったいぶるので、真一郎たちは真相が判らぬまま番町への道を急いだ。

父親の真吉《しんきち》と矢を届けにほんの幾度か訪れたことがあるだけで、真一郎は番町にはとんと縁がない。武家屋敷ばかり連なる町を行くのはどうも落ち着かないが、行平は堂々としたものである。

屋敷に着くと、真一郎たちは後藤の寝間に案内された。

「後藤吉十郎《きちじゆうろう》と申す。此度は面倒をかけてすまなかった」

五尺余りの小柄な身体で、真一郎たちをまっすぐ見上げて後藤が詫びる。

病み上がりとあって顔色は優れぬものの、千石の旗本の用人、また武芸者として、後藤の所作は折り目正しく威厳があった。

それぞれ挨拶を交わしてから、行平が口を開いた。

「それにしても後藤さま、見事な化けっぷりでございました。喜島屋のご隠居だと、私はすっかり信じてしまいました」

「そうでもあるまい」と、後藤が苦笑を漏らす。「儂なりに工夫を凝らしてみたが……なんにせよ、浅はかだった」

ことの始まりは、浅木が天野から弓術を禁じられたことにあった。

「しばらく弓術から離れて、剣術に専心すると言い出してな。儂に剣術指南を乞うてきたのよ。うちは浅木の他は皆、剣術は今一つだからな……」

ちらりと後藤が友部を見やると、友部は微苦笑と共に肩をすくめた。

「儂とて、もうとても浅木には敵《かな》わぬのだが、何やらこう、あやつに頼りにされ、共に稽古するのが楽しくてなぁ」

にっこりしてから、後藤は改めて行平を見上げた。

「おぬしに話したことの半分は本当だ。その昔、儂の父が主家取り潰しの憂き目に遭ったがために、儂は生まれながらに浪人となった。二本差しの意地で、親子共々剣術の稽古だけは欠かさなかったが、食い詰めて母が病に倒れ、父はやむなく脇差しを手放した。けれども母はもう手遅れで、母を追うように父もほどなくして亡くなった」

一人になった後藤は在所を離れ、江戸へ向かった。道中でも仕官先を探したが、見つからぬままに江戸に着いた。

手始めに、町の剣術道場に弟子入りして住み込んだ。駄賃仕事を引き受けながら、剣術の稽古を続けるうちに、道場の近くの蕎麦屋の娘と恋仲になった。

「このご時世だ。いくら剣術を磨いたところで、戦がなければ手柄の立てようがない。殊に江戸ではな。ゆえに、もうよかろうと思ったのだ。ところが――」

士分を捨てる決心をして、蕎麦屋の娘と夫婦になって間もないある日、後藤は辻斬りに襲われていた侍を助けた。後藤は丸腰だったが、とっさに侍の脇差しを借りて応戦し、見事辻斬りを返り討ちにしたのである。

辻斬りを討ち取った手柄は侍に譲り、後藤は名乗ることなく家路に就いた。だが、三日と経たずに侍は後藤を探し出し、自ら後藤を訪ねて来た。

「――それが前の用人でな。儂のことを命の恩人だと、大殿に話してくれたのよ。そうしてあれよあれよという間に、念願だった仕官が叶った」

蕎麦屋には跡継ぎとなる息子夫婦がいたため、後藤たちは新しく、別の蕎麦屋を開こうと考えていた矢先だった。

「舅《しゅうと》が殊の外喜んでくれてなぁ……父の形見の大刀だけでは格好がつかぬだろうと、無理をして脇差しを新調してくれたのだ。天野家で儂が恥をかかぬようにと、あちこちから金を借り、大枚十両もはたいて、その頃名高かった刀匠に直に頼み込みに行ったと聞いた」

天野家に仕えるようになって、後藤は息子と娘を一人ずつ授かったが、息子は七歳にならぬうちに、娘は年頃になり婿取りの話が出てすぐに、病でこの世を去ったという。

「義父に義母、妻、そして大殿もこの十年で亡くなった。浅木ももういい歳だからな。あやつと稽古をするうちに、息子が生きていたら大きくなった息子と、娘が生きていたら娘婿と、こうして剣の稽古をしたやもしれぬと――なんなら浅木を婿に迎えたかったものだと、どうにもたまらなくなってしまってな……儂ももう歳ゆえ、いつ果てるともしれん。浅木は弓矢は良い物を持っておるが、剣は大小共にあり合わせの安物だ。ならば、勝手ながらここは一つ父親の真似事をして、浅木に見合った刀を贈ろうと思い立ったのよ」

どうせなら中古の名刀よりも、かつての舅のようにまっさらな、浅木のために打たれた剣を手に入れようと、かねてからその名を聞き及んでいた行平に頼むことにした。

「だが、噂ではおぬしは気難しく、並の注文は引き受けぬと聞いておった。儂は持ち合わせもあまりないゆえ、法外な値を吹っかけられても困ると思って、一芝居打つことにしたのだ。町の菓子屋の隠居が相手なら、少しは手心を加えてもらえるかと思ってな」

天野もだが、後藤も甘いもの好きで、喜島屋は後藤が見つけた菓子屋だった。喜一が店を継ぐ前のことで、店先で同い年の喜助と思いの外話が弾み、折々に喜助自らに菓子を届けてもらうようになった。届け物の際、二人で茶のひとときを過ごすことが後藤には——おそらく喜助にも——ささやかな楽しみだったという。

喜一は父親が天野家に出入りしていることは知っていたが、後藤のことは父親と同い年としか知らず、ゆえに後藤が権兵衛とは思い至らなかったようである。また、天野家でも昨年喜助が亡くなってからは、菓子を屋敷まで届けてもらうのをやめて、小者に買いに行かせたり、道場に通う友部や浅木に頼んだりするようになっていた。

「喜助さんの話し方や仕草はよく覚えておるでな。ちょうど喜助さんの命日も近付いておったゆえ、うまくおぬしを騙せるよう、験担ぎに命日に王子を訪ねてみたのだ」

「さようで……」

「おぬしは、時に客に勝負を挑み、客が勝てねば注文を断ることもあるとか？」

「そうですな。時には気に入らぬ者を追い払うために、腕試しをすることもございます」

「おぬしは相当な手練《てだ》れだと聞いておる。おぬしのような者に打ち込まれたら、儂なぞひとたまりもないわ」

「ご謙遜を。おそらくはなはだ苦戦することでしょう」

「ふふ、おぬしこそ謙遜するでない。そもそも打ち合うまでもないわ。ちと寒気がすると思ったらこのざまよ」

長月の終わり、後金を払いに王子に出向く直前に後藤は風邪を引いてしまった。すぐに治ると高をくくったのも束の間、数日のうちに風邪はますます悪化していった。

「折悪く、義兄が訪ねて来てな。義姉もしばらく病で寝込んでいたそうで——」

義姉は回復したのだが、薬礼がかさんで店の仕入れにも困っていると告げられて、後藤は後金として取っておいた虎の子の六両の内、五両を義兄に差し出した。

「義兄も義姉も昔気質でな。儂を気遣って、滅多なことでは屋敷まで来ぬ。金を貸してくれと言われたのも初めてだ。よほど切羽詰まってのことに違いあるまい……なれば、後金は脇差しを質入れするか売るかして作ろうとしたのだが、熱がぶり返してどうにも身動きが取れなんだ」

高熱に浮かされて生死の境目をさまようちに、期日の長月末日が過ぎた。ようやく熱が下がった時には神無月も五日を過ぎていて、後藤は慌てて小者に王子への遣いを頼んだ。

後金は必ず払う。どうかしばし待たれたし——というような文をしたためたものの、小者が仕事を抜け出して王子に出向くまでに更に数日かかって、結句、行平とは行き違いになってしまった。文は行平の留守居に渡したそうだが、浅木に知られぬよう秘密裏にことを運んできた後藤は小者に委細を教えておらず、よって留守居もただ文を受け取り、余計な口は利かなかったようである。

「まさか、おぬしが儂を探しに市中に来ていたとはな……」

友部から話を聞いた天野は、ちょうど文月四日に後藤が日中留守にしていたことを思い出し、後藤が権兵衛ではないかと当たりをつけたそうである。

「後金は殿が貸してくださった。これでどうか、おぬしの刀を譲ってくだされ」

後金の六両に詫びの一両を添えて、後藤は行平に差し出した。

が、行平は手を伸ばそうとしなかった。

「……受け取れませぬ」

「偽りを申したことは詫びを申す。約束を守れなんだことも……しかし殿のご厚意を無駄にはできぬ。どうか頼む。この通りだ」

「後金はいりませぬ」

ひれ伏さんばかりの後藤へ行平は急いで付け足した。

「なんと？」

「私は気難しくて傲慢だと、噂でお聞きになりましたでしょう」

微かに口角を上げて行平は後金を差し戻し、その上で刀を差し出した。

「ですが、私にも情がなくもありません。また、これも噂でお聞きかと存じますが、大層気まぐれでもあります。此度の権兵衛——否、喜助探し、なかなか面白うございました。楽しませていただいたお礼に、後金はおまけいたします」

「なんと……かたじけない」

「とんでもないことで」

後藤と行平が互いに頭を下げる横で、真一郎は友部と顔を見合わせて笑みを交わした。


友部が再び長屋を訪れたのは三日後の昼下がりであった。

「む。昼間からぬくぬくしやがって……」

少しだけ引き受けていた雑用は朝のうちに済ませてしまい、真一郎は昼からは炬燵に入って借りた読本を読んでいた。

真一郎が応える前に、上がり込んだ友部が炬燵にあたる。

「お前さんは呑気《のんき》でいいな。そうとも、こんな日は炬燵で一杯やりたいもんだ」

「ですな」

友部が言うのはもっともだ。近頃は朝晩どころか日中も冷え込むようになり、昨日はしばしばだが初雪がちらついた。

「まあ、俺も浅木に比べたら、大分呑気に暮らしとるがな」

一千石の旗本では用人が家来の筆頭職で、大身の側用人《そばようにん》や奥用人を兼ねている。浅木はそんな後藤の助役として勘定方を兼任しているそうだが、友部は時に天野の伴をする他は、武芸、それも主に弓術の稽古に励むのみらしい。

「安酒でよけりゃありやすが、一杯やりやすか？」

「うう……いや、それはいかん。今日は殿の遣いで来たのだ」

「天野さまの？」

「うむ」

三日前、帰宅して後藤から話を聞いた天野は、行平の気遣いや刀に感服し、真一郎を始めとする六軒長屋の皆も一緒に労いたいと言い出した。

「浅草まで参るゆえ、炬燵舟でも手配りせよとのことだが、どうだ？」

「そら構いやせんが――いいんですか？　天野さまが、その、俺たちと……」

「うむ。どうやら、殿もひととき息抜きされたいようだ」

「さようで」

「王子へはこれから知らせに行くつもりだ」

「行平さんなら、まだ浅草にいやすぜ。後でこちらで知らせに行きまさ」

行平はあれからまた、鶴田屋の他、鍔師の杏次を始めとする浅草の知己の家を渡り歩いていた。吉原や千住宿にも出入りしているようで、宿には事欠かないようである。

「そりゃありがたい。炬燵舟は頼めるか？」

「手配りできねぇこたありやせんが――」

久兵衛のつてを頼れば容易いが、久兵衛は三日前からすねたままであった。

――皆で儂を仲間外れにしおってからに――

大橋が幽霊でも妖怪でもなく、また、ことを急いでいたために、久兵衛への知らせを皆すっかり忘れていたのである。久兵衛が此度の始末を知ったのは、真一郎と行平が天野家から帰って来た後であった。

「が、なんだ？」

「いや、なんとかしまさ」

苦笑を返した真一郎は、友部が暇を告げたのち、いの一番に別宅へと足を向けた。

大雪《たいせつ》にして丁亥《ひのとい》でもある神無月は二十二日。

六軒長屋の六人と行平は、九ツ半には銭座の北、真崎稲荷《まつさきいなり》の傍の渡し場にいた。

約束の八ツが鳴る少し前に、友部と浅木のみを伴に連れて天野銀之丞が現れた。

四十路過ぎで背丈は五尺五寸ほどと思われる。仙斎茶《せんさいちゃ》色の地味な着流しに脇差しを差したのみだが、やや四角い顔で眉間が広く、きりっとした上がり目と長めのほうれい線、ほどよい肉付きの身体には旗本の貫禄が窺《うかが》える。

浅木は侍の手本のごとき袴姿に大小を差していて、友部も袴姿であったが、刀は脇差しのみ、だが籐と塗弓を携えている。

大げさにするでない、堅苦しい儀礼は不要——そう、友部から告げられていた手前ひれ伏しこそしなかったが、皆で揃って深く頭を下げて天野を迎えた。

「礼を言う立場でありながら、我儘《わがまま》を申したな」

「滅相もございません。身に余る僥倖《ぎょうこう》にございます」

行平の返答に合わせて再び皆で頭を下げてから、天野たち三人に続いて行平、久兵衛、守蔵、真一郎、多香と炬燵舟に乗り込んだ。

「あの者たちは？」

「別の舟で参ります。ちと、殿のためにご用意した趣向がございますゆえ」

大介と鈴を見やって問うた天野へ、友部がにんまりとする。

あいにくの曇り空で今にも雪が降り出しそうだが、炬燵舟にはおつな日和ともいえる。

「か、傘の支度もありますで……」

恐縮する船頭の辰吉《たつきち》に鷹揚《おうよう》に頷いて、天野は連なる三つの炬燵の内、真ん中の炬燵に腰を下ろした。天野の隣りには浅木が、浅木に促されて行平が天野の向かいに座る。舳先《へさき》に近い炬燵には久兵衛と守蔵が、艫《とも》に近い方には友部と真一郎がそれぞれ向かい合い、給仕役を務める多香も艫の近くに腰を下ろして、舟はゆっくり渡し場を離れて東へ向かった。東と西をのんびり折り返しながら、吾妻橋まで船上を楽しむ手筈になっている。

「む！　これは旨い」

皆の気をほぐすためか、真っ先に茶菓子を口にした天野が舌鼓を打った。

「こんなおはぎは初めてだ」

「久兵衛さんのお内儀による、玄猪餅を兼ねたおはぎでございます」と、行平。「私も、先日炉開きの折にいただいて、大層気に入ったので、此度再び作っていただきました。天野さまは甘いものがお好きとお聞きしております。お口に合いましたようでようございました」

天野はあまり酒を嗜《たし》まぬと聞いて、今日は酒と肴の他に茶と茶菓子も用意していた。行平も実は甘いもの好きだそうだが、久兵衛さん、茶よりは酒がよいとしておはぎを肴に飲んでいる。

「ほほう、久兵衛さんの。久兵衛さん、お内儀の名はなんという？」

「梅と申します」

「お梅さんに、しかと礼を伝えておくれ」

「もったいないお言葉、痛み入ります」

「あまりに美味ゆえ、一つ二つ、後藤に持ち帰ってやりたいのだが」

「では、帰りにお多香に包ませましょう」

梅のおはぎを皮切りに、また、浅木や友部の気遣いもあり、少しずつ話が弾んでいった。

「春の花見の宴は、久兵衛さんの顔で行われたと聞いた。大層評判だったそうだな」

「浅木さまや友部さまのお申し出があってこそでした」

「いえ、久兵衛さんなくして、あのような興行は叶いませんでした」と、浅木。

「真一郎さんは継矢で浅木を下したと聞いた。見物できなかったのが残念だ」

「し、しかしあの折は……」

継矢は己の手並みの内だが、浅木が多香を射た征矢《そや》――戦場で使われる矢――をもって揺さぶりをかけた上での勝負ゆえに、真一郎は口ごもった。

「しかし、今日は負けませんぞ、殿」と、友部が口を挟んだ。

友部とはのちに天野の前で、差しで仕合をすることになっている。

真一郎の向かいでにやりとしてから、友部は己の弓を顎でしゃくった。

「とっておきの弓を持ってきたからな」

「塗籠籐《ぬりこめどう》ですね」

成りの上から下まで籐を隙間なく巻きつけて、その上から漆で塗り込めた弓である。塗弓には蒔絵や螺鈿《らでん》が施された華美なものもあるのだが、友部のそれは生漆《きうるし》を塗り重ねただけの飴色《あめいろ》で、雨風や陽に晒《さら》されても衰えぬ、紛うことなき軍弓だ。江戸ではまず出番はないと思われるが、剛者の友部にふさわしい逸品である。

「俺はこの弓が一番馴染んでおるのだ」

「俺はこいつです」

そう言って、真一郎は多香からもらった籠弓《こめゆみ》を掲げて見せた。

もともと的弓より猟弓《さつゆみ》の方が真一郎には馴染みがあったのだが、多香から籠弓を贈られて以来、籠弓でも稽古を重ね、いまや猟弓より気に入っている。

「籠弓か！」と、声を上げたのは天野であった。「なかなかの逸物《いちもつ》のようだな。おぬしの作った矢と共に、後でじっくり見せてくれ」

的弓ではないため、矢は二人とも征矢を用意していた。友部の矢は真吉が、真一郎の矢は自身で作ったものである。

「はい」と、真一郎が頷いた矢先、胡弓と笛の音が聞こえてきた。

近付いて来る猪牙舟の舳先には大介と鈴が、真ん中には大風呂敷《おおぶろしき》をかぶせた太鼓のごとき荷が乗っている。船頭は龍之介で、十間ほどまで寄せると、あとは付かず離れずに炬燵舟に並んで走る。

「ほう……これは快い。なかなかの趣向だな」

大きくも小さくもない音曲が、天野の言う通り耳に快かった。

能やら百物語やらで、もう何度も練習を重ねてきた大介と鈴だ。息のぴったり合った合奏に、やや離れたところをゆく他のいくつかの舟も聞き入っているのが見受けられる。

それぞれゆったり飲み食いしながら、胡弓と笛の音を四半刻余り楽しんだ。

やがて笛を置いた大介が、猪牙舟から手を振って合図を寄越した。

「辰吉さん、お願いします」

多香が船頭の辰吉に声をかけると、「よしきた」と辰吉は船足を止めた。二艘《そう》の船は西へと向かっていたが、猪牙舟が早足で北西へと離れていくのをじっと見守る。

猪牙舟の大介が腰を浮かせて、船の真ん中に据えられていた荷の風呂敷を取った。太鼓に似た荷は台に載せた巻藁《まきわら》で、両端に霞的《かすみまと》を貼り付けてある。

「おおっ。太鼓かと思うたが、的であったか。仕合をするとは聞いておったが、まさか船の上から引き合うつもりか？」

目を輝かせた天野へ、友部が得意げに頷いた。

「はい。流鏑馬《やぶさめ》ならぬ、矢馳舟《やばせぶね》で勝負いたします」

「矢馳舟だと？」

「さようでございます」

流鏑馬は疾走する馬の上から鏑矢《かぶらや》で的を射る、狩りを模した弓馬術だ。馬を馳《は》せながら射を行うことから「矢馳馬」が転訛《てんか》して「流鏑馬」となったといわれている。

――花見の宴以来、殿は刈谷道場や真一郎さんとの仕合の話を楽しみにしておられるよう
なのだ。ゆえに、此度もどこかで俺と仕合を頼めぬか？　花見の宴のように大仰な仕掛けは
無用だが、何か殿も浅木もあっと驚くような趣向はないか？――

そう友部に相談されて、二人で知恵を絞り合ったのがこの「矢馳舟」である。

「流鏑馬とは裏腹になりますが、これよりあちらの舟が西へ東へと走りまする」

猪牙舟を指差して友部が言った。

「一人五射、舟が行き来する度に真一郎さんと私が同時に射かけて、より多く中白《なかしろ》に当てた
者を勝ちといたしまする」

「なるほど。とすると、流鏑馬より狩りに似ておるな」

愉しげに目を細めた天野に頷いて、友部がゆっくり立ち上がる。

箙を背負うと、真一郎を見やってにやりとした。

「いざ勝負だ、真一郎さん」

「望むところでさ」


やはり箙を背負って、真一郎は友部の隣りに並んで立った。

炬燵舟は辰吉の櫂《かい》さばきにより、川の流れに逆らってほぼひとところに留まってはいるものの、足元の揺れは避けられぬ。

こりゃ、難しい——

だが、真一郎は思わず笑みをこぼした。

難しいには違いないが、船上で引き合う機会など、江戸中——否、国中探してもそうないだろう。

「なんだ真一郎さん。まさかお前さん、那須与一《なすのよいち》の生まれ変わりではあるまいな？」

那須与一は平家物語に登場する源氏の兵で、「屋島の戦い」にて、敵方の平氏が寄越した小舟の、船棚に挟んで立てた扇を見事射落とした弓士である。

「まさか」

「そうか？　あまりにも愉しげなんでな」

「——友部さまこそ」

「ひひひ」

忍び笑いを漏らした友部が浅木を見やるも、浅木は澄まし顔のまま見返した。

「可愛げのないやつよ」

「友部さまは意地が悪いですぜ」

「いひひ」

真一郎たちが囁き合う間に、龍之介の猪牙舟は半町余り離れて舳先を返した。

「おうりゃ！」

掛け声と共に龍之介が猛然と櫓を漕《こ》ぎ始め、折り返した猪牙舟が走って来る。

炬燵舟に並ぼうとする龍之介はもちろん、辰吉も猪牙舟を見ながら、道場と同じく射位から的までの十五間の隔たりを守るべく、巧妙に船を操っている。

舳先にいる大介と鈴は置き盾の向こうに姿を隠しているものの、艫の龍之介はその身を全て晒したままだ。的矢でも当たれば怪我をするというのに、征矢を使うと聞いても龍之介は恐れを見せなかった。

――花見の宴のこたぁ浅草のみんなから聞いとりやす。殊に真一郎さんの腕前は粂さんのお墨付きだ。何より盾に隠れてじゃあ、思うように櫂がさばけやせんや――

箙から矢を一本引き抜くと、炬燵舟と並びつつある猪牙舟の的を真一郎は目で追った。

真一郎は流鏑馬どころか馬に乗ったことさえない。

獲物が動くのは狩りと一緒でも、己が揺れているのはどうにも落ち着かぬのだが、的がはっきりしているのはありがたかった。

中白のみをただ見つめて、真一郎は一本目の矢をつがえた。

川の流れと船足で上下する的が眼前を通り過ぎるのへ、当たりをつけて弦を離す。

二本の矢が吸い込まれるように的に突き刺さった。

真一郎の矢は中白に、友部の矢は一の黒を射ていた。

「ちっ……」

友部が舌打ちするのへ、浅木が微かに口角を上げた。

「見たか？　意地が悪いのはあいつの方だ」

「はあ」

真一郎が苦笑を浮かべる間に、勢いよく一町近くも東へ走った猪牙舟が、今度は西へと舳先を返した。

「来るぞ」

「ええ」

舟の向きが変わったために、的の巻藁も矢が刺さった側と反対になる。

二人して合わせたように矢をつがえると、じっと迫り来る的を待った。

皆が固唾を呑んで見守る中、先ほどと変わらぬ速さで通り過ぎるまっさらな的へ、これまた友部と揃って射かける。

此度は友部の矢が中白を射て、真一郎の矢は二の白だった。

「ひひひ」

「まだこれからですや」

三射目は一射目の二本の矢がちらついたせいか、上下に交差した矢が共に二の黒に突き刺さった。

「二人とも二の黒とはな」と、天野がくすりとした。

霞的は中白、一の黒、二の白、三の白、外黒の幅がおよそ一寸であるのに比べ、二の黒は半寸ほどの幅しかないため、狙ってもおいそれと当たるものではない。

続く四射目は真一郎が一の黒、友部が二の白と、二人とも中白に幾分寄せた。

「これで引き分けか」

友部がつぶやくのへ、「ええ」と真一郎も頷いた。

「思いの外、難しいな」

「ですな」

「矢取りか、新しい的が欲しいな」

「ですな」

思わず二人して多香を見やると、浅木が小さく鼻で笑った。

「今更ないものねだりか？　みっともないぞ」

「む……」

船上では矢を引き抜くのも、的を張り直すのもままならない。また、いくら龍之介が腕利きの船頭とはいえ、何度も行き来するのは難儀と判じて五射としたのだが、四射目にしてようやくこつがつかめてきただけに、真一郎には友部のぼやきがよく判る。

「泣いても笑っても、あとひと矢——お二方ともお気張りあそばせ」

浅木に続いて多香が艶《あで》やかに微笑むのへ、真一郎たちは肩をすくめて箙から五本目の矢を引き抜いた。

西へ抜けた猪牙舟が、今一度舳先を東へ返す。

遠目に龍之介が一つ大きく息を吸い込み、勢いよく櫂を漕ぎ始める。

「そりゃ！　そりゃ！」

一際速くやって来る猪牙舟が、ややうねった川の流れを割いて飛沫《しぶき》を散らす。

盾の裏で大介と鈴がそれぞれ小さく悲鳴を上げたが、真一郎は中白から目を離さなかった。

川のうねりは炬燵舟にも及んだが、揺れる足元にも慣れてきた。

既に矢束《やつか》まで引ききっているものの、強弓にあらざるがゆえに腕にも肩にも無理はない。

左から右へ、上へ下へと揺れ移ろう中白を目で追いながら、じっと時を待つことしばし。

猪牙舟が走り抜けるのを見計らって真一郎は五射目を放った。

まっすぐ中白へ飛んだ矢は瞬時に二つとなって、的に突き刺さる寸前で互いを弾《はじ》いた。

鏃《やじり》が合わさる音に、鈴の短い悲鳴が重なる。

二本の矢が左右に落ちたのち、置き盾の向こうから大介が、亀のごとくおそるおそる驚き顔を覗かせた。目を丸くして的と落ちた矢を交互に見やる様が面白可笑しい。

ぷっ、と天野と行平が同時に噴き出した。

久兵衛に守蔵、浅木、多香の四人も口角を上げて肩を震わせる。

「ははは、見事な引き分けだ」

天野の言葉に、真一郎と友部も皆に交じって笑みをこぼした。

「どうする？　ここはもう一勝負といくか？」

箙には控えとして持ってきた矢がまだ二本あった。

「俺は構いやせんが、龍之介はどうでしょう――？」

友部に応えながら龍之介に手を振った矢先、「真さん」と多香が厳しい声で遮った。


「どうした、お多香？」

「あれを」

多香が指差したのは一艘の屋形舟だ。

屋形舟は他にもちらほら浮かんでいるが、それは一直線に、川の流れに乗って勢いよくこちらに向かって来る。

「おおい！」

辰吉が呼びかけるも船足は止まらず、みるみる五間ほどまで近付いた。

「辰吉さん！」

「浅木！」

多香と友部の声が重なった。

多香に引っ張られて辰吉がよろけた後ろを、風を切って小柄《こづか》が飛んできた。

「ひっ！」

辰吉が悲鳴を上げるや否や、屋形舟が右舷を炬燵舟にこすりながら横につけ、炬燵舟を大きく揺さぶった。

屋形舟には船頭を含め頭巾を被った男が七人乗っていて、船頭を除いた六人が刀を抜いている。

真っ先にこちらの舟に飛び移った男と浅木が斬り結び、刃が合わさる音がした。

浅木の後ろで天野も脇差しを抜く。

「殿！」

「お借りいたします」

傍らにあった浅木の脇差しを抜いて、行平も今一人飛び乗ってきた男の刃から天野を守りつつ、久兵衛と守蔵をも背中に庇う。

艫では真一郎が身をかがめる間に友部が弓を投げ出し、足元に寝かせてあった野点傘《のだてがさ》で天野へ斬りかかろうとする男の胸を突いて屋形舟へ弾き返した。

「この野郎！」

友部が槍《やり》のごとく野点傘を振り回す後ろで、多香が棚板に刺さった小柄を引き抜き、浅木が斬り結んでいる男へ投げる。小柄は見事男の脇腹に突き刺さり、男がよろめいたところを浅木が仕留めた。

悲鳴と血飛沫《ちしぶき》を上げて、男が仰向けに屋形舟に倒れ込む。

「かたじけない」

礼を言うも、こちらを振り向くことなく浅木は次の刺客の刃を弾いた。

多香も間髪を容《い》れずに置いてあった友部の脇差しを抜き、真一郎を押しやった。

「辰吉さんを頼んだよ！」

「おう！」

勢いよく応えたものの、斬り合いを目の当たりにして怖気付かずにいられない。ともあれ籠弓を肩にかけ、辰吉を背中に庇いつつ、友部を真似てもう一本の野点傘を手に取った。

屋形舟の男が一人、友部の振り回す傘をうまくよけ、友部がよろけた隙にこちらの舟へ飛び移る。男は野点傘を構えた真一郎を鼻で笑い、脇差しを持った多香へ斬りつけた。

「お多香！」

多香はひらりと身をかわしたが、足場を失い、男と入れ替わりに屋形舟に飛び乗った。

多香を仕留め損なった男が、次に真一郎に刀を振り上げる。

「真さん！」

多香の叫び声を聞きながら、真一郎は夢中で傘を突き出した。

横から友部の傘もいちどきに男の腹を突き、男は舟の外に吹っ飛んだ。

「松井！」

「長崎！　おのれ！」と、友部が怒声を飛ばす。

松井を呼んだのは長崎で、初めに友部に胸を突かれて倒れた男であった。

浅木に斬られた男は己の血溜《ちだ》まりでこと切れている。松井は川に落ちたままで、浅木、行平と斬り合っている二人も苦戦している。

大刀をかわした行平が脇差しで斬りつけて、また一人川へ落ちた。

屋形舟には長崎の他まだ一人男が残っていたが、二組の斬り合いの合間を縫ってこちらに来るのは難しそうだ。分が悪いと判じたのだろう。身を起こした長崎が、呆然としている船頭へ命じた。

「出せ！」

「しかし、川に落ちた二人は……」

「いいから出せ！」

怒鳴りつけて立ち上がると、長崎は炬燵舟に戻ろうとしていた多香へ斬りつけた。

「お多香！」

多香がかろうじて長崎の剣をかわすと同時に、今一人屋形舟に残っていた男がこちらの舳先へ飛び移るのが見えた。

行平の前に立ちはだかると、男は大刀を振りかぶる。

「平島淳行《ひらじまあつゆき》、覚悟！」

大音声を上げたのは大橋だった。

行平が大橋と斬り結ぶ中、屋形舟は急速に炬燵舟から離れてゆく。

行平と浅木がそれぞれの相手と刀を交える合間を縫って、友部がまずは天野、久兵衛、それから守蔵と、順に艫の方へと促した。

「助けてくれ！」

川へ落ちた松井が叫んでいるが、真一郎はそれどころではない。

遠ざかる屋形舟の上で多香が長崎と睨み合っている。友部に傘で胸を突かれた長崎は本調子ではなかろうが、それでも剣士としては多香より上に違いない。

少し離れたところからこちらを窺っている猪牙舟へ、真一郎は叫んだ。

「龍之介！　寄せろ！」

「合点だ！」

叫び返して、龍之介はすぐさま櫂を漕ぎ出した。

野点傘を守蔵へ手渡すと、真一郎は右舷に寄せて来た猪牙舟に飛び移って再び叫ぶ。

「追ってくれ！」

ちょうど二人目を仕留めた浅木が友部を振り返る。

浅木に一つ頷くと、友部も右舷を駆けて猪牙舟に飛び乗った。

六尺の男を二人も乗せて、舟は上下左右に大きく揺れたが、龍之介は巧みな櫂さばきで船足をほとんど落とすことなく屋形舟を追った。

舳先にはしゃがみ込んだ大介と鈴が、それぞれ笛と胡弓を抱いて肩を寄せ合っている。

「真さん――」

「しっかりつかまってろ」

己を見上げた二人に声をかけてから、真一郎は左右の棚板ぎりぎりに足を踏ん張り、籠弓を肩から下ろして矢をつがえた。

幸い長崎は船頭を――真一郎も――背にして多香と睨み合っているのだが、猪牙舟の船足は速く、足元が揺れること炬燵舟の比ではない。

また、つがえているのは征矢である。

狩矢として征矢を使うことはあっても、真一郎はこれまで的矢でさえ人に射かけたことは一度もなかった。悪者とはいえ「人」を射ることに――ともすれば己が「人殺し」となりうることには迷いがあった。

船頭を避け、長崎が脇に構えた手を狙って放つも、矢は僅かにそれて、かすりもせずに長崎の横を飛んで行った。

「莫迦者！」

友部が怒鳴りつけたのは、真一郎の迷いを見て取ったからだろう。

長崎は二の矢を恐れてか、振り向くことなく刀を中段に構え直し、一息に踏み込んで多香へ斬りつけた。

小縁を蹴って太刀をかわした多香が長崎の背中に回り、二人の位置が入れ替わる。

龍之介が屋形舟の左舷を目指して舟を飛ばす中、真一郎は箙から最後の矢を引き抜いた。

矢をつがえると、船頭の向こうの多香、それから多香の向こうで再び中段に構えた長崎をじっと見据える。

船頭が休まず櫂を漕ぐ合間を、多香と長崎が見え隠れする。

――今度は外せねぇ。

否、外さねぇ。

頭を避けたいというよりも、より確実な胸を狙いたかったが、船頭と多香が手前にいるため難しい。

じりっと足を踏み直し、真一郎は弓を引き絞った。

揺れる船上で機を窺ううちに、ふと平家物語の一節が思い出された。

――南無八幡大菩薩《はちまんだいぼさつ》、我国《わがくに》の神明、日光の権現、宇都宮《うつのみや》、那須のゆぜん大明神、願はくは
あの扇のまんなか射させてたばせ給へ――

「……これを射損ずるものならば、弓きり折り自害して、人に二たび面《おもて》をむかふべからず」

弓引きだけに、平家物語では那須与一が扇を射る「屋島の戦い」が、幼き頃から一番のお気に入りだった。父親の真吉も同様だったらしく、大命を仰せつかった与一が神仏に祈るくだりはほぼそらんじていて、幾度も話をねだった真一郎もそれを受け継いだ。

長崎が半歩踏み出して、多香の脇差しを軽く弾く。

続けて刀を振り上げるのへ、多香が僅かによろめいた。

刹那、真一郎の放った矢が船頭と多香の傍らをすり抜け、長崎の右肩に突き刺さる。

長崎が刀を落とすのを見て、後ろで友部がつぶやいた。

「真一郎、征矢を取りてつがい、よっぴいてひょうと放つ――」

振り向くと、野点傘を手にした友部がにやりと笑った。

先ほど与一を引き合いに出した友部もまた、「屋島の戦い」をそらんじているらしい。

友部の更に後ろから龍之介が叫んだ。

「寄せやすぜ！」

「おう！」

多香が脇差しで長崎と船頭の双方に睨みを利かせるうちに、船足を落とした屋形舟に猪牙

舟はみるみる迫って左舷に着けた。

「おうりゃ！」

猪牙舟を蹴って友部が真っ先に屋形舟に飛び移ったが、勢いで舳先が大きく揺れる。

「きゃっ！」

「お鈴！」

傾いた舟から転がり落ちそうになる鈴の襟首を、腰を浮かせた大介が小縁に手をついて引っ張った。

が、勢い余って、揺り返しによろけた大介の方がつんのめるようにして川へ落ちる。

「わぁっ！」

「大介さん！」

どうやら大介は泳げぬらしく、あっぷあっぷと流されていく。

「なんだあいつ、泳げねぇのか……」

つぶやいた龍之介と見交わすと、真一郎は急ぎ弓と箙を置いて帯を解き、下帯一つで一息に大川に飛び込んだ。

屋形舟、炬燵舟に続いて猪牙舟が岸に着けたのは、吾妻橋の少し手前であった。

友部に押さえ込まれていた長崎と、多香に脅されていた船頭は、浅木と行平によって縛り上げられている。

大橋は行平に脇腹を斬られて、血まみれで炬燵舟に横たわっていた。やがて駆けつけた者たちの手で戸板で運ばれていったものの、助かる見込みは五分もないようだった。

そういえば――

大橋が行平を「平島淳行」と呼んだことを真一郎は思い出した。

「俺はやつの仇だったのだ」

問いたげに見やった真一郎に気付いて、行平が言った。

「では、大橋の狙いは初めから行平さんだった……？」

「おそらく」

仏頂面で頷いた行平が、二日後、評定所から戻って真一郎たちに委細をもたらした。

行平に再び招かれ、真一郎たちは夕餉を兼ねて鶴田屋の座敷で会した。

「長崎と大橋は、王子で初めて顔を合わせたそうです」

久兵衛を見やって行平は口を開いた。

仕官は行平の刀と引き換えだと大沢に言われていたがゆえに、一度断られたにもかかわらず、半月前、長崎は再び行平を訪ねて王子へ行った。行平の留守居と押し問答するうちに大橋が訪ねて来て、やはり行平の行方を問うたという。

大橋は下の名を隆史《たかし》といって、行平と同じ甲斐国の出であった。

真一郎たちから賢四郎が実は大橋という名で、江戸へ出てきたばかりらしいと聞いて、行平はすぐさま大橋の二親を思い出したそうである。

「私はかつては浪人で、名を平島淳行といいました」

「それで行平としたのだな」

「はい」

行平はもう二十年も前に、在所で大橋の母親と密通し、激高して斬りつけてきた父親を返り討ちにしていた。

「粉をかけてきたのは女の方でしたが、人妻と知りつつ手出ししたのは私の落ち度、若気の至りでは済まぬ愚行でした」

当時五歳だった大橋がことの真相を知ったのは、ほどなくして母親が自害し、親類にもらわれてからだったという。

「大橋の父親も浪人だったそうだな」

「ええ。私の父と同じく」

つまり大橋と行平もまた、後藤のように生まれながらの浪人だった。

大橋は父親の意を継ぐべく、剣術を学びながら仕官先を探したが、思うようにいかぬうちに行平への恨みを募らせていったようである。とうに甲斐国から姿を消していた行平を、大橋は年頃となった八年前から追い始めた。行平は甲斐国を出てすぐに士分を捨てており、名前を変え、刀匠としての道を歩んでいたがために、大橋が行平が江戸にいることを知ったのはつい先月のことだった。

「昔の行いとは折々にかたをつけてきましたが、浪人の――しかも五つだった子供が仇討ちに現れるとはよもや思いませんでした。長崎も大橋の目当てが仇討ちだったとは知らなかったそうです」

行平の剣の腕前を聞いていた大橋は、真っ向からの斬り合いを避け、長崎を利用して行平に近付こうとした。

行平に用心されぬよう、松井に代わって町人を装うのも厭わなかった。出会ったばかりゆえ、長崎は大橋の刀と引き換えに後金の六両を預けたのだが、大橋は丸腰で行平を油断させ、新たに手に入れる刀で行平をその場で討ち取るつもりだった。

――やつの刀でやつを斬る。この上ない仇討ちになると思ったのだが……――

そう大橋はこぼしたという。

何か別の道を探すように――そう真一郎に言われたからでもなかろうが、長崎は三度《みたび》、大橋は再び王子を訪ねた。行平はもう王子へ帰ったという大介の嘘に惑わされてのことである。

が、行平が戻っていないことを知り、長崎は仕方なく大沢に直談に出向いた。

――刀を手に入れられぬのなら諦めるのだな。そういう約束だったのだから――

お前を迎えよう——

——だが、そうだな……私のために尽くし、邪魔者を消し去ることができるなら、喜んで

そんな風に大沢は、長崎に天野を暗殺するよう仄めかしたらしい。

天野家に探りを入れた長崎たちは、天野がまだ市中にいた行平と炬燵舟に乗ることを突き止めた。

——好都合だ。船上の方がそこらで襲うより殺《や》りやすい。浅木と行平さえ封じてしまえばなんとかなる。友部と真一郎とかいう用心棒は所詮弓引き、恐るるに足らぬ——

そう判じた長崎は、松井のつてを頼って助っ人と屋形舟を手配した。

「やつらが読み間違えたのは、お多香と真一郎、龍之介でした」

矢取り女の多香が武芸者だったとは、思いも寄らなかったことだろう。また、龍之介の櫂さばきと真一郎の弓矢、どちらかが欠けていれば長崎は逃げ切ることができたろう。

松井は長崎が飯塚を通じて知り合った浪人剣士で、主人と反りが合わずに暇を出され、浪人となってもう三年余りになるそうである。屋形舟に集めた残りの三人も皆、似たりよったりの浪人であった。長崎が浪人となったのはほんの九箇月前のことだが、慣れぬ浪人暮らしに誰よりも不安と不満を抱いていたようだ。

「よほど追い詰められていたのでしょう。松井が白状したところによると、やつらは暮らしの糧や刀の代金を作るために、時に強盗を働いていたそうです」

真一郎と友部に突き落とされた松井はあれから近くにいた舟に助けられたが、炬燵舟を襲ったところを見られていたため、すぐに捕らわれ、番屋に引き渡された。

「大沢家にも昨日のうちに知らせがいったそうですが、大沢は全て長崎が勝手にしたことだと、知らぬ存ぜぬを貫くようです」

「哀れな」

つぶやいた久兵衛に、行平も小さく頷いた。

「大沢定之進は千百石取りと聞きました。さすれば飯塚の代わりはともかく、二人も三人も召し抱えることはできぬ筈です」

真一郎はよく知らなかったが、千石、千百石の旗本でも軍役は二十数人で、この太平の世に——殊に江戸では——人も馬も皆揃えている家はほとんどないらしい。

松井曰く、松井や助っ人の三人は既に仕官を諦めかけており、初めはただ長崎がもたらすなんらかの得分を見込んで此度の目論見に乗った。だが長崎の意気込みや、大橋の「あわよくば」という思いに触れるうちに再び仕官の望みを抱くようになり、大川では長崎や大橋を出し抜くべく我先にと天野に襲いかかったという。

「仕官ばかりが道ではないというのに、侍というのは世間知らずな頑固者が多いのです。かくいう私も士分を思い切るまでに大分時を要しました」

自嘲を浮かべて行平は言った。

死した助っ人の三人の内二人は川へ落ちたが、亡骸はのちほど引き上げられていた。大橋はあの日のうちに番屋で息絶え、長崎と松井は死罪となるそうである。

真一郎には仕官のために――ましてや大沢のような者のために――命を賭した長崎の気持ちは判らぬが、命懸けで天野を守ろうとした浅木や友部の気持ちは判らぬでもなかった。久兵衛や守蔵が無事だったことに安堵し、成り行きとはいえ、多香を危機から救った己が多少なりとも誇らしい。

だが、俺も人殺しになるところだった……

結句殺さずには済んだものの、長崎の右肩を射貫《いぬ》いたのはひとえに手前にいた多香を避けたからで、あの時の己には喉や胸を射る――人殺しとなる覚悟が確かにあった。

「……それにしても、お前はなんともないのか、真一郎?」

「はあ、なんともねぇですね」

行平が問うたのは、大介があれから寝込んでいるからだ。

冬の大川である。

――この私でさえ、飛び込むのを躊躇ったってのに――

のちに多香にそう言わしめた川の水は刺すように冷たく、ひととき翻弄されて、大介を舟に上げた時には真一郎は真っ青だった。大介は言わずもがなで、宵のうちに熱を出して、この二日というもの水と粥《かゆ》しか口にしていない。己を庇ってのことだからと鈴が看病を申し出て、ゆえに今宵の夕餉も二人は顔を出していなかった。

「柔《やわ》なやつだ」

そう行平はつぶやいたが、大介を案じているのは明らかだった。

「大介はそんなに悪いのか？」

「昨日までは熱がひどかったですが、お鈴がついているからか、今日は昨日に比べてましになったみてぇです。俺がけろりとしているのを見て、『なんとかは風邪を引かねぇ』と減らず口を叩いていやした」

「そうか。お鈴さんにはよくよく礼を伝えておいてくれ」

「へぇ」

「久兵衛さん、守蔵さん、お多香にも、此度は大層世話になりました。長屋の皆が大橋の嘘を見破り、長崎の目論見を探ってきたこと、天野さまは驚いていらっしゃいました」

「儂はなんにもしとらんがな」

仲間外れにされたことを思い出したのか、久兵衛がむっつりとして言った。

「久兵衛さんには炬燵舟の礼を言付かっております。あのようなことになってしまいましたが、舟も余興も申し分なかったと天野さまはお喜びでした」

「さようか」

「店子に恵まれているのも、久兵衛さんのお人柄ゆえだろう、と」

「それを言うなら、天野さまこそだ。江戸の侍が斬り合うことなぞまずなかろうに、浅木さまに友部さま、どちらも微塵《みじん》も躊躇わずに、やつらに立ち向かっていった」

「ふふ」

徳利《とっくり》を手にした多香が口を挟んだ。

「浅木さまのようには参りませんが、有事には私が久兵衛さんをお守りしますよ」

「そうか。頼んだぞ、お多香」

久兵衛がおどける傍ら、行平は多香を見やって言った。

「天野さまはお前の腕前にも感心していらっしゃった」

「まあ、ありがたき幸せにございます」

「天野さまも訝っていらしたが、お前のような女が何ゆえ矢取り女をしているのだ？」

「ちょうどよいからですよ」

面打師でもあることは口にせず、にっこりと、愛想笑いを浮かべて多香は行平に酌をした。

「大介じゃありませんが、『ちょっぴり働き、たっぷり遊ぶ』――そんな暮らしが私も性に合っているんです」

「働くのはよいが、矢取りでなくともよかろうに」

「そうですねぇ」

「矢取りでなくともよいのだな？」

「ええ、安田屋はたまたま通りかかって、成り行きで雇われた店なんです」

微苦笑を浮かべた多香をまっすぐ見つめ、至って冷静に行平が問うた。

「ならば俺と一緒にならぬか、お多香？」

多香に真一郎、久兵衛が絶句する中、「わっ」と守蔵が箸を落とした。


六日後の月末――

粉雪がちらつき始めた八ツ過ぎに、角樽《つのだる》を持った友部が長屋にやって来た。

「殿からだ。これで皆で一杯やってくれ」

「ありがとうごぜぇやす。ちょうど今宵、みんなで一杯やろうと話していたところでさ」

「そうなのか？」

「ええ、大介がやっと平復したんで」

「ああ、あの川に落ちた牛若小僧か。風邪を引いて寝込んだそうだな。まったくもって災難だったな」

笛吹きとしての大介は、天野家でも「牛若」と呼ばれているらしい。

ちょうど大介が出かけているのは幸いだった。さもなくば、隣りでむくれていたことだろう。久兵衛と多香は別宅、鈴は枡乃屋、守蔵は早めの風呂へ行っていて、長屋には真一郎しかいなかった。

「そうでもありやせん。女からちやほやされて満更でもねぇようでした」

「ふん、色男め」

苦笑を漏らして友部は続けた。

「うちも、先日ようやく爺《じい》が――後藤さまが床払いした」

「それはようございました」

「うむ。それでな……まことに頼みにくいのだが、やはり件《くだん》のおはぎが気になるようでな」

後藤のために多香は梅のおはぎを残しておいたのだが、あの騒ぎで渡しそびれていた。

「珍しく、浅木も『旨かった』と言っておったからなぁ」

「ははは、そんならお梅さんに頼んでおきまさ。都合が合えば、今度の冬至の仕合にでも持って行きやしょう」

「すまんがよろしく頼む。して、次は負けんぞ、真一郎さん」

「そいつは俺の台詞でさ。此度は引き分けやしたが、次は負けやせんぜ」

「いや、矢馳舟はお前さんの勝ちだ。俺がお前さんだったら、ああもうまいこと長崎のみに当てられたかどうか……お多香も惚れ直したことだろう」

「どうでしょう？」

「そうへりくだるな」と、友部はにやにやした。「行平さんから聞いたぞ。お多香は行平さんを振って、お前さんを選んだそうではないか」

行平は多香に求婚した翌日に王子へ帰って行ったが、帰りしな、挨拶と後藤の見舞いを兼ねて天野家を訪れたそうである。

「はあ、まあ……」

――ならば俺と一緒にならぬか、お多香？――

嘘から出たまことならぬ、冗談から出たまことで妻問うた行平を、まじまじと見つめてから多香はゆっくり微笑んだ。

――ありがたいお言葉ですが――

――ですが、「否」か？――

――お察しのよいことで――

――やはり真一郎がよいか？――

――そうですねぇ……いまや命の恩人ですから――

――ふん。しからば二人で、末永くのどやかに暮らすがよい――

小さく鼻を慣らしたものの、行平の笑みに嫌みは感ぜられなかった。むしろ、行く末を心から案ずる思いやりを言葉と声に聞いた気がして、真一郎は気を引き締めた。

――昔の行いとは折々にかたをつけてきましたが――

妻問いの前に行平がそう言った時、多香の顔が僅かに曇ったのを真一郎は見ていた。

此度狙われたのは行平だったが、多香もまた「人殺し」なれば、いずれなんらかの形で過去が今を脅かす時がくると懸念しているように思われた。

「ははは、嫁がお多香じゃ尻に敷かれること必至だろうが、まあ、お前さんたちはお似合いだ。殿もそう仰っていた」

「はあ……ありがとうごぜぇやす」

己の妻問いはとっくに断られているのだが、今明かさずともよかろうと、真一郎はただ礼を言うに留めた。

友部が帰って間もなく、大介と鈴が戻って来た。

「とうとう降ってきたぜ、真さん」

「そうだな、やっぱり降ってきたな」

雪の気配を察した大介は、枡乃屋に出かけた鈴の帰りを案じて、それとない用事をでっち上げて迎えに赴いたのだ。

追って日の出湯から帰って来た守蔵に倣って、真一郎たちも早めに風呂を済ませることにしたが、「その前につまみを調達して来る」として真一郎は二人を先に送り出した。

鍋と丼を手にして木戸を出たところへ、久兵衛と多香の声がした。

「真さん」

「待て、真一郎。食い物ならほれ、お梅がたっぷり持たせてくれた」

並んで歩いて来た久兵衛と多香は、それぞれ重箱を抱えている。多香はこの数日、別宅の離れで面の仕上げに勤《いそ》しんでいた。

久兵衛ももう風呂を済ませたそうで、真一郎は多香と二人で湯屋へ向かった。

大介と入れ替わるように湯船に浸かり、四半刻ほど温まって表へ出ると、軒先で湯桶を抱えた多香が待っていた。

「すまねぇ、待たしちまったか？」

「いいや、私も今、出て来たところさ」

それでも少しは待ったようで、髪や肩、足先に雪片がちらほらしている。

湯屋にいる間に粉雪は綿雪に取って代わり、来る時には土が見え隠れしていた通りはいまや真っ白だ。

「湯冷めしないうちにとっとと帰ろう」

駆け出すごとく足を踏み出した多香の背中を、一陣の風と共に屋根から吹雪《ふぶ》いた雪がかき消した。

「お多香！」

「――なんだい、真さん？」

振り向いた多香は己と二間と離れておらず、真一郎は胸を撫で下ろす。

「急に大声出して、びっくりしたじゃないのさ」

「すまねぇ」

詫びつつ多香に歩み寄り、その身を確かめるごとく多香の肩や背中の雪を払った。

「……何してんのさ？」

「冷たかろうと思ってな」

「そりゃ冷たいさ。雪だもの」

「消えちまったかと思ったんだ」

妻問うた時と同じく、多香はほんの一瞬小首をかしげるようにしたが、「ふっ」とすぐさま噴き出した。

「なんだいもう――人を雪女みたいにさ」

真一郎の手を取って、己の頬に当てながら、多香は真一郎を見つめて微笑んだ。

「消えやしないさ。何はともあれ、あんたに黙って消えやしない――約束するよ」

「そうか。約束してくれるか」

「うん。熊野の権現さま――いいや、山の神さまに誓ってもいい」

「山の神さま？」

「そうとも。もしこの誓いに相背き候はば、山の神をはじめ、八百万《やおよろず》の日本《ひのもと》の神々の御罰を受け候――」

それは以前、薬売りの敬次郎《けいじろう》が想い人の庸《よう》に送った起請文《きしょうもん》の一節だった。

庸と夫婦となるべく、妻問いを兼ねた起請文である。

――山の神さまに誓いを立てる方が、権現さまよりずっといい――

末裔とはいえ伊賀者なれば、多香には東照大権現《とうしょうだいごんげん》――徳川家《とくがわ》――に立てた誓いがあるのやもしれない。

だが今は……

「俺も誓う」

多香を見つめ返して真一郎は言った。

「私こと真一郎は、貴弥こと多香の蟠《わだかま》り明け候ば、いつなんどきいかなる折にも、夫婦となり候こと違へ致すまじく候」

行平にそうしたようにまじまじと己を見つめた多香へ、今度は真一郎がゆっくり微笑んだ。

「友部さま曰く、いざというときゃなんとかなるもんらしい」

「友部さまがねぇ……」

「大介曰く、みんなで知恵を出し合えばなんとかなるらしい」

「大介がねぇ……」

くすりとして、多香は頰に当てていた手を離して顎をしゃくった。

「早く帰ろう。みんな待ってるに違いないよ」

「おう」

「帰って、みんなと雪見酒で温まろう」

「おう」

すたすたと、再び先に歩き出した多香を追って、真一郎は手を伸ばした。

躊躇いがちにそっと多香の手を取ると、ちらりと見上げた多香も小さく握り返す。

裸足《はだし》に草履の足に雪は冷たいが、歩むごとに雪上には二人分の足跡が刻まれてゆく。

多香の手をしかと握り直して、真一郎は家路を急いだ。

本書は書下ろしです。